抗战老兵口述实录

宿迁日报社 编
李尚程 顾园园 杨群等 主编

江苏凤凰文艺出版社
JIANGSU PHOENIX LITERATURE AND
ART PUBLISHING, LTD

图书在版编目（CIP）数据

　　抗战老兵口述实录 / 宿迁日报社编；李尚程等主编 . — 南京：江苏凤凰文艺出版社，2019.10
　　ISBN 978-7-5594-3599-6

　　Ⅰ . ①抗… Ⅱ . ①宿… ②李… Ⅲ . ①纪实文学 – 中国 – 当代 Ⅳ . ① I25

中国版本图书馆 CIP 数据核字 (2019) 第 069564 号

抗战老兵口述实录

宿迁日报社　编　　李尚程　顾园园　杨群等　主编

出 版 人	张在健
责 任 编 辑	张　黎　姜业雨
装 帧 设 计	马海云
责 任 印 制	刘　巍
出 版 发 行	江苏凤凰文艺出版社
	南京市中央路 165 号，邮编：210009
网　　　址	http://www.jswenyi.com
排　　　版	南京新华丰制版有限公司
印　　　刷	苏州市越洋印刷有限公司
开　　　本	780mm×1000mm　1/16
印　　　张	21.75
字　　　数	280 千字
版　　　次	2019 年 10 月第 1 版　2019 年 10 月第 1 次印刷
书　　　号	ISBN 978-7-5594-3599-6
定　　　价	59.00 元

江苏凤凰文艺版图书凡印刷、装订错误可随时向承印厂调换

目 录

张道干：共产党是我第一条性命 是我一辈子的信仰 …………… 001

周立冬：十年烽火记忆………………………………………………… 019

张天明："刘老庄连八十二烈士"牺牲在我家附近………………… 035

严恩福：轻伤不下火线 伤好了也得重回战场……………………… 049

张俊：我是从地主家走出来的战士…………………………………… 065

周国英：女子有泪也不轻弹…………………………………………… 079

张渐高：我主动要求参战 我不怕死………………………………… 093

王沛荣：就剩我一人也要打…………………………………………… 107

姜正元：我是自愿参军的……………………………………………… 121

蒋士政：头晚上结婚 第二天一大早归队打仗……………………… 135

金立珍：一句承诺世代守候…………………………………………… 149

高平：记忆中的每场战斗都非常残酷………………………………… 163

王维胜：战争的记忆充斥着血与火…………………………………… 177

周士金：干革命 我就要跟着共产党………………………………… 191

李保中：一边要饭一边当兵……………………………………… 205

唐斯才：跟共产党干 穷人翻身做主人 …………………………… 219

王兆清：打仗要用计谋 打鬼子更是 ……………………………… 233

时兴华：胳肢窝里藏枪 随时准备战斗 …………………………… 245

赵光荣：我的名字曾在阵亡官兵名册里…………………………… 261

项桂生：我把鬼子撵到河里淹死了………………………………… 273

江斌：掩护一个区队撤退 只有一个人、五发子弹 ……………… 287

严翠爱：与日军激战 我失去了整个下巴 ………………………… 301

彭顺银：用生命在送炸药包………………………………………… 313

耿立华：做过地下党、做过日本劳工 此生不忘为国尽忠 ……… 327

抗战老兵张道干口述自传

共产党是我第一条性命
是我一辈子的信仰

采访地点 | 宿迁市泗洪县界集镇杜墩村　淮北抗日纪念馆

采访时间 | 2014年10月至2017年10月1日

采访人　 | 张道干（离世）

撰稿人　 | 裴凌曼

拍摄者　 | 杨群

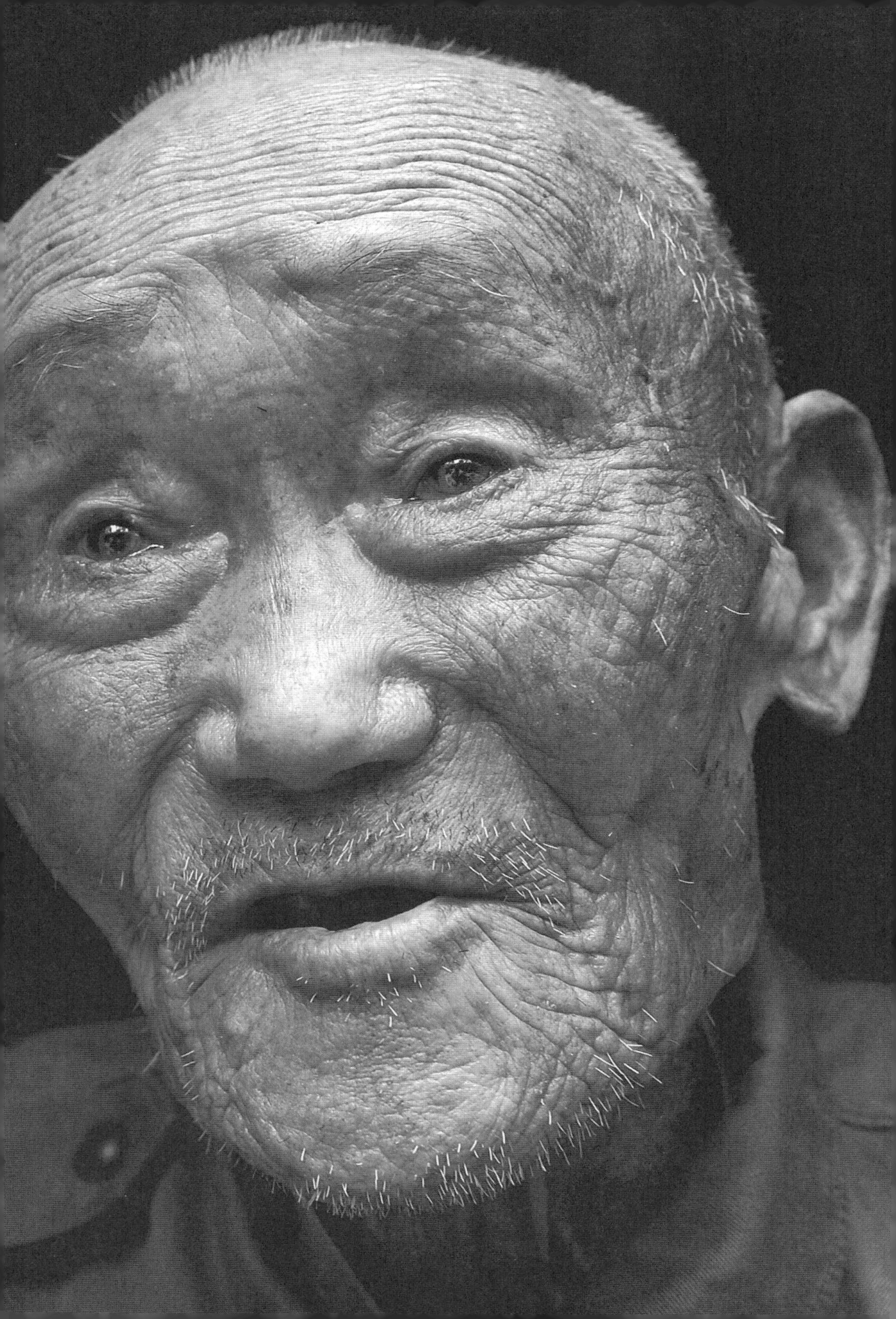

党籍证明

中共宿迁市委组织部

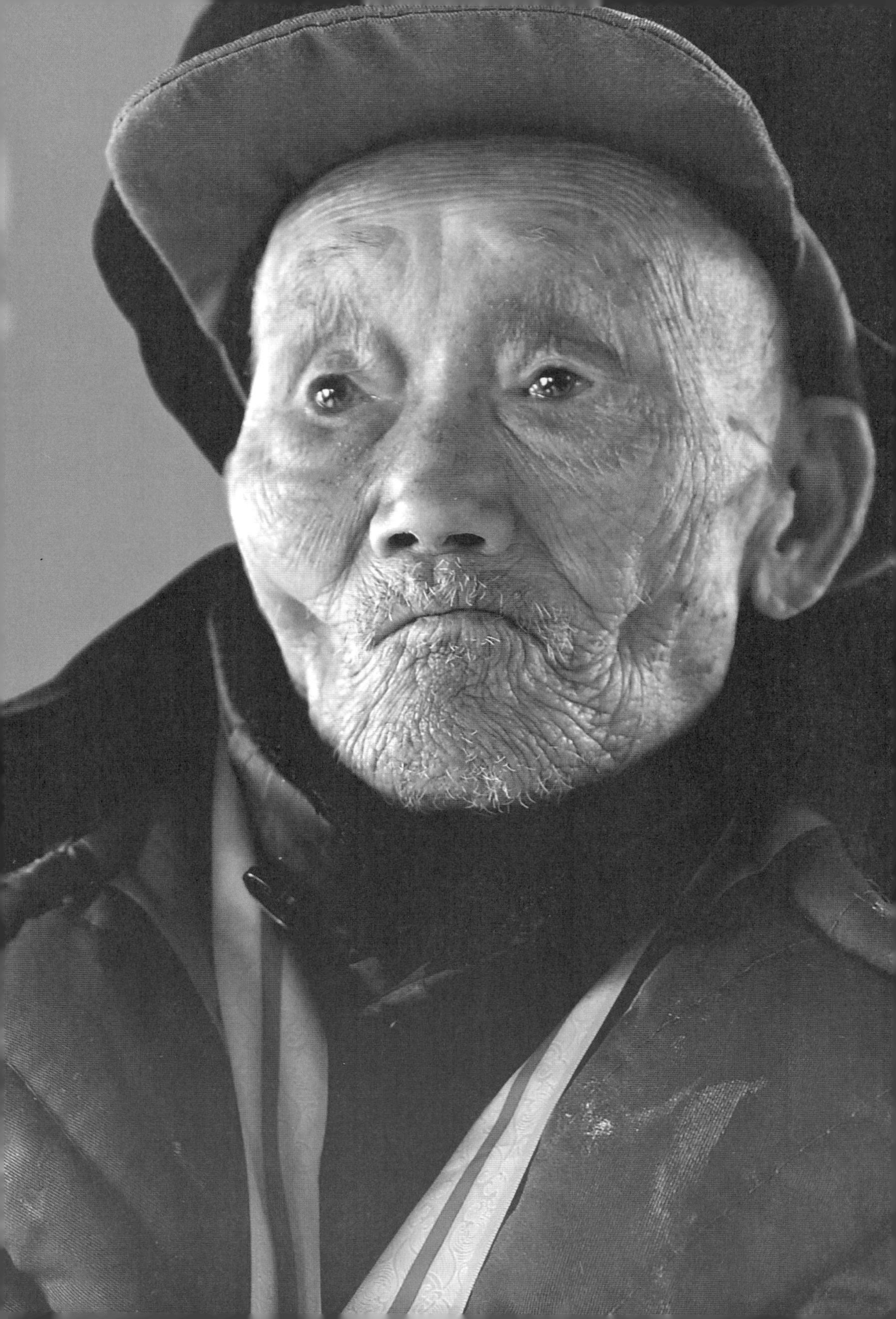

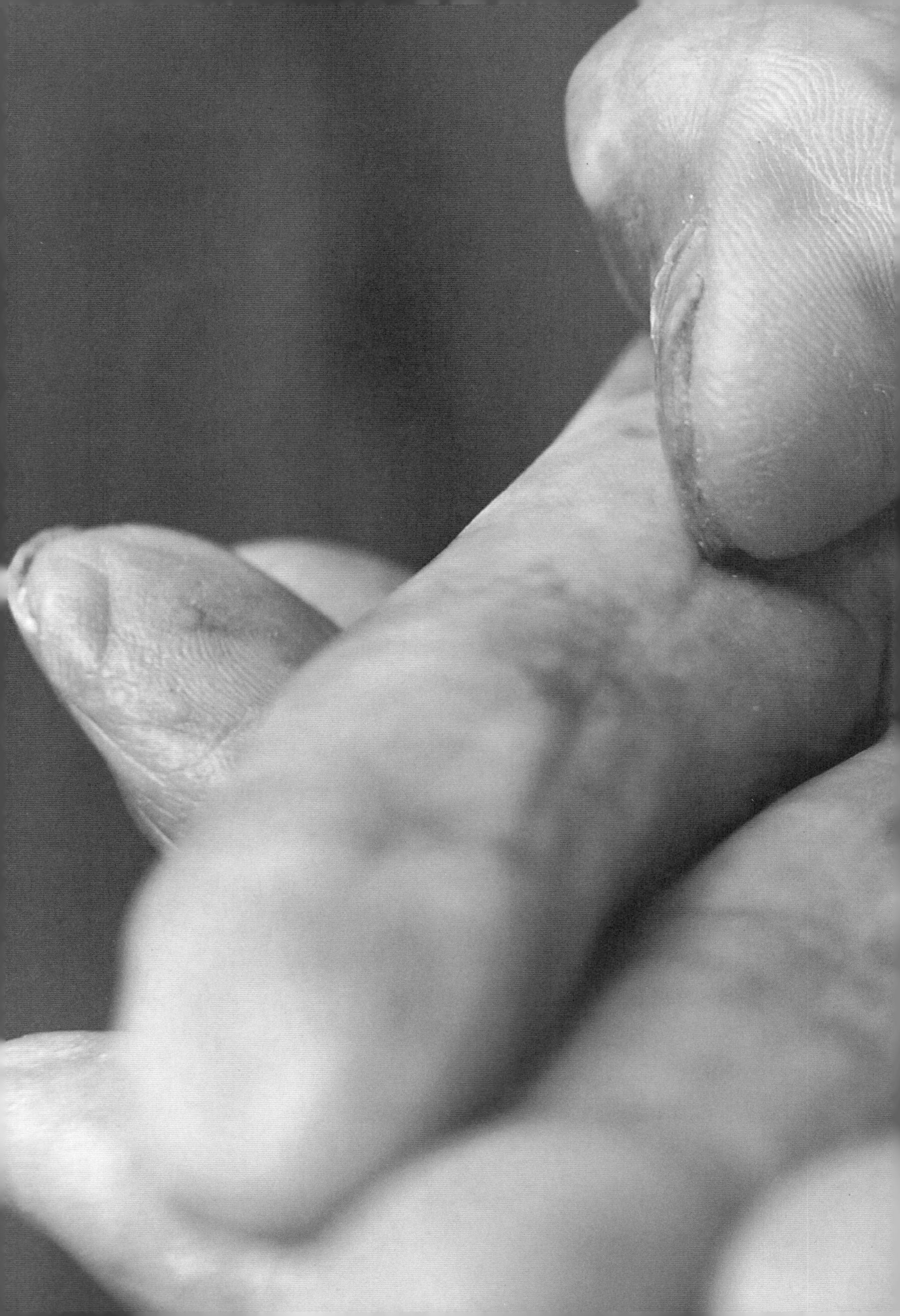

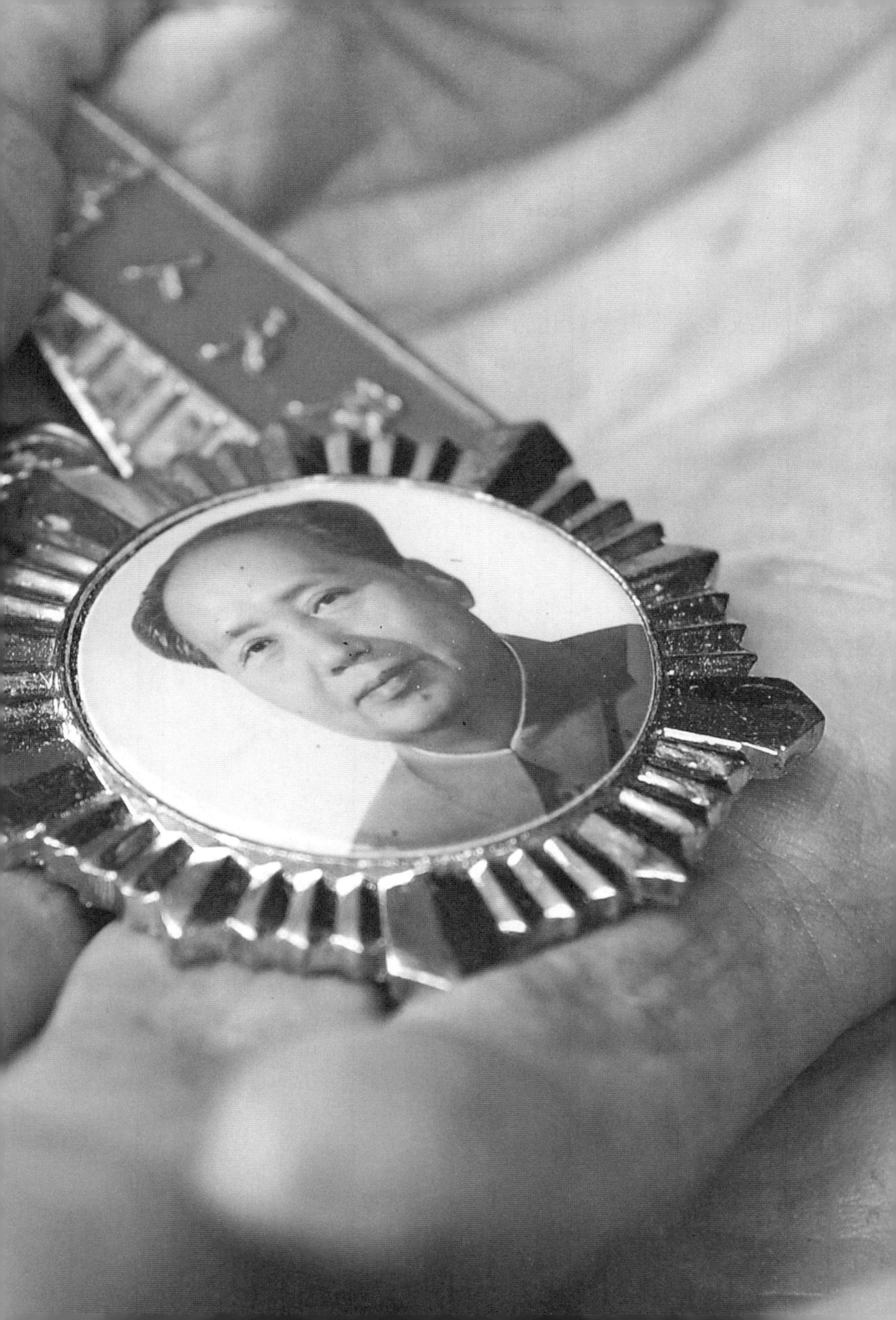

抗战老兵张道干口述自传

亲人被杀，我自己差点被活埋

我叫张道干，是泗洪县界集镇杜墩村人。我这一辈子恨透了土匪、日本鬼子。1941年我19岁，那一年我失去了两个亲人啊。二月初九和四月十六，我的奶奶和爷爷被土匪无情地杀害，这两个日子，我是一辈子也忘不了，3个月之内杀了我两个亲人，而我当时被日伪汉奸"大褂队"抓去，差点被活埋了。

此地当时有鬼子、有国民党、有共产党、有"大褂队"，我被鬼子汉奸逮去了，让我跟他们干，他们跟我说，跟着他们干有吃的有喝的有穿的。我心想，我家里双双老太（亲人爷爷奶奶）都死在他们手里，我能跟他们干吗？我坚决不干，你逮我去埋，就埋，我是不能跟你干的。后来，看我口紧了，就把我带回头了，不埋了。我心想，不埋我了，你就是要我钱喽。后来托人说话，摆一桌酒席，话说好了，再拿钱来领人。是我的母亲东挪西借用了400元钱，才把我赎回来。回到家以后，我遇到了影响我一生的人——马振藻大哥。

我被赎回来后不久，正在场子上干活。马老大从西边过来了，当时我也不知道他在曹庙一兼两个职位，也不知道他又兼党委书记又兼区长。那时候马老大只有21岁，说着外地口音和我搭话，后来才知道他是受新四军领导指派，到泗洪县界集镇一带开辟抗日根据地的。

那时候我根本不敢认，也不敢接待，他上我家两趟我都不敢接待。不过我在场上干活，他也来跟我干活，同我讲话，帮我干活，到了吃饭时也跟着吃饭，不敢留。到了第三趟，就跟着去我家了，他看我可靠了。

他说："小弟啊。"我说："干吗的啊？""你还能跟我找几个人来啊？""找几个人来个么的（干什么）？""找来啊，我想跟你发展党。"那会十几岁知道什么党呀？都是老百姓哎！年龄小，什么都不知道，我问他："什么是共产党呢？"他说："现在加入共产党，要同时抗战，打日本，能把鬼子赶出去，我们中国平安，不把鬼子赶出去我们要做亡国奴。"

从我差点被活埋，我爹奶（爷爷奶奶）被杀，我就暗下决心，要反抗，我要干革命，我要给我祖上报仇。

入党，我给他找了五六个人，家里两个叔叔，还有一个姑，后来就地拿出个纸条子，马振藻他身上挂着一个挎包，那时候哪有好挎包，都是旧挎包，就跟着参加共产党了。后来把纸抄下来，不像现在共产党这样那样的正规，抄什么纸呢？是过去的棉纸，写地契用的棉纸，棉纸上记上哪个人的名字，就开会了。马大哥说，我让你参加共产党，去家要"口紧"（保密），妻子老小不能乱讲，如果讲出去，有性命危险，不要讲我没跟你讲。后来就参加共产党了，就在东北拐子（角落）开"黑会"，开过"黑会"，我们就继续抗战打鬼子了。鬼子有大炮、土炮什么的，而我们武器很少。我就是这样加入共产党的。

马大哥会武功，是个"飞毛腿"，是他教会我打枪、躲炮弹，我跟着他上战场。我们有一次遇到敌人埋伏，他为了掩护我和战友，让我们先撤，自己留在后面和敌人周旋，我不放心返回去找他，看见他腿受伤了。他说："你怎么回来了，我没事。"后来我和他一起撤退回来了。是马大哥教会我打枪、躲炮弹，我才能活着从战场上走了下来。当时斗争残酷，日本鬼子的特务队，专门暗杀中共党员和干部。为了躲避日伪汉奸的搜查和特务的杀害，马大哥吃住在我们家，我们经常在黑夜里秘密开党员会，大家都称为"开黑会"。马振藻让我给抗日积极分子通风报信，为抗日武工队送情报，后来她的妻子杨美田也来了。

朱家岗战役打响了

1942年11月14日，驻徐州、蚌埠一带的日寇平林17师团清水旅团、13师，混成旅团纠合伪军15师和28师共万余人，在8架飞机、10余辆坦克的掩护下，分5路对淮北苏皖根据地开始扫荡。新四军4师制定的反扫荡方案是以小股部队冒充主力，利用熟悉地形的优势牵扯、消耗敌人，待到时机成熟，主力部队再从外围给予敌军致命打击。而这一战术的实施，需要一支能打硬仗的部队为内应，这一重任最终落在了9旅26团的肩上。

血战朱家岗时，由于我们的人熟地熟，敌人找不到我们，有时候敌人刚端起饭碗，我们就袭击上去，打一阵机枪甩几个手榴弹；有时候，敌人刚躺下，我们摸上去东一枪西一枪，牵着鬼子一直转到天亮，搞得敌人晕头转向，吃不上饭睡不好觉。

就这样，26团以区区600多人和鬼子主力整整周旋了20多天。12月9日，26团接到上级命令，到朱家岗一带集结，准备与外线主力汇合。可就在当天夜里，鬼子的一股队伍和少量伪军1500多人，悄悄从3个方向摸了上来。战斗在拂晓时分打响，从一开始就进入了白热化。驻守附近阵地的一营五连三排最后只剩8个人，弹药全部打光。

掩埋战友时我眼泪都哭干了

要说我最难忘的一场战役，那就是朱家岗战役了。1942年12月，我跟随马振藻参加了朱家岗战役。12月10日凌晨，战士们都准备休息，敌人竟然窜到泗洪县曹庙乡境内的朱家岗西北角偷袭，惨烈的战斗就此打响。当时战士们手榴弹、子弹全部打光后，就用老百姓家的农具铁锹、叉子跟敌人拼，一直战斗到午后。

最激烈的战斗在团部所在的曹圩东南门一带打响，150多名携带重武器的鬼子，向我方展开了近乎疯狂的进攻，罗应怀腿部中弹，圩门阵地一度失守。在打退敌人5轮冲击之后，敌我双方均伤亡惨重。危急时刻，一支由十几个十五六岁孩子组成的"小鬼班"接管了阵地。一开始鬼子根本瞧不起这些娃娃兵，都大摇大摆地走，结果"小鬼班"的孩子用机枪扫，用步枪、手榴弹打，才把鬼子打回去了。而这些"小鬼班"的孩子都是在日寇的铁蹄下沦为孤儿的，是新四军收留了他们。在战场上，他们化仇恨为斗志，以两辆大车为依托，反复冲杀，其中16岁的班长周茂松中弹牺牲。此战，"小鬼班"战士成功保卫了团部。

当时，我正随马振藻参加外围战斗。当时马振藻知道这个情况后，立即组织地方武工队与民兵组织向朱家岗靠拢，我们带着土枪、大刀、农具于中午时分赶到了朱家岗，赶到时看到鬼子正往新四军驻地猛攻，我们就在鬼子的身后向鬼子开枪，并高喊杀鬼子，砍鬼子头，鬼子前后都受到攻击，再加上骑兵团先赶到几个骑兵，也在外围高举战刀大喊杀鬼子，鬼子一看情况不妙仓皇逃跑。下午4点左右，九旅旅长韦国清率主力赶到，26团易守为攻追击残敌。傍晚时分，朱家岗战斗全面告捷。这场战斗进行了18个小时，600多名新四军战士打退了敌人对朱家岗的7次进攻。至10日晚上，敌人扔下来不及抢走的尸体逃跑。在这场战斗中，新四军26团有73名指战员为国捐躯。

那天我记得特别清楚。早饭后鬼子还没退，马老大就到外面转，特别着急找我说，这个朱家岗战斗，鬼子打到这个时候还没退，我们得想办法去帮忙啊！我说，老百姓没有枪怎么办？有枪还没有子弹，只有大刀挥，大刀挥也要去，马老大就带着我们去了，喊打鬼子杀倒鬼子，下午午饭时候才退。鬼子跑了，马老大就带着人上去（清理战场）。

打扫战场时，马振藻指挥武工队和民兵安葬了阵亡的新四军烈士。埋葬战友时，我眼泪都哭干了。我们清理战场，看着逝去的战友心疼，可对日寇恨之入骨。依我们地方老百姓的说法，就想把这鬼子拖去给狗吃，老百姓都说："他们是吃人狼，不如喂狗。"可马老大就说："鬼子也是爹娘养的，都是父母的孩子，死后不记仇，埋吧，让他们给共产党站岗。"

后来，马老大就下令挖个大坑，把他们的尸体埋在了新四军烈士旁边的不远处。而日本兵的尸体都少了一只手，据说是来不及把尸体拉走，就砍掉一只手表示把尸体带了回去。就这样我们把这些日本兵集中起来就地埋葬了。我还从日本兵军服上摘下一枚日军勋章，上面还写着字。我一直保留着这个勋章，这是日寇侵华的铁证。到了第二年秋天的时候，上级决定在埋葬烈士的地方建立朱家岗烈士陵园，马振藻是曹庙区委书记，接到师部和县委命令后就组织人马，建起了陵园。

在朱家岗战斗中，"小鬼班"、武工队、民兵、26团共同抗敌，成功抗击了数倍装备精良的日军，并毙敌280余人。在随后不到一个星期的时间内，彭雪枫指挥4师主力从根据地外围多点出击，重创日军，逼迫其撤回了徐州，日寇大扫荡在33天后宣告失败。26团牺牲了73人，区大队、武工队、几个乡的民兵也死了很多人。为了纪念这些革命先烈，1943年10月10日，抗日军民建造了朱家岗烈士陵园，立碑建亭，修筑公墓。

朱家岗烈士陵园，19.42米的烈士纪念塔凌空高耸。塔高19.42米，象征着朱家岗战斗发生在1942年。塔基的后面，73座新四军烈士的墓冢整齐地排列在鲜花翠柏丛中，墓前的汉白玉碑上，均以正楷刻有烈士姓名、牺牲时的年龄等。而距烈士墓冢约20米远的西北角，则是侵华日军的合葬墓，在同一个战场、同一次战斗中，敌我双方的阵亡者共葬于同一墓地，也许在世界墓园史的记载中绝无仅有，这也许是世界上唯一一座"敌我共墓"的特殊历史遗迹了。朱家岗烈士陵园自1943年建成以来已经进行了多次修缮，但侵华日军的合葬墓一直原貌保存至今。

"三块银圆三个兵"，一生战友情

马振藻带领的武工队在我们当地燃起了熊熊的抗日烽火。他带着我们在曹庙、屠园、仓集、临河一带破坏敌人的交通线，砍日军电线杆，袭击日寇运输队。我和战友们并肩作战，多次遇到危险，腿部还受过伤，可我一点也不害怕，一点也不后悔参加革命。

马振藻和担任妇救会主任的妻子杨美田并肩战斗，吃住在我家，我母亲给他们做过饭，杨美田还能记得我母亲是小脚。1944年6月，马振藻和杨美田要到屠园、洋河一带发展新的抗日武装力量，我很不舍地和马大哥分开，见我们家里贫困，临走前马老大丢给我三块银圆。

我知道马老大留给我的这三块大洋是为了给家里补贴家用，但是我舍不得用，家里后来再困难我都没有动过用银圆的念头，而是把这三块银圆藏了起来，因为我认为这是党的财产，党给的东西不能用。此后我和马大哥就再也没有见过面。这年冬天，我参加了新四军。

这三块银圆哪来的呢？这也是后来我才知道的，这三块银圆是杨美田从老家带来的。杨美田17岁投身革命，21岁加入了新四军。她参加抗日活动，发动群众，传递情报。为给丈夫马振藻筹集物资，她变卖自己的嫁妆和首饰，多次从豫东前往苏北给新四军送子弹、经费、情报。1942年秋，她接受命令从睢县出发，一路乔装，出河南，过徐州，到洪泽湖、洋河一带，将子弹、大洋和情报交给新四军。在过徐州南门时，碰上端着明晃晃刺刀的日本兵，但是她镇定自若，将子弹和银圆放进了侄子的棉衣棉裤里才过关。送到根据地给党做经费。这三块银圆就像我们三个人的情义一样，我一直珍藏，连家人都不知道我有，但是我心里想着有朝一日再能见到马老大，我一定要归还给他。

党员身份丢失，我找了一辈子

抗战胜利后，我又参加了解放战争。就在1946年11月，我家乡的党组织遭到破坏。为防止意外，党员名单已被一位同志烧毁，从此我没有了党员身份。在一次战斗中，我所在的队伍被打散，我突围后又找到洪泽湖屠仓区的地方武装继续战斗。后来我还加入了江淮二分区泗阳县大队。部队见我表现突出，就动员我入党。可是我认为，我自己打鬼子时就已经入党，组织关系在地方，不用二次入党。当时的指导员于文翠多次找我，让我入党，但我就是不同意。我已经是党员，又没犯过错误，为什么还要二次入党呢？

1950年，我从华东军区三野警备旅退伍回乡。我急切地找到地方党组织，确认自己的党员身份。我向地方党组织讲述了入党经过，并设法找证明人，但都无法证明我是党员。村里换一个书记我就去找，换一个书记我就去找，他们都说我没有证明材料。后来有人提出来，让我找入党介绍人马振藻来证明。

于是，我开始四处寻找马振藻。我大字不识一个，茫茫人海找一个人又谈何容易呢。我跑遍周边的村庄去问去打听，有时还跑到外地，可就是没有马振藻的消息。很多人说我傻，我被人嘲笑过、骗过，也迷路过，可我从未想过要放弃。

年龄大了，走不动了，我就让侄子张绍宝帮我继续找。我心里想着，我的党员身份虽然丢失，但我还有颗党员的心。1998年，我生了一场重病，连续11天粒米未进。当时身体很虚弱地躺在床上，我哭着对侄儿说："这辈子当兵打鬼子的历史没了，党员身份也找不到了。"侄儿看我这个样子，下定决心带我去南京治疗，告诉我要帮我找。我虽然病重，可我的信念告诉我，我一定要找回我的党员身份，找到我的马大哥。

2014年10月，侄儿带着我找到了《宿迁晚报》的记者，希望借助媒体的力量找到马大哥。在记者的提醒下，我陆续找到了我的几位战友，请他们证明我参加过抗日战争、解放战争。两个月后，我领到了能够证明自己老兵身份的《抚恤补助证》，虽然每个月只能领到1000多块钱，但是我也知足了。我真的希望在我有生之年能找回我的党员身份。

后来，《宿迁晚报》记者采写我的文章发出几个月后，竟然真的找到了马大哥一家，但是马大哥在1991年就已经去世了。我十分想念老首长马大哥，可我这辈子再也见不到他了。但是他的妻子杨美田还在。

原来，在 1947 年，马振藻和杨美田就回到河南家乡开展革命工作了。

我和杨美田是在 2015 年 7 月 19 日央视《等着我》节目组的安排下见面的，那是我们分别 71 年后再次相见。节目结束后，我将三块银圆交给杨美田。8 月份，杨美田又回到了我的老家杜墩村为我写下了党员证明书。我入党时，杨美田就在外站岗放哨，杨美田当时还负责为地下党组织做安全和后勤服务，她能为我证明。

12 月 25 日上午，那是一场久违了的党员生活会，组织上为我举行了恢复党籍仪式，我真的很感激，党没忘记我呀。组织给我颁发了党籍证明，给我带上了党徽，我想谢谢党组织对我的认可，只能用最神圣的军礼感谢。至此，为找回丢失的党员身份，我花了 70 年。

恢复党员身份后，有很多人一直问我为什么想要找回自己的党员身份？我想告诉他们，共产党是我一辈子的信仰，是我的命根子，这是我的人生观决定的！

三块银圆一个奖章，共产党员信仰在心中

三块银圆其实是我和马大哥之间的牵挂和念想，更见证了我们三人深厚的战友情。

在那个年代，三块银圆对普通农户来说也算是一笔不少的钱，至少能解决一家人的温饱问题。家里屋顶有窟窿，下雨天漏雨，穷得吃不上饭，我都没有把三块银圆拿出来过。家里困难时，我吃树皮、草根和猪糠，也没舍得把银圆拿出来换钱，因为那是党的钱，不能乱用，有朝一日一定要还回去。无论条件再苦，都没舍得花银圆。杨美田在子女的陪伴下，从河南来老家，又带来了三块银圆，我们商量要将三块银圆和朱家岗战斗中缴获的一枚日军勋章捐给南京大屠杀遇难同胞纪念馆，以教育后人，让后人记住这段历史。

三块银圆，见证了 70 多年战友情，承载了老党员一生不变的信仰。

那枚写满屈辱的日军奖章，也成为日本侵华的铁证。

我党员身份能恢复，我心满意足了。讲实际的，我能活这么大年纪，看到了祖国的繁荣强大，不再受人欺压了，我真的很满足了，我虽然无儿无女，但是我依然很幸福。

我今生唯一的信念就是找到共产党并至死不渝地跟着共产党走，中国共产党为国家和民族做的牺牲和奉献，是让我在农村最艰难的环境里活着与坚持的唯一理由，中国共产党也是我今生唯一敬佩的组织。如果还能有机会，我还希望为党和人民做贡献。

还想去看看老首长

2017年4月5日，我终于来到了泗阳烈士陵园，那里埋葬着和我并肩作战过的老领导。就在这之前，我生了一场病，我在病床上央求我的侄儿，一定要在我有生之年带我去看看李照东。我说绍宝呀，你再不带我去看看，我可能这辈子都没机会了，就这样绍宝才带我来。

绍宝用轮椅推着我进了烈士陵园，越是靠近老首长的墓前，我心里越是难受，眼泪止不住。老领导，我真的来看你了！这么多年，我时常念着你啊！我还能为我的老首长做点什么事呢？我只能给你敬礼了。

1921年出生的李照东是泗阳县卢集成河村人，1942年参加革命，牺牲时担任泗阳县总队政治部副主任。抗日战争时期，我曾多次与李照东合作打击敌人，在解放战争中，我又在泗阳独立团跟随李照东一起战斗。1948年，在新集的一场战斗中，李照东所带领的部队被敌人包围，危难之际李照东让所有战士先撤离，不幸在战斗中牺牲。我一直记得李照东当年牺牲的情形，李照东当时腿受伤了，不能跑了，于是对身边的人说"你们先撤吧，不要管我"，可他的通讯员不忍丢下李照东，为了保护李照东，通讯员最后也牺牲了。李照东靠枪里仅有的几颗子弹与敌人血战到底，最终血染战场。说到我的老领导我总是忍不住流泪。李照东英勇牺牲后，我和突围出来的战友，一起在曹庙祝圩喝鸡血酒，宣誓为李照东和牺牲的烈士报仇，之后我又投入了新的战斗。胜利后，李照东的牺牲也给我的心里中留下无限的牵挂，由于不知道李照东的遗体被埋葬在哪里，几十年来我始终想着哪天能去拜祭他，一直到去年，经过侄子张绍宝多年的寻找，得知烈士李照东的遗体被安葬在泗阳烈士陵园，我始终想着在清明时候拜祭一下老领导。

70多年的时光真的是一晃而过，看着曾经一起并肩作战的老领导被埋葬在地下，我抚摸着墓碑上的老领导的名字，心中很不是滋味，又难过又欣慰。难过的是再也见不到你，欣慰的是我在有生之年还能拜祭你。

一个鸡蛋的钱就能当党费

找回党员身份后，我的生活恢复了平静，却也没有恢复平静。我还是在老家平淡生活，一日三餐粗茶淡饭，但也会有年轻党员和学生来到我身边听我讲故事，我很乐意为他们讲。也有很多人问我，恢复党员身份以后你还能干什么呀？我虽然年纪大了，不能为党做什么事情了，可我还能为党宣传呀。我入党时候马振藻告诉我，一个鸡蛋的钱就能当党费。这就是为党做贡献了。马振藻在我家时，每当战斗前一晚，我就让自己的母亲做点菜饼当干粮让大伙吃，好有力气参加战斗。我一直帮助马振藻找马料、运输物资，还帮助扩军。为了扩军，我还把自己的衣服送出去，不仅帮着干农活还帮着修房子。我想这些都是我在为党做贡献吧。如果有一天我不在了，我也会捐献出我所有的积蓄，这可能就是我能为党做的最后一件事，我无怨无悔地深爱着中国共产党。

抗战老兵周立冬
口述自传

十年烽火记忆

采访地点 | 宿迁市泗洪县上塘镇大周村一组 84 号

采访时间 | 2015 年 8 月 5 日、2018 年 8 月 13 日、8 月 14 日

采访人 | 周立冬、向彩兰

撰稿人 | 顾园园

拍摄者 | 杨群

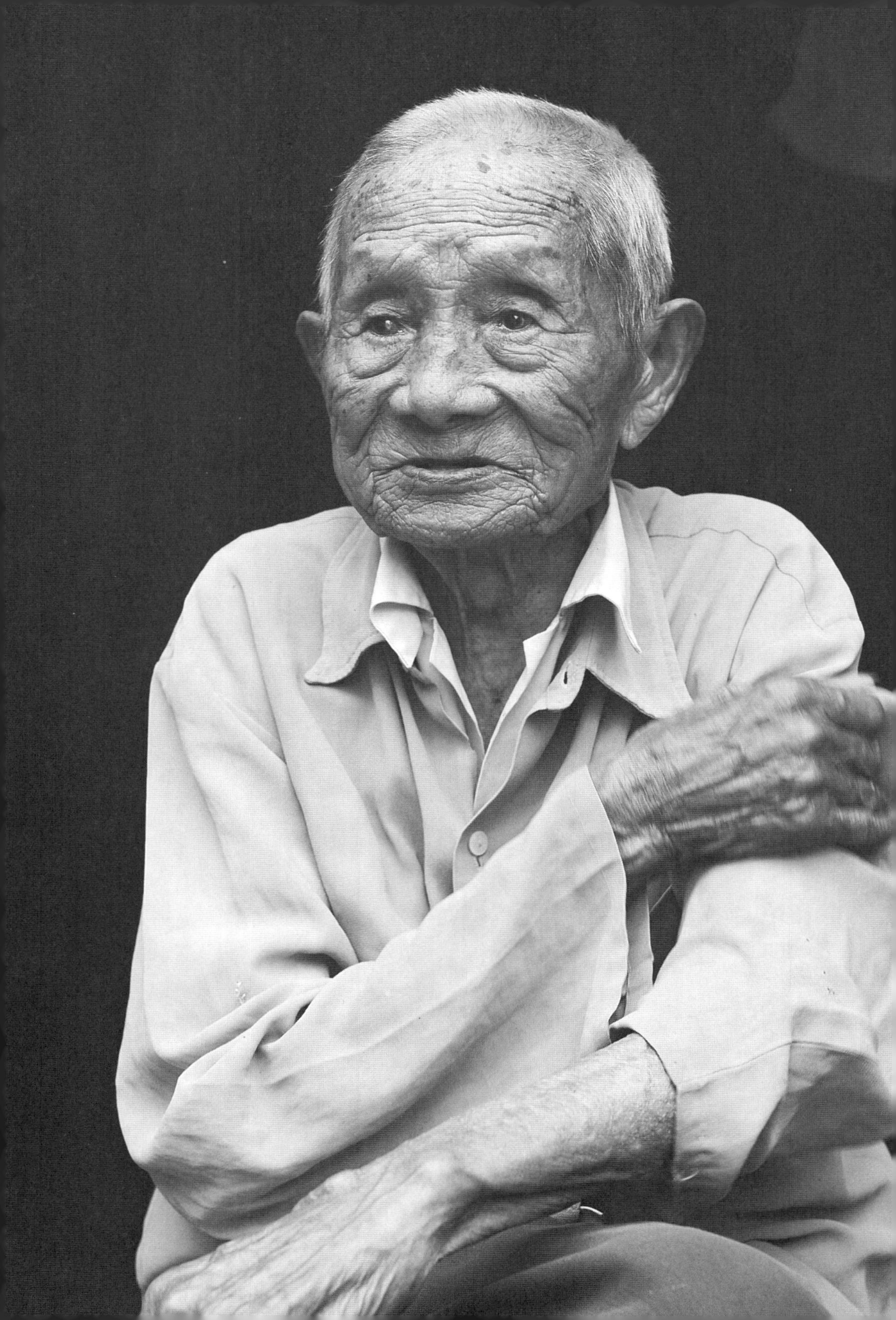

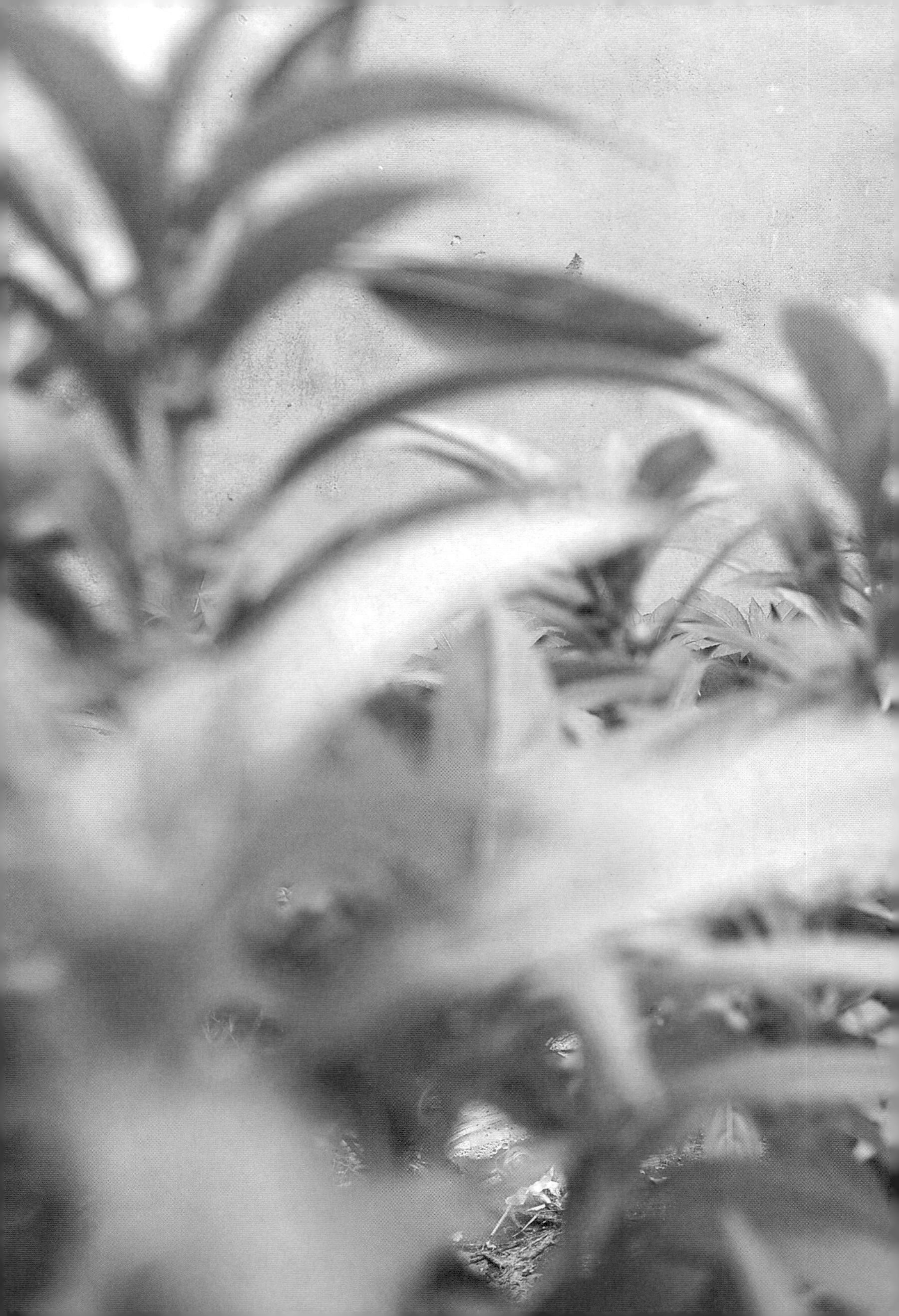

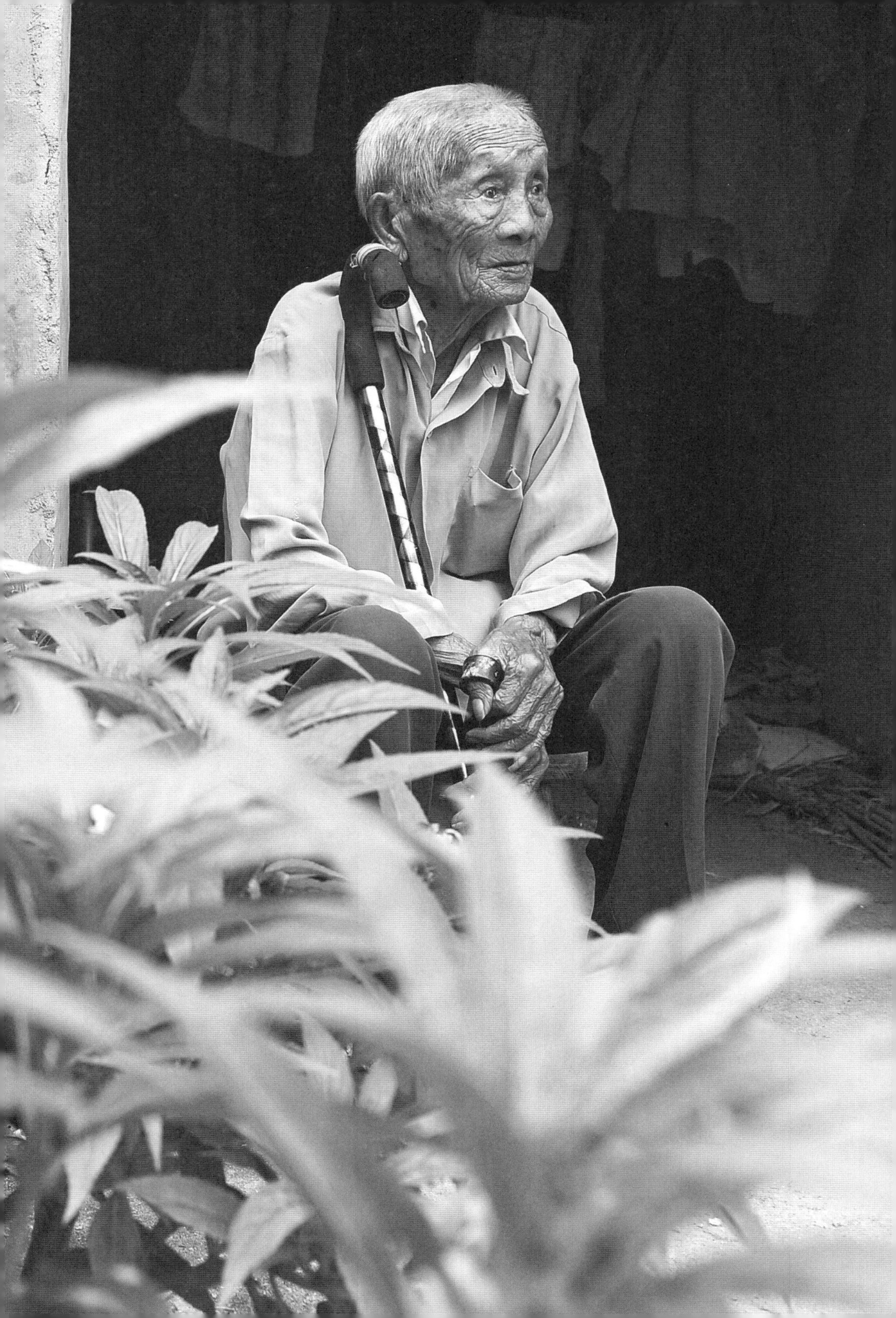

抗战老兵周立冬口述自传

9岁丧母我成了弟妹的依靠

我生于1919年10月,祖祖辈辈几代人都生活在上塘镇大周村。年轻的时候,我无数次地梦到自己死在了战场上,那会怎么也想不到自己真能长命百岁,还能看到这个新世界……

我们上塘这个地方过去是安徽的,这一片应该是叫泗南,新中国成立后才划入泗洪县,归到江苏省。大周村在当时应该算是个比较大的村子,有300多口人,家家种地为生,但因为这里经常发大水,收成不好,再加上各种租税,老百姓都很穷。我家住在庄子东头,有一排三间土房,还有四五亩地。我父亲名叫周静传,母亲没有名字,我只知道大家都叫她周王氏。

我是家里的第一个孩子,听父亲说那几年我家还过得去,一家人一年还能吃半年饱饭。后来,世道越来越不好了,外面打仗,村里也偶尔会有恶霸、土匪来抢东西、绑人、拉壮丁,老百姓日子难过。我父亲除了要忙自家的地,还在地主家里做大工(方言,指到地主家做短工),就这样我们一家一天也只能吃两顿,粮食基本都是大蜀黍(玉米)、小米混点山芋干子,一顿干一顿稀,青黄不接的时候也会吃野菜,反正一年也吃不上两回干饭。

我还有一个弟弟一个妹妹。1928年夏天,我母亲突然得了急病,家里没钱治,只能弄点草药熬黑药汁子给她喝,就这样过了十几天她还是走了。

母亲下葬的那天,弟弟妹妹都在大哭,我眼里有泪但是流不出来,我觉得是之前流干了。因为我每天给母亲熬药的时候都会哭,也不知道是烟熏的还是怎的,心里特别难受。每次端药给母亲吃,我都不敢看她的脸,只能看到她枯瘦枯瘦的手,所以我几乎记不得她的样子了,但是总还记得她喊我小名的声音。

那一年,我9岁,弟弟6岁,妹妹2岁。那一年,我们成了没娘的孩子。

母亲去世后,父亲有一段时间只知道闷头干活,不怎么问我们三个小孩的事。看着坐在地上饿得哇哇哭的弟弟妹妹,我也不知道怎么办,还是邻居大娘看我们可怜,给了一点大蜀黍饼子吃,叫我要照看好弟弟妹妹。从那之后,我白天就把妹妹背在身上再牵着弟弟,去地里干活或者在村里玩,晚上带他们回家睡觉。家里经常没有粮食,就东家要一点西家要一口,有时候也会上树掏鸟蛋,下河抓鱼,反正也把弟弟妹妹养活了。

等我到了15岁,为了省一个人口粮,还能给家里赚点钱,父亲就把我送到了郑集街上的陈开山家做小工。他家包我吃住,一年给我家3块银圆。陈开山家在我们那一片算是富户,他家兄弟几个都有营生,还有不少地,他家主要是做油鬼(油条)卖的。我给他家做小工其实就是打杂,啥事都要干,打扫、放猪,最重要的就是走街串巷卖油鬼(油条)。那时候我最欢喜下雨天,因为下雨天我就不用出去卖油鬼了,能在家休息。

给人家做工要任劳任怨,叫你干啥就得干啥,不听话就要挨饿,也有可能被打骂。他家管我两顿饭,就是我们说的"伙计饭",偶尔有米饭吃,但是都会掺粗粮,大多数情况下都是吃炒面。我最厌烦吃炒面,那是用大蜀黍、陈小麦、豆子还有山芋干之类的杂粮混在一起磨成粉炒熟的,因为粮食都是陈的或者霉的,味道不好,又干,吃起来呛嗓子,所有我有时候就在自家吃早饭,虽然也就是点菜稀饭也比他家的"伙计饭"好吃。

卖油鬼是个苦活。每次我都要挑三四十斤油鬼出去卖,这玩意在村里卖不动，要挑到镇上或者附近其他镇上卖，一天要走几十里路，边走边叫卖。有人家没有钱买还会用粮食换，所以我卖油鬼不是越走越轻快，而是越走越重，因为换来的粮食多、钱少。每次出去卖完了还好，卖不完回来也要挨骂、挨打。可能是因为那些年太受罪了，我个子长不高，十五六岁的时候看着还像十岁出头。

挑着油鬼筐去找部队

1937年前后，外面仗打得越来越厉害，我们这边人也经常跑反，南京大屠杀的时候好多人跑到我们这边来，有的拖家带口的，有的是跟家人跑散了的，反正都很惨。听他们说日本鬼子在中国杀人放火，到处都打起来了。当时，我记得有一个十来岁的小男孩来陈开山家要饭，陈开山老婆给他一碗水就要把人打发了，我看那小孩跟我弟弟差不多大，于心不忍，就把我的炒面抓了一把给他。哪知道，这被陈开山看到了，他就照我肚子踢了一脚，还一天都没给我饭吃。

1938年，日本鬼子已经经常到我们这边使坏了，还出动飞机轰炸了双沟城。那天天气也热，没有一丝风，树上的知了一声接一声地叫，吵得人心烦。一大早，我挑着两筐油鬼出门就往南走，一边转一边叫卖。走了能有一上午，我一根油鬼都没卖出去，经过一个庄上还被狗撵了一截，又累又渴，就想找户人家要水喝，结果敲了几家都没人，后来还是一个要饭的告诉我，说人都跑反去了，日本鬼子要来了。听了这话，我也害怕，不敢歇了，挑起担子就往回走。没走多远，我就听到"轰隆隆"的声音，一抬头看到南边天上有几架黑乎乎的飞机，没有一会就听到爆炸声、枪声，我挑着担子不敢回头，一直往家跑，后来我发现好多人从南面跑过来，都说是双沟被炸了，死了好几百人，这才知道日本鬼子真的来了。

那天傍晚，我跑到家发现庄上也很乱，说北边也打仗了，还有民兵扛着大刀、土枪去支援双沟那边，有亲戚在双沟的人眼都急红了，大骂日本鬼子畜生不如。晚上，我父亲和几个堂叔凑在一起说局势的时候我就在旁边听，他们说我们这边要乱了，能往哪边跑，说了半天，也没说出个所以然来。

当时我就想起来卖油鬼的时候，听人说北面有"赤匪"，红眉毛绿眼睛的还吃小孩，也有说"赤匪"是八路军，专门打鬼子的。我觉得八路军应该是好人，所以想出去找找，找到以后跟他们一起打鬼子去。

第二天，我没跟家里说啥，先去陈开山家挑了两筐油鬼出门，然后就一路往北走，边打听边卖油鬼，路上经过好些地方，都要查"良民证"，我没有，不敢走城门，只能从村里走，走得鞋底都磨穿了。

走了两三天，我到了萧县，那边还真有一个独立团的驻点。那个驻点在一个大院子里，有几间青砖房子，土院墙跟我差不多高，大门口站两个站岗的士兵。我就跟站岗的兵说我想参军。那人看看我，问我从哪里来的，叫啥名字，然后就带我进院，对一个干部模样的人说我要当兵的事。这时，有几个人围过来问我多大了，干啥要当兵，我就说我19了，家里日子过不下去了，我想去打鬼子。听我这么说，那几个人都笑了，说我个子太小了，肯定谎报岁数的，恐怕连枪都扛不动，叫我回去。听了这话，我急哭了，一边哭一边说："我走了几天几夜，才找到部队，你们还不要我，可怎么办啊？"

这时候，一个一脸胡子的男的过来推推我说："你们都不要，我要，小鬼，你以后就跟着我魏三友吧！"听了这话，我才放下心来，仔细看了看这个魏三友营长。

参军后，我没领到军装也没领到枪，一个老兵跟我说想要枪去战场上从鬼子手里抢。那时候我们的部队军费紧张，我们一个独立团也不是人人都有枪的，很多枪都是破旧的湖北条子，十打九不准，还经常打不响，不过机枪、钢炮也是有的。后来，我知道这个部队其实是地方的独立团，受共产党的领导，后来也被编入新四军三师。

跟着营长，我每天就负责送信、烧水、送饭，有时候还会学认两个字，当时我就想多认几个字能给家里写封信告诉他们我当兵了。就这样，我在营长身边待了一年多，到1939年末，才下连队，被分到机枪班。

第一次抓到鬼子立了三等功

下了连队，我才体会到当兵的苦。有一段时间，部队在山东潍坊一带活动，我们一直在山里跟扫荡的日本鬼子转，有时候能在林子里蹲十几天，粮食吃完了就吃树叶、草根，人、马、骡子都饿得走不动路，就这样我们还要跟鬼子周旋。有时候，我们的侦查员侦察到鬼子的车离我们很近了，负责探路的战士就带我们在山里钻来钻去，不多会就钻到了敌人屁股后面，出其不意给他们来几枪，或是把车炸坏了，转头就又钻进林子里，鬼子也没办法。我们依靠游击战打鬼子，还能从鬼子那里弄到补给、枪支，我们好多新战士也在这个环境中锻炼出来了。

我记得1940年春天，正是天气转暖，山野间有了绿意的时候，我们在婺源的一个镇上，上头下命令要阻击一波敌人，那是我第一次跟鬼子正面交锋。那天早晨天黑压压的，很快就下起了大雨，阴冷的感觉让人更加紧张，我们一个连的人隐藏在几间破房子里。没多久，鬼子进镇了，我们就以班为单位往镇子的几个方向分头行动。

为了侦查敌情，我和一个战友先在大雨的"掩护"下，顺着墙根往镇里跑。突然，我们看到两个日本鬼子跪在一个离我们七八米远的土地庙跟前磕头，嘴里说着什么。我们怕开枪会引来其他鬼子，就决定徒手跟他们打。商议好后，我们迅速冲过去，趁他们还没反应过来，用尽全力举起枪托一把砸在他们头上，把人打倒到泥水里，他们没死，还要反抗，我又使劲打了几下，把人彻底打昏了，然后绑起来、堵上嘴。之后，我缴了他们的枪、配刀。这两个日本鬼子可能还是小军官，身上还有怀表，我没收以后上交组织了。

因为这次表现英勇，我立了三等功，之后被分到了机枪班。

胡桥战斗中一个班12个人就活我一个

1940年夏天，农历五月初二的夜里，我们的部队从安徽往山东转移，经过我们村附近时，我看到熟悉的庄子，特别想回家看看。离家整整两年，我估计家里都以为我死了。当时跟我一个班的有好几个人都是我们上塘的人，大家就说好一起去找连长，想请假回家看看。连长也爽快地同意了，但要求我们在第二天早晨归队。

当天夜里，我们一行12个人离开队伍往家赶，到我家时已经半夜了，大家一看时间来不及就都在我家住下了。两年没见过我的父亲和弟弟、妹妹，看到我活着回来了，抱着我大哭一场，然后就赶紧去准备饭菜，留我的几个战友一起吃饭。吃完饭，我们就在地上铺了点稻草睡下了。天快亮的时候，我们听到庄西有爆炸的声音，我父亲说可能是朱圩那边有人求雨放炮仗的，但我们还是觉得不对，都不敢睡了。当第二声爆炸传来时，我们就赶紧拿起枪，冲出去。冲到村口，班长周继法回头对我说："你还小，今天就在家陪陪你爹吧！"说完就和战友们冲了出去，我留下来了。

天亮时，村里已经乱了套了，大家都背着粮食、抱着小孩往河滩跑，不远处一直有枪炮声传来。后来，鬼子来了，九辆卡车拉了几百号人往西边胡桥村冲过去，那里就是战斗打响的地方。当时，我心里一咯噔，心想坏了，敌人这么多，我们的人要遭难了，就提着枪也冲了出去。一路上，不时就有乱跑的老百姓被流弹打到，被鬼子炮弹击中的房子、树都烧了起来，火光把天都映红了。

我拼命往前跑，到胡桥村附近，我就看到我们的队伍也已经在搭好的攻势里战斗，战场其实就是老百姓的庄稼地，眼看要收的大蜀黍都被毁了。这时，我看到机枪班的战友趴在几个坟包上架着机枪正在向敌人方向开火，我顺着小沟准备冲过去。就在这时，一颗炮弹打了过来，"轰"的一声，我一下被气流冲倒在沟里，耳朵嗡嗡响，听不见外面的声音，想往跟前爬，腿却不听使唤，眼前有人跑，天上有炮火炸开的火光，但就是听不见声音。

也不知道过了多久，我才恢复知觉，这时候战斗基本都结束了，我爬到那个坟包跟前，把阵亡的战士挨个拖到一起，有的缺胳膊，有的缺了腿，还有的都没法辨认了……我仔细清点了人数，11个！11个全都死了！我坐在那，大声地哭，喊每一个人的名字，都没有反应……

这时有好多老百姓也来帮着清理战场了，有一个平时就手脚不干净的家伙，看见我的班长周继法脚上的鞋子还好好的，就上来脱他鞋。我气红了眼，冲上去给他一脚，然后拾起一根棍子一边抽他，一边骂："他都死了，你还来抢他鞋，你是人吗……"

这场战斗后来被称为"胡桥战斗"，从清晨打到傍晚，剿灭日伪军500多人，但是我们也牺牲了200多人。

我们机枪班没了。归队后，连长又从各班抽人重新组建机枪班，我还在其中。从那以后，我心里有了仇恨，我要给我那些好战友报仇。

后来，我们的队伍又经过重新整编，被编入新四军三师七旅十九团的胡大队，因为我们营长叫胡品银（音），嗓门大脾气大打仗也厉害，所以人家都喊我们是胡大队的。

1941年，在泗阳程道口，我们攻打一个日伪军据点，据点里有一个团的兵力。经过几天的巷战，敌军退守到围子里，围子外设了雷区、铁丝网等一道道防御，我们攻了几天都没攻下来。所有人几天几夜没合眼，补给就是一天两个土豆或者山芋，一两天喝不到一口水，怕睡着，我还弄了根小棍把眼皮撑住。

第三天，我们营长想出办法，让战士们挖地道，打算从地下攻进据点。就这样，战士们被分成两部分，一部分吸引敌人的火力，另一部分偷偷地挖地道。挖了三四天，才挖到了据点炮楼下。一挖通，我们先用门板送了一波人过去，剪断敌人的铁丝网，然后二营营长赤膊上阵举起大刀带头冲上去，战士们立刻像猛虎出闸一样冲进去。这个时候，我们这个班负责掩护，几挺机枪不停地扫射，其他人不停地往里面扔手榴弹，等战士们都攻进去了，我口袋里已经装满了手榴弹盖，膀子也抡麻了。

这场战斗我们胜利了，俘虏了据点里的日军头子和几百个伪军，还缴获了不少武器装备。但是，战斗太残酷了，有胜就有负，而且我们的装备跟鬼子根本没法比，一人一杆枪、五颗子弹、两个手榴弹、一把大刀，打完了就只能肉搏，所以吃败仗也是常事。

1941年冬天，我们在安徽一个叫草店的地方，被日本鬼子困在山里两个月，没吃、没喝，后来快要撑不下去了，我们团长命令一个叫白思才的见习参谋长带人去引开鬼子，让大部队撤到山下的河对岸去。当时，我已经是班长了，负责给诱敌的战友准备装备。出发前我清点人数是170个人，加3名指挥员。团长命令拿出所有的粮食，还杀了一匹骡子，给战士们包一顿饺子。吃饺子时，几个战友们告诉我他们的家在哪，家里人的名字，说要是回不来了就帮他们往家里送封信。我记得，有一个比我还小的战士哭着说等打完仗一定要回家好好孝顺父母。

可是，他们注定是回不来的，这一战太惨烈了。敌人的数量是我们的四五倍，一打起来，我们的人几乎没有还手之力，但是大家还是拼死拖住敌人，子弹打完了，就上刺刀肉搏。最后大部队成功转移了，而他们只有13个人突围成功……其他人永远都回不了家了！一个排长的头被敌人切下来挂在了树上，他的嘴里还咬着敌人的耳朵。

1946年，爹和弟弟都被扔进河里

1942年，我加入了中国共产党。后来，我跟着部队去过福建、浙江、山东、山西……还有好多连名字我都记不住的地方，全靠两条腿走，在东北差点把脚趾都冻掉了，在山东的林子里差点饿死，在安徽侦查时差点被抓……总归是九死一生。

1945年,日本鬼子宣布投降的时候,我在安徽,当时我们大院里站满了人,但鸦雀无声,我都不敢大声喘气。当广播里传来日军投降的消息,一声巨大的欢呼声打破了安静,所有人跳着、喊着、拍手、扔帽子,后来都有人哭了。当时,我们所有人都以为战争结束了,可以回家了,没想到,解放战争爆发了,我们去了东北。

在东北打了一年,我们部队又转到安徽。1947年到1948年,我服从组织安排,在安徽固城县的濠城当乡长,在当地搞土改工作,后来因为生病,我在1948年底又回到部队上。

那次生病非常重,回到部队没多久,我就跟上级要求返乡休养了。当时,部队上要给我安排工作,我没要,觉得自己也不认识多少字,除了打仗也不能干什么,干啥要给党添麻烦呢?最主要的是,我太想家了,8年我都没回过家,连一封信也没有,所以我就主动要求回家务农。

回家那天的情形,我至今忘不了。一进村,就有一个本家堂姐认出我来,然后哭着跟我说:"你怎么才回家啊……"一边把我往家带。走到家门口,我看到我家屋子连门都没有了,房子也塌了一间,家里没有人。

这时,我家门口围了不少乡邻过来,一个本家大伯告诉我,1946年冬天,国民党来村里抓共产党,有人告发说我是共产党,国民党就冲到我家抓了我父亲和我弟弟(周立银)。当时,我父亲和弟弟都受我影响参加了村里的农救会。国民党的人先是当着全村人的面毒打他们,然后就把他们绑起来扔到河里。就这样我父亲和弟弟被活活淹死了,我妹妹被村里人藏起来,才没遭到毒手。后来,妹妹说要出去找我,就独自离开了家乡,一直也没回来,村里人有的说她去东北了,也有人说她去安徽了。

幸运的是,1950年前后,我在安徽蚌埠找到了妹妹,当时她已经嫁人,在那边落户了。

退伍时,我已经30多岁了,回到阔别了10来年的家乡,修好了破败的家，娶了小我7岁的老伴，生了三个儿子两个女儿，过上了平静的生活。我后来就基本没有离开过家乡，打仗的时候跑够了，哪里都没有家好。抗战胜利60周年和70周年的时候，国家给了两枚纪念章，我觉得这是对我最大的肯定。

离家10年，我把人生中最风华正茂的几年奉献给了国家，但我无怨无悔。那是民族危亡的时刻，每一个中华儿女都有责任保卫家园，宁可战死也不当亡国奴，我很自豪我参加过抗战，我的子孙也都引以为豪！祝愿我们的国家越来越强大！

抗战老兵张天明口述自传

"刘老庄连八十二烈士"牺牲在我家附近

采访地点 | 沭阳县中华小区

采访时间 | 2019 年 2 月 23 日

采访人　 | 张天明、唐井珍

入伍时间 | 1941 年

撰稿人　 | 顾园园、仲文路

拍摄者　 | 杨群

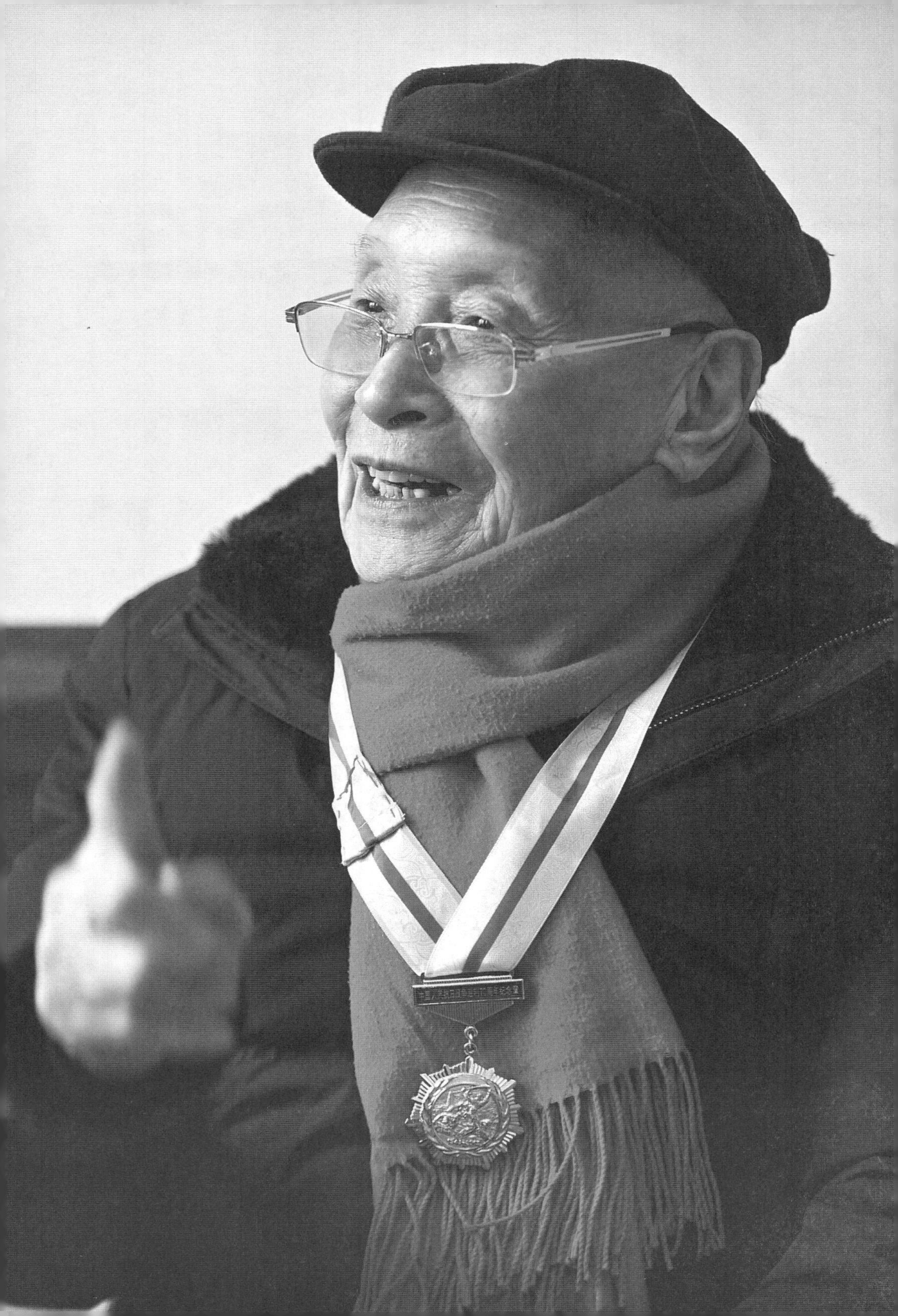

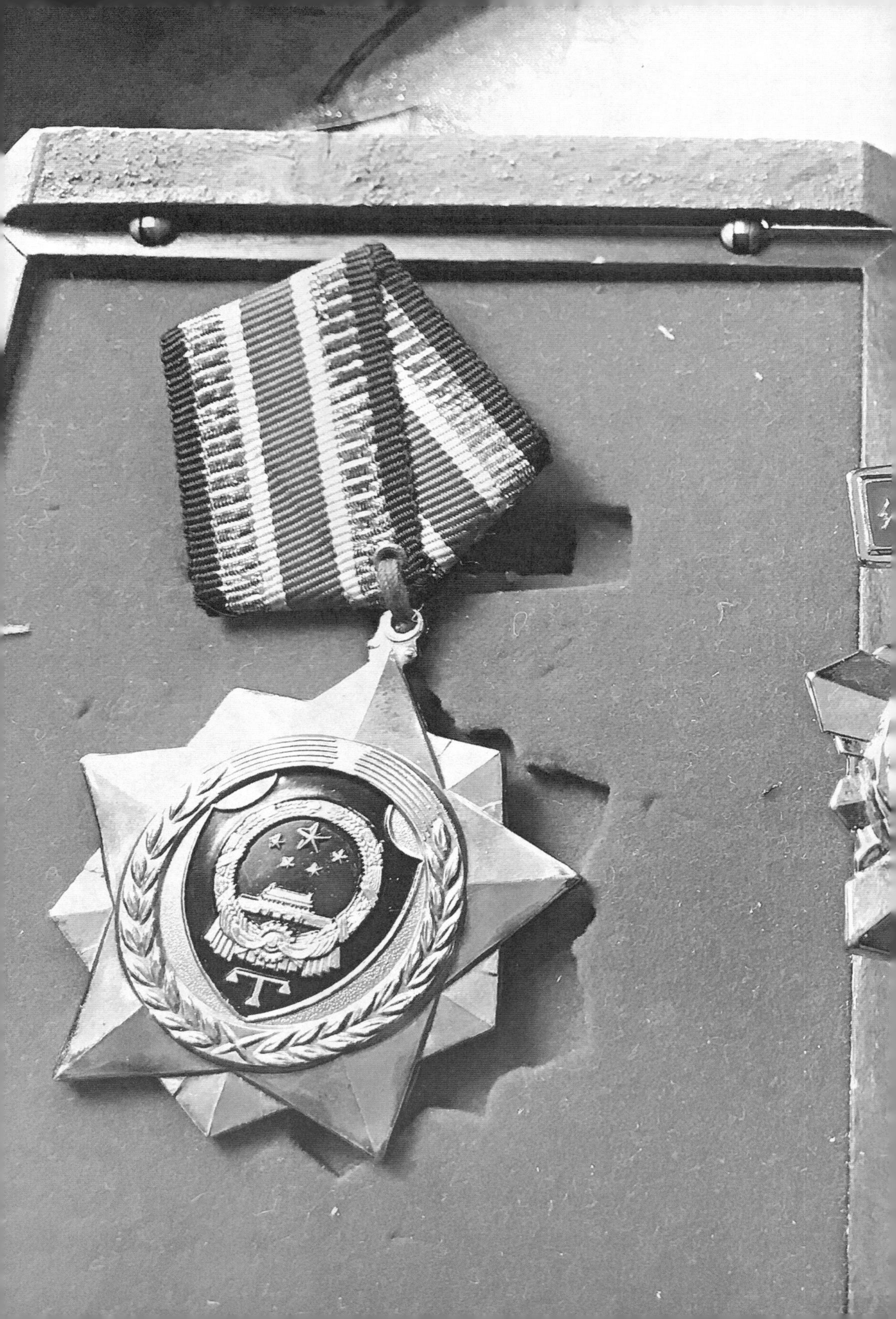

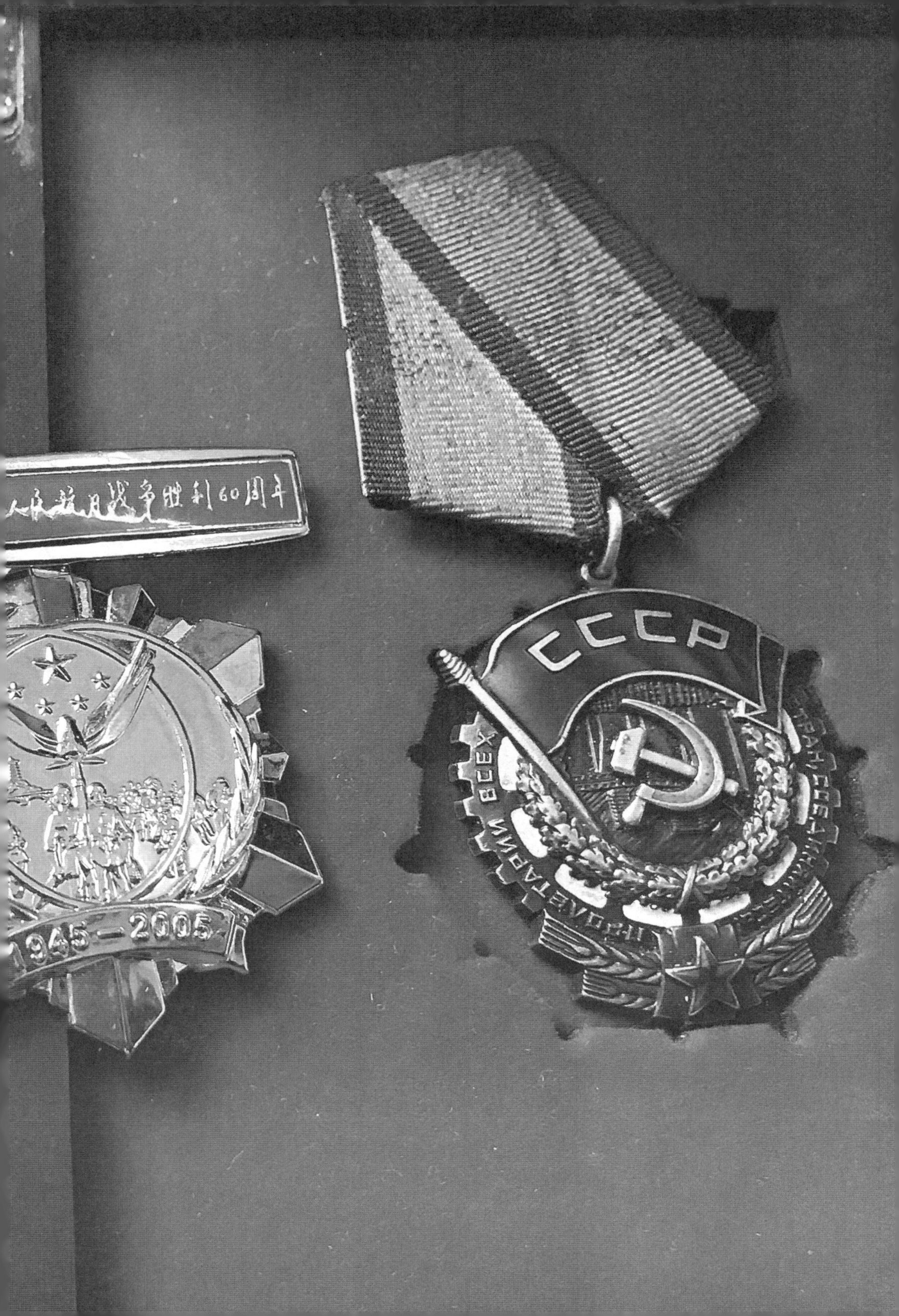
人民抗日战争胜利60周年
945—2005
СССР

江苏省第二届律

代表大会出席人员合影　一九八九年七月

抗战老兵张天明口述自传

从小就知道男子汉当以保家卫国为己任

1928年，我出生在沭阳县张圩乡一户书香人家，祖父是一位私塾先生，外祖父那边也是从事教育工作的。我有两个妹妹、一个弟弟，弟弟因为生病早夭，所以我家我这一辈就我一个男丁，本应在家守着父母，但我从十几岁就想去当兵杀敌。我的爷爷张芝堂非常深明大义，他常常教育我：身为一名男子，保家卫国是第一责任，把侵略者赶出国门，是每一个中国人都应该为之拼命的目标。因此，他是全家最支持我去参军的人。

1939年，日军进攻苏北，侵占苏北大片土地后，在许多县城的乡镇都安上了据点，他们选择的乡镇都是在公路附近，就连我家附近的钱集镇、淮安的徐溜镇、古寨乡等地都有日军的据点，许多伪军就组成一个保甲制度，加强对据点附近乡镇的伪化。在那个时候，我才十几岁，我们家搬到一个叫纪荡村的地方。当时，纪荡村在一个夹滩（滩涂）中，旁边都是水和芦苇荡，交通十分不方便，所以一直没有被鬼子盯上，也从未被伪化过。我家当时生活条件还可以，主要因为爷爷教书，我也一直念着书。

我记得当时我们那边有个地方部队叫第七分队，周凤云（共产党员）受共产党的指示，以假投降敌人为计策潜入敌人据点中，当时古寨据点的一位保安大队长叫刘克黄（音），也是我们的人。后来，我们潜入的同志就与他取得联系，方便传递情报，但是传递情报需要情报员，于是，接下来的故事就有了我的参与。

成为一名情报员，需要很大的胆量

日军占领古寨乡后，13个鬼子占领古寨小学作为据点，里面有一挺轻机枪、一个掷弹筒，还有许多三八式（步枪）。外面还有一个大一点的据点，驻守着许多伪军，又叫保安大队。保安大队围绕着鬼子的据点驻扎在外面，整个据点易守难攻。

我成为一名情报员也是有故事的。我起初在汤圩小学，13岁又到了耿庄小学。我家族中有一个舅舅就是秘密的情报员，但他不识字，经常找我帮他写东西，一来二去的，他觉得我认识许多字，又在学校里被选为抗日儿童团团长，便推荐我去当情报员。为了攻下古寨据点，周凤云与第七分队需要里应外合，为了方便传递情报，周凤云收养我为干儿子，让我一直住在他家，平时除了上学最重要的事情就是传递情报。

情报都是怎么传递的呢？当时，我正好有个亲戚——我老娘舅家住在古寨据点附近，我经常去他家玩，一边玩，一边注意据点里面的情况，因为我年纪小，鬼子也不会注意到我，这就方便我搜集情报了。有时候我把周凤云给我的情报写在纸上，然后送到郭荡（村名）路边的一个土地老爷庙里面，丢在土地老爷的身后，有时候用泥块压起来，至于什么人来拿情报我就不知道了；有时候也会把情报放在乱坑（乱葬岗）其中一个坟头上，然后用泥块压住……

一开始送情报的时候，我也很害怕。记得有一次是深更半夜，路又不好走，我需要经过一处乱坑，其实我心里很害怕，脑子里不时就冒出那些神魔鬼怪的故事，腿就迈不动了，心真是提到了嗓子眼。怎么办？情报必须要送出去啊！前不见庄子，后不见灯火的，我不能多想，大喘一口气，然后就咬着牙拼命跑，跑跑走走了十几里路之后才敢大声歇一下，现在想想还觉得害怕的。还有一次，队里给了一个马厂造的盒子枪给我，当时枪里就两颗子弹，因为跑得快，还被我跑掉了一颗，这让我难过了好一阵子。

传递情报有独特的方法

1940年,沭阳县钱集镇成立淮海区专员公署,机关驻地设在陈圩乡(现张圩乡),地点就在一个老中医家里,因为他家有一栋带院子的两层楼房。我记得当时的书记叫金明(音)。1941年,金明书记和几个党员经常来我家附近的纪荡村,因为纪荡村地理位置偏僻,从未被伪化过,便于开展情报工作。交接情报的地点就是我常去玩耍的纪五奶奶家里,我经常去那个附近钓鱼,有时候我会送一点给纪五奶奶家,有时候他们就会留我在那儿吃饭,所以我也能见到这些抗日英雄。

当时,我主要负责送沭阳与淮安交界处的情报,比如说古寨据点。传递的内容一般都是:鬼子或者伪军准备什么时候扫荡,扫荡地点是哪里;或者敌人有多少火力,人数等等。

送情报也是有技巧的,一般都用"代用语言",比如说,对方问我去哪,我就回答,去古寨买一盒洋火(火柴),这一盒洋火代表着敌人有一挺机枪,还有一打洋火又表示另外的意思,不是我们内部人员,是不明白里面的意思的。

哪里守卫军力薄弱,哪里火力强大,我们情报员都是知晓的。所以,在攻打古寨据点中,我们也是起到了关键作用的。虽然敌强我弱,但敌不过我军齐心协力!经过大约两年的斗争,1942年的时候,古寨据点在沭阳联防队和淮阴联防队的联合攻击下,终于被拿下,守据点的13个鬼子逃到了徐州那边。

鬼子做的坏事,至今都刻骨铭心

说起鬼子做的坏事真是说不清,鬼子经常会下来扫荡,每次除了抢东西,还会杀人,用机枪扫射,有的老百姓就被打死了。我记得有一次,纪荡村那会儿有个牌坊庄,有个姓汤的村民,他听说鬼子又下乡来扫荡了,吓得把大门关起来，然后站在板凳上往外张望，结果被鬼子一枪打死了。

到现在，我都记得"刘老庄连八十二烈士"战斗的故事。1943年春，日军对苏北淮海抗日根据地进行大规模扫荡。3月的一天，日伪军1000余人，分兵11路合围驻六塘河北岸的淮海区党政领导机关。第4连奋勇阻击各路敌人，掩护淮海区党政机关安全转移。全连82人凭借村前交通沟，英勇抗击日伪军攻击，终因敌众我寡，全部壮烈牺牲。当时，我在家都时能听到战场上传来的枪炮声的！那次战斗结束后，我们很多老百姓都赶过去了，但没有一个战士活下来，很多人都哭了。

对于日本鬼子，没有老百姓不恨他们。当时老百姓家大多都是草房，一点就着，鬼子烧了房子之后，老百姓都无家可归，许多老百姓只能去隔壁庄子借木头盖房子，有时候就连准备打棺材的木板都被人借走了。

抗战胜利后，继续做一名地下情报员

抗战胜利后，解放战争又爆发了。我成了一名地下工作者。1946年，组织安排我打入国民党内部。当时，我名义上是在钱集镇念书，实际上是在钱集镇搜集情报，没想到在那边遇到一个名叫郭义夫（音）的人，他就是国民党的特务，他认识我。当时，我正在外面观察，正好被他看见了，随后便被他告密关了起来。

关了十几天后，组织上派母亲来看我，巧的是，她竟遇见了几十年不见，从湖南回来探亲的舅舅。舅舅便和我母亲一起进去看我。当时，他在湖南长沙一家交通银行工作，认识一些人，所以他就想办法救了我，还立即带我到了湖南。

后来，我便在留在了湖南念书，可身为情报人员，我一直没忘记自己的职责，在学习的同时，还一直为党做着情报工作。我记得当时是在一家公司做学徒，上司是叫胡福明（音），那个时候的情报一般是口头表达比较多。一直到解放湖南之后，我的身份才被公开。

有生之年，依旧想为国效力

解放以后，我被分配到湖南湘阴县团委工作。1952年，我到武汉的中南政法学院（现中南财经政法大学）学习了4年，毕业后又回到湘阴县工作。直到1981年，我因为家庭原因才从湖南回到了沭阳，在沭阳县从事司法工作。

我的一生，经历过战火的洗礼，也享受过幸福的和平时光。如今，我有三个女儿、两个儿子，儿女成才，生活幸福，如今和老伴两人耳聪目明、身体康健。我希望，祖国强大，老百姓越来越幸福。

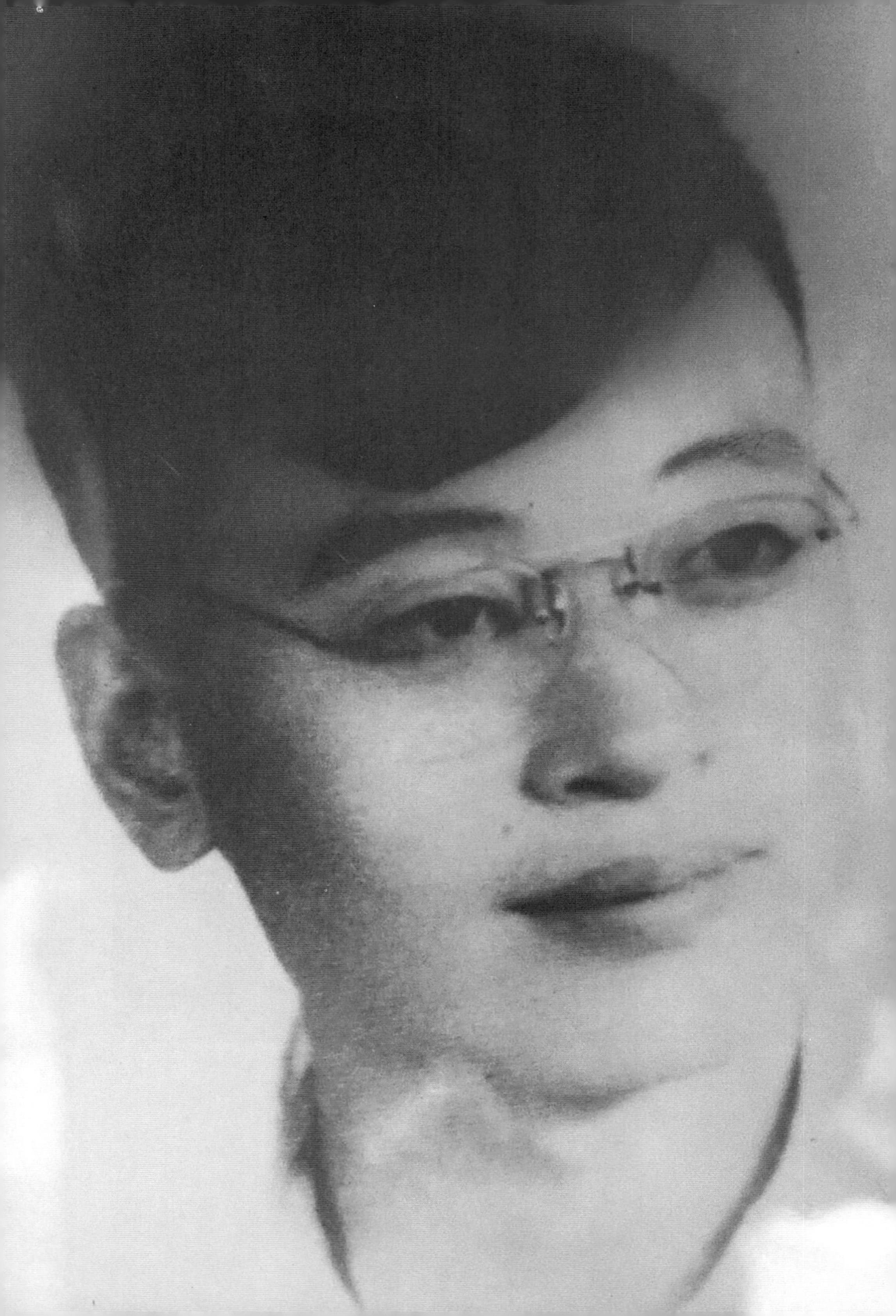

抗战老兵严恩福
口述自传

轻伤不下火线
伤好了也得重回战场

采访地点 | 沭阳县耿圩镇耿圩居委会吕庄组 023 号

采访时间 | 2018 年 11 月 13 日

采访人 | 严恩福

撰稿人 | 仲文路

拍摄者 | 杨群

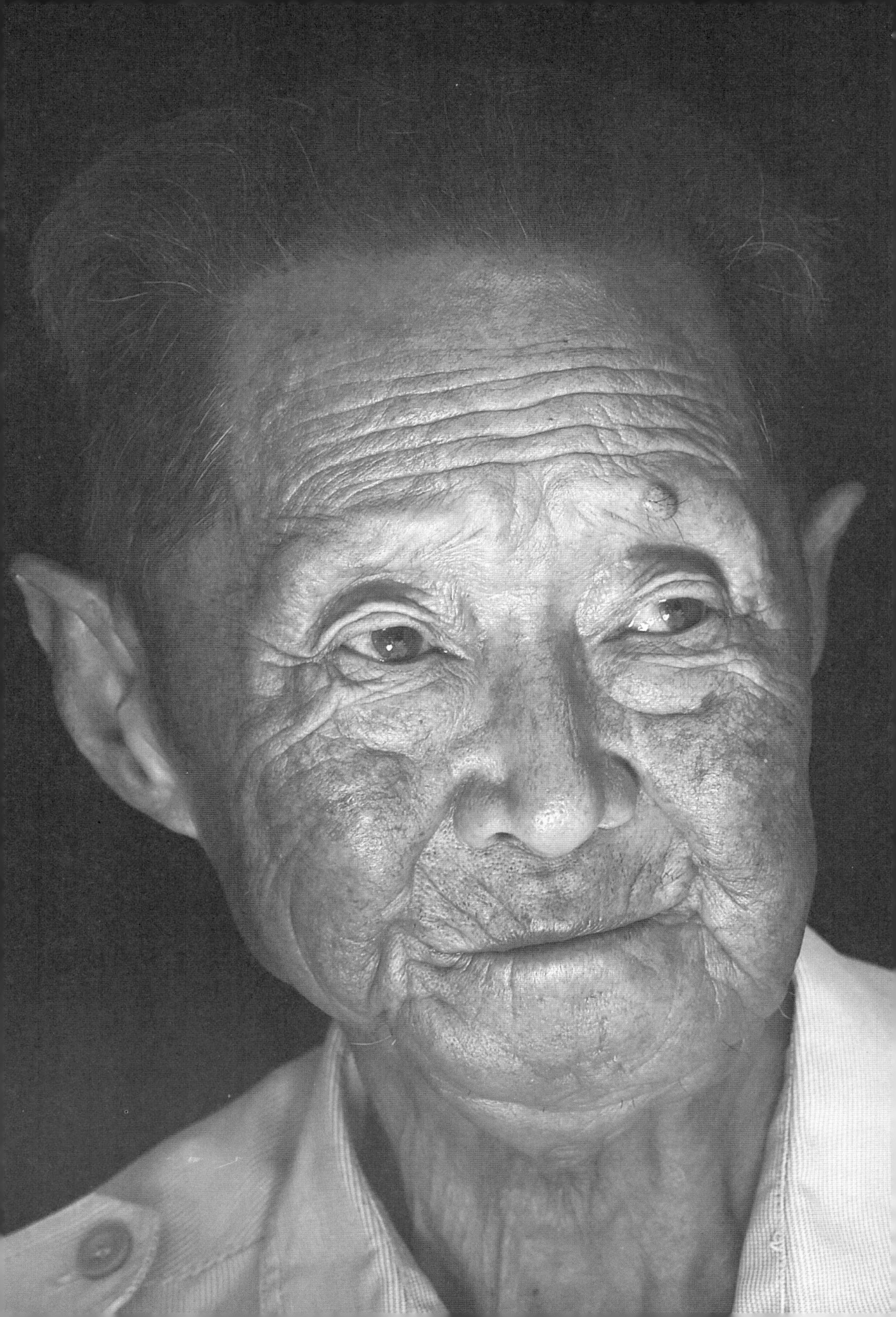

国人民抗日战争胜利70周年纪念章

中国人民解放军
复员军人证明书

中华人民共和国国防部

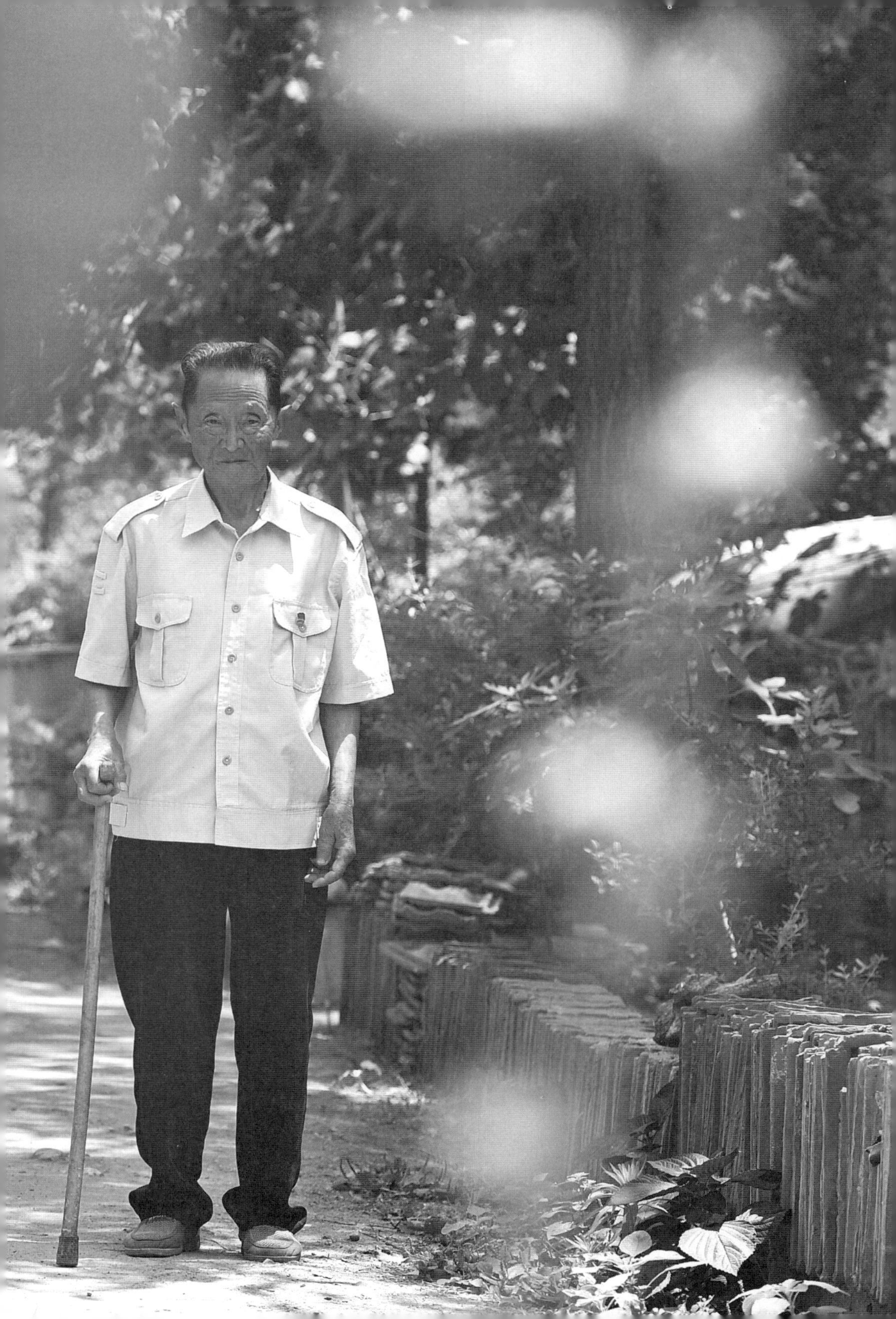

抗战老兵严恩福口述自传

宁做太平犬，不做乱世人

我出生于1924年，家里兄弟姊妹4个，我排行老二，下面还有一个弟弟和两个妹妹。小时候虽然穷，没有吃喝，但日子过得还算安生。自从鬼子来了之后，我才知道什么叫"宁做太平犬，不做乱世人"。

1939年，鬼子来到了沭阳。他们都是坐着大汽车，我们跟乡亲们一起去看热闹，那会儿都还没见过鬼子杀人。鬼子来的时候对我们这些孩子还算"友好"，他们会让我们过去玩，给我们坐汽车，给我们饼干、糖吃，看起来很友好的样子。我家大人告诉我："看见鬼子千万不能跑，要鼓掌，表示欢迎。"我那时候不明白为什么要这样做，直到有一次我看见了3个鬼子之后，本能地就想跑，但5个隔壁村的小伙子先跑了，结果被当场枪毙了，吓得我瞬间不敢动了。鬼子看见我没有跑就来跟我说话，还给我糖吃，向我竖大拇指。后来，我把这事告诉我家大人，他们说，这是鬼子的计谋，就想问孩子知不知道八路军在哪里。

"八路军是啥？"第一次听见八路军这个词的时候，我很好奇，后来断断续续地知道了，八路军是战士、英雄，为了我们老百姓去打鬼子的军队。

鬼子来后不久，我父亲就去世了，他得病了，症状和现在的肝炎差不多，老是呕血。那个时代本来就朝不保夕的，饭都吃不上，哪里还有钱找先生买药吃啊。我父亲生病后，家里也没有什么吃食让他补身体，再加上鬼子经常扫荡，他就更坚持不下去了，就在我15岁那年死了。我记得，当时就是一副柳木棺材将父亲草草下葬了。当时，也不知道我妈是哪来的钱，不过自那以后，我们家就更加穷了。

我去当兵了，我的母亲带着弟弟和妹妹去要饭

1942年，我18岁了。我跟我们村的陈鹏山处得要好，他是共产党员，又是乡里指导员，他经常跟我说，压在我们农民头上有三座大山：日本帝国主义、官僚资本主义、封建迷信主义，我们农民只有推翻了这三座大山，才能翻身做自己的主。

经常跟陈鹏山在一起，我也明白了很多道理，于是就跟着他参加了区大队，专门打游击，他给了我一支土榴枪，还让我当了游击队的小队长，管着十七八个人。当时，我接下的第一个任务就是到区里各个地主家门口去喊口号，喊的就是：打倒日本帝国主义、官僚资本主义、封建迷信主义……有意思的是，我们的乡长叫郭晓山（音），他既是我的领导，也是我表叔，也算地主。按照道理来说，他也算官僚资本主义中的一员，我就问表叔："表叔，我要去地主家门口喊口号了，你家门前也要去吗？"我表叔说："去！怎么不去？你该怎么喊就怎么喊，你就是把我斗倒了，我也得闹革命！"

就这样，那时候我们天天去地主家门口喊口号，一家接着一家喊。可是就在我闹革命的时候，我不知道的是，我母亲竟然带着我的弟弟和两个妹妹在外面讨饭。我母亲也是个要强的人，当时动员参军的时候，她是懂事理的，也同意我们家出人头去当兵，但是她想让我弟弟参军，因我比较勤快，我弟弟懒，家里就靠我干活养家。就在我弟弟去地方部队的头一晚，我还是去把他换回来了，他听力不好，我怕他受罪。

就在我打游击的第一年，我母亲做主给我娶了一个媳妇，我媳妇给我生了一个儿子。可是我整天在外面打游击也顾不了家，跟家里也不通信，导致我妻子在家生病去世我都不知道。

敌强我弱，打游击我们讲究计谋

记得我打的第一仗是在外面耿圩北边的周庙村柳圩子，当时日本鬼子在那边安插了一个据点，在据点里的都是一些"黄部队"（伪军）。我们这些民兵担心他们出来扫荡，白天就控制他们，不让他们出来；一旦发现他们出来就往里面扔手榴弹，当他们追出来时我们顿时四散跑开，他们也就不好追了；到晚上的时候，我们就主动出击，除了往据点里扔手榴弹，还开枪打，扰乱他们，让他们不得安宁……就这样打了八天，"黄部队"的头子黄海贵（音）被我们打跑了，往沭阳方向跑了。

第二次是在一个叫管桥胡圩子的地方打的，当时我们沭阳有个搞情报工作的同志给我们游击队送来消息说，"明天有日本鬼子要下来胡圩子扫荡，让我们做好准备"。于是，我们游击队组织了30多名战士在胡圩子前面的棒芦（玉米）地里设下埋伏。当时，那个棒芦地都有一人高，我们躲在里面，日本鬼子也看不到。我记得那天，天气很好，还有风。上午，我们躲在棒芦地里等着日本鬼子，他们从西南角的大路上奔着胡圩子而来，看着他们大部队走过去了，我们就打队伍的尾队，直接扔手榴弹，开枪打，连死夹伤的被我们打了9个；下午他们回来的时候，我们继续躲在棒芦地里，还是打队伍的尾队，又被我们打死了14个，而我们队伍里一个伤亡的也没有，当他们想追我们的时候，我们分散跑，由于熟知地形，又有东西做掩护，日本鬼子根本追不到我们。

日本鬼子武器好，除了机关枪还有大炮。大炮太厉害了，我们游击队根本就抵挡不了，为了给他们制造麻烦，我们游击队也想出了好点子：破坏道路！我们选择了一些重要道路，把路给挖通、挖空了，让他的大炮没有办法走。我们还把路挖成壕沟：五尺宽、六尺深，还能走下担架，方便我们打游击。

日本鬼子下来扫荡，说实话，我们硬拼肯定是拼不过人家的，但是我们计谋多！比如说，我们有麻雀战、口袋战、臭狗阵等等，每次都打得那些鬼子叽哇乱叫。就比如说有一次，我们在周庙村附近准备伏击下来扫荡的日本鬼子，来人大约300人。他们不走近，我们不开火，一直到他们走到50米内，我们才开始进攻：扔手榴弹。打死几个算几个，我们子弹少，手榴弹也少，当所有子弹都打光了，我们就立即撤退。

口袋战在那个时候也是比较有意思的，就是把我们的战士排成一个口袋形状，左面、右面、后面都有人，形成一个包围圈。有一次我们在沭阳闸东面的沈庄安据点，为了拿下这个据点，我们把鬼子引出来，再引进我们的包围圈里，然后集中全部火力，消灭了这一股鬼子！我们那个时候都年轻，有胆有脏（勇敢），打仗的时候都是不要命往前冲的。

还有那个时候特别出名的臭狗阵。我记得这个计谋是从沭阳桑墟那边传过来的，当时家家打狗，狗都打光了，我们就从宿迁、沭阳要死狗，死狗一来，我们就扛着死狗往鬼子据点旁的圩沟里扔。那时候，鬼子的据点周围都是圩沟，都挖了三四米深。当时正值夏天，那些死狗都生蛆了，蛆虫都长小手指那么大，都爬到据点里面去了，他们的房梁上、墙壁上都爬了很多，周围臭气熏天，很快，据点就被拔除了。

抓了两个日本俘虏，不能打死打伤他们

我现在年纪也大了，具体年头都记得不太清楚了，只记得那是一个春天，不是很冷但还穿着夹袄。我当时是区里的警卫班一班班长，有一次我和二班班长方永清（音）两人到周庙村西边转转，结果遇到了两个日本鬼子，那是真的日本鬼子，带着大盖帽，手里拿着枪，腰上还别着一把刺刀，正在追着老百姓家的鸡。

我一看顿时气不打一处来！这些鬼子到我们中国有三光政策：烧光、杀光、抢光。我当时就跟方永清说："老方，我们去把这两个日本鬼子逮住！"方永清说："人那枪多厉害啊？！我们拿枪也能逮住人家？"我就说："不谈枪孬好，我们要看有脏没脏（方言，指胆量）。"说过

这话，我们俩就准备开始行动了。

我观察到南边有一条小河，我们就悄悄摸到了小河边，慢慢地拿着枪往东跑，跑到了村西边的一个草堆旁，草堆西边就是一个战壕沟，我就顺着壕沟往北走，离日本鬼子就越来越近了。我摸过去以后，躲在了堆上，趁着他们不注意，绕到了他们身后，用枪指着他们的脑袋说："别动！举起手来！"他们听到动静后就立即把手竖了起来，方永清趁势就把他们的枪和刺刀夺了过来，他们只能投降了！

这两个日本鬼子说话我们不懂，我们说话他们也不懂。于是，我们就把他们带回了区里。那个时候都讲要优待战俘，我们把他们带到区里以后，还要负责招待他们，必须要弄好的，给他们吃面条和炒鸡蛋，可是他们居然看不上，要知道，我们平常是很难吃上白面条和鸡蛋的。后来，我才知道他们是怕我们下毒，于是，我先尝了一口，他们这才敢吃。

后来，他们还睡在门口的大场上学打飞机给我们看，摆的那个姿势也挺奇怪的。第二天，我们就把他们送到了宿迁县政府看管了。

曾炸翻过一辆坦克，但脸颊被打穿

1944年2月，这个时间我记得比较清楚，那时候我加入这部队，当时的部队番号是华东第三野战军第十二纵队三十五旅司令部。当时，我被正式编入部队的时候，师长姓余，他看见我穿得干干净净的，就指着我说："你来我身边干警卫员吧。"我当时很高兴，因为能为师长服务，是许多当兵人都觉得特别荣幸的事情。

1945年，日本鬼子投降后，内战又开始了。1948年，在山东济南打过仗后，8月份开始打淮海战役，当时我已经是警卫班长了，在指挥所里保护师长。我记得那天外面枪声不断，我从指挥所里出来转转，突然看见西南方向来了一辆坦克，坦克后面还跟着国民党部队，他们都朝着指挥所过来了，我立即跑进指挥所跟余师长汇报情况。

我记得那个时候，毛主席常说："要发扬革命英雄主义。"我就跟师长说："要不我去把坦克炸了吧？"师长当时不同意，说那不是我的任务，他说不能，但我说"能"！余师长就问："你去哪里弄炸药？"我就说："西南角的战壕沟里应该有。"余师长说："你咋知道的？"我就回了一句："我刚刚已经去转了一圈儿了。"说着我便把自己的枪揣到了怀里，然后往战壕沟里跑去。

那里面一些牺牲和受伤的战士都被转移走了，剩下的一些武器还在那儿，我就在那儿翻找，还真的找到了一小包炸药，当时那个炸药包上的拉火装置都已经安好了。我就抱着炸药包往西南方向去，坦克可以清楚地看到前方，但下面和两边根本看不清。我看见坦克快要过来后，就把炸药包放在它的必经之路上，拽开拉火装置后撒腿就跑。

"轰"的一声，炸药包爆炸了，等到烟雾散开后，我一看坦克被炸了个底朝天。我赶紧往东北方向跑，没跑几步，我就发现指挥所里的人都跑出来了，大家看到被炸翻的坦克的时候，后面的敌人也发现了我们，于是朝我们开乱枪，我回头一看，马上觉得脸上一阵剧痛，伸手一摸发现脸上全是血。原来，我的脸颊被打到了，子弹从右脸颊穿过去，从左脸颊出来，整个下巴都歪了。

受伤好了以后，我又申请回到了部队

师长看到后，当场宣布我立了二等功，然后还喊了担架过来，我当时也顾不得别的了，上了担架后就走了。余师长在旁边跟我说："到了修养的地方记得给我来信。"我也答应了。

走了两个星期后，我到了山东，我就写信向余师长汇报了情况。后来，余师长把入党申请书和立二等功的功劳证一起寄了过来。我在山东住了9个月的医院，然后就回家了。

回家以后，我才发现我的妻子已经生病去世了，但我的心里一直不安分，还想回到战场上。我母亲一开始是不同意的，但经不住我劝说，同意我回到部队。

我记得我是带着8个人一起回去的，有三等残废的，也有正常人。记得那天是星期天，我回到原来的单位，师长正好在家包饺子了，我从外面进去，师长说："你是几等残废？"我回答他："一等残废！"师长又说："都残废了，为什么还想回部队？"我大声告诉他："我身体残废了，但思想没残废，我还是个兵！"一旁的政委就笑着说："不愧是老同志！你走了以后，警卫连副连长来担任警卫班长都没干好，你有信心吗？"我说："有！"

那一天，师长留我在他家吃了饺子，吃过之后我就回了原部队继续担任师长的警卫班长。

新中国成立后，我们都欢喜高兴。但是抗美援朝又开始了，我所在的部队成了第二批前往朝鲜的军队。我们从上海出发，当天晚上过了鸭绿江。当时要求轻装上阵，把包袱都留下，并且在包袱上写下家乡住处，后来我们才知道包袱寄给了家里。

当时我们摸到了敌人有三不打：吃不好饭不打、看演出时不打、睡觉时不打。后来，我们专门针对他这三不打，一到开饭的时候，敌人连岗哨都不放，他们一吃饭，我们的大炮就开轰了，轰过之后，我们战士的枪上就装上了刺刀，趁他们被炸得迷迷糊糊的时候把他们都刺死；他们看演出、睡觉的时候，我们也搞这样的突然袭击……就这样，我们天天打胜仗。

我们9个月没洗澡、没洗衣服。也没有衣服换，身上痒得厉害了就抓两下。那时候我已经是警卫排长了，吃住在师部，我们还能吃得饱，但下面连队里面的战士就惨了：到一个山头，一个山头的野菜就光了。

复员后，我拒绝师长回家团聚

1952年，我复员回家了，部队给了我3090斤小麦（村里面就数我最多），40尺花布，还有200元人民币。那时候，我才知道我母亲和弟弟妹妹一直靠着讨饭生活，直到我回来才把我母亲借人家的钱和粮都还了。

我到家后，师长、副师长还有师长夫人都叫我回去。他们写信给我说："如果没结婚就自己回来，我们安排工作；如果结婚了，就带着媳妇一起回来……"我回信拒绝了师长的好意，没有回去。我打了十几年的仗实在是够的了，能够留下命回家就不孬了，压在我们农民头上的三座大山已经被拿掉了，我就不想再回去受人管束了。

后来，我被安排在乡里的合作商店里做经理，每个月领30多块钱工资，在当时那是响当当的。别人家不够吃的就朝我借，我就借粮食、借钱给他们，他们有还的，也有不还的，我们这个村里许多人朝我家借，我都借了。

回来第二年，在我母亲的操持下，我又娶了一个媳妇，生了一个儿子。现在跟小儿子一家住。我的孙子是个有本事的，做生意脑子好，盖了楼房给我住。要是没有共产党，哪里有今天的好日子？

后来经常有领导上我家来慰问我，他们也都会问我："当时为什么要去参军？为什么选择了共产党？"我就告诉他们：我一直觉得自己很幸运，选择的道路是正确的。当时参军时，有三条道路可选：日本鬼子、国民党、共产党。日本鬼子咱肯定不能干，帮着欺负老百姓的事我不会去做的。那么共产党和国民党选哪一个呢？虽然共产党吃的都是山干团子（山芋干），但得人心，得老百姓的心，我就选择了共产党。如今我也一直庆幸：我这辈子做的最正确的事情就是选择了共产党。

抗战老兵张俊
口述自传

我是从地主家走出来的战士

采访地点 ｜宿迁市泗阳县新袁镇于湾村九组 20 号

采访时间 ｜2018 年 10 月 17 日

采访人　 ｜张俊

撰稿人　 ｜李尚程　史伟

拍摄者　 ｜杨群

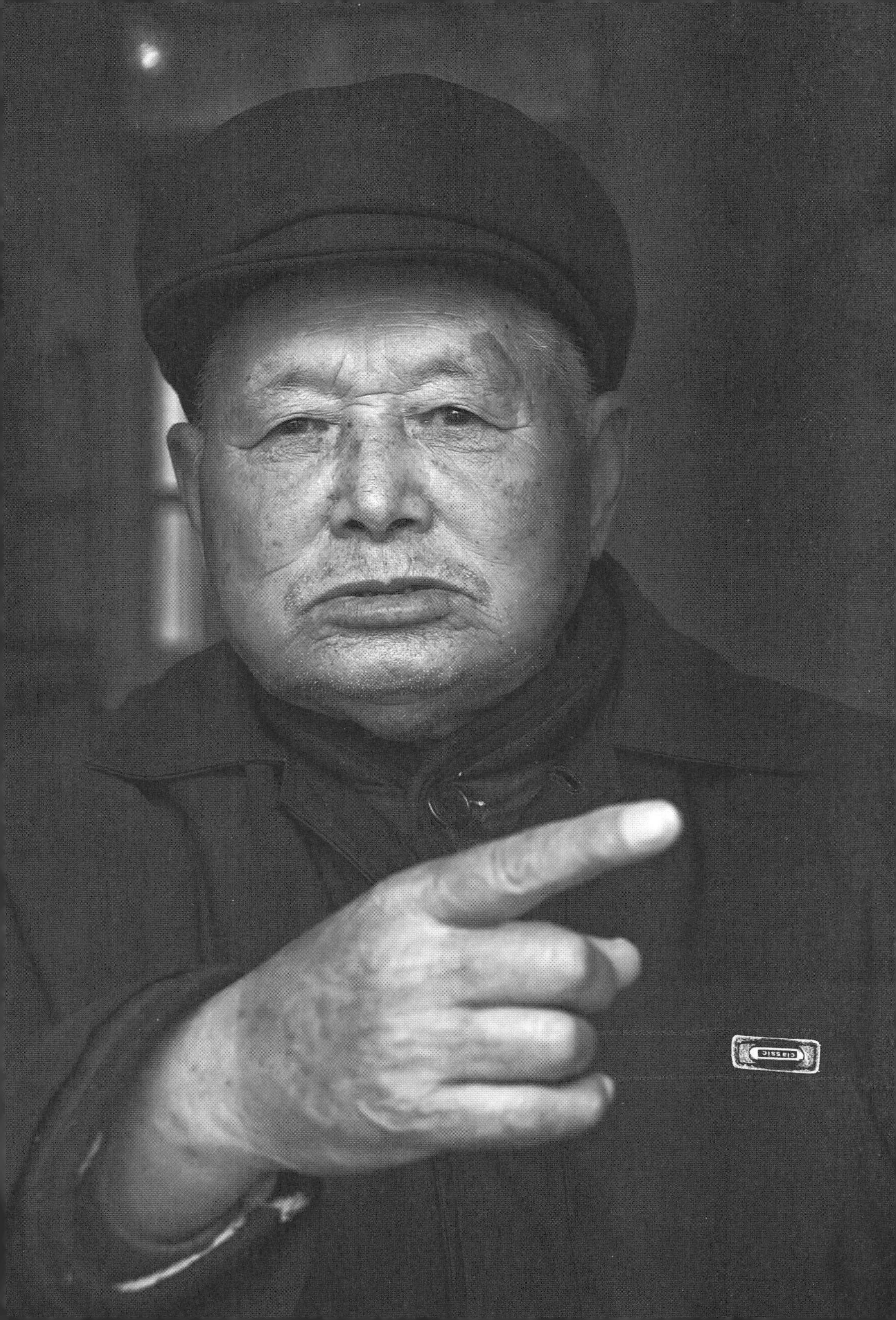

中国人民抗日战争胜利70周年

建国前老党员纪念章

抗战老兵张俊口述自传

我的父亲是地主

我 1926 年 11 月 26 日出生,我弟兄俩,我是老二。我大哥叫张杰,比我大 6 岁,他一直在家种地,照顾家人。

我父亲叫张相庭,是地主。我们家虽是地主,但地也不多,几十亩地。我父亲思想很是开明,待人好,雇的伙计一天给供 4 顿饭。早上吃过饭下湖(方言,指到庄稼地里干活),晌午回来吃一顿再下湖,下午回来吃一顿,晚上收工回来再吃一顿饭。

记忆中,我小时候吃饭也没吃过好的,最好的粮食就是大蜀米子、山芋。寒天里怎吃呢,给干的山芋干放在水里泡,泡酸了发酵了烧稀饭喝;秋半天,10 月、11 月这样,大锅里煮大白菜汤,上面馏(蒸)山芋干,这就是我们的主食。我们家是地主,但也吃不到好的,收的粮食也不够家人吃的,长年就吃这些杂粮。

家里有些地,但也是看天靠地吃饭,日子过得去。那时候日本鬼子和"和平军"在淮阴一带活动,那会儿就有一个镇上做生意的人和我说,在家待着也不行啊,就让我去"和平军"(日伪军)去干,那时候不懂事,不知道好坏,就信了人家话了,跟人家走了。从家里出来走了没有一里路,我心里一想,这"和平军"不就是黄部队吗?是跟日本鬼子的,专来抢老百姓东西,杀人放火的跟土匪一样?那可不能去,我不能干这事啊,然后我就回家来了。后来我才知道,那个生意人原来就是干"和平军"的。

我心里想着,共产党带的队伍、朱总司令带的队伍多好啊,我都亲眼看着这共产党的部队从村里过来过去的，爱护老百姓，不打人不骂人的，多好啊。我要是当那个"和平军"，不如去当新四军啊，多好啊，那才是为老百姓的部队。

我是怎知道日本鬼子坏的呢？日本鬼子从淮阴过来，从三岔那边打那个小钢炮，一炮轰到新袁街东头，街上好多人家都被炸了。

新袁街上有户姓周的人家，日本鬼子下乡扫荡时，一家人跑反跑到我们家。他家里还有个将近70岁的老奶奶顾家不想跑，没想到被小日本鬼子给糟蹋了。惨无人道啊，多恨人啊，这是人干的事吗？我听了，心里那个恨啊。我说，我们小年轻不当兵干什么？日本鬼子来欺负我们，杀人放火的，咱中国人受多少罪，我一定要当兵，去把小日本鬼子消灭了。

父亲送我去当兵

1941年前后，那时候罗炳辉带部队在泗阳周边打仗，我还小，还见过他呢，他长得魁梧、个大，而且枪法很准，对老百姓也好。罗炳辉不仅盒子枪、步枪、老套筒子打得好，大刀、长矛也都用得好，随手挥枪能打麻雀。那时候，在战斗中经常使用他创造的"梅花桩战术"和"罗炳辉防线"战术。

三岔那里有个高圩子。日本鬼子从运河、淮阴奔泗阳县来，在三岔高圩子攻打日本鬼子时，新四军这边先侦查好了敌情：日本鬼子要从哪里过来，大约多少人。侦查好后，了解日本鬼子要从运河走水路上岸，新四军就在运河里打下"梅花桩"，就是用木头打桩打在水底，从水面上是看不到水里有桩子。等日本鬼子的船快开到岸边时，开不动了，着急了，新四军就开枪打，这下日本鬼子就更急，下水都往岸上跑，这样新四军出动一部分人力就可以打他个措手不及。

有次用"梅花桩"战术打日本鬼子，一小队日本鬼子跑到运河岸边一户姓高的人家，高家是地主，家里有很高的围墙，就是他们占据了有利位置，易守难攻。这次打躲藏在高家里的日本鬼子，新四军伤了不少人，日本鬼子也死伤不少。

这次想起来抗日时候的事情都很悲伤啊，那时候部队里很多战士都是外地人，天南海北来抗日，战死在了泗阳。那会穷，也没有棺材给他们收尸，就埋在于湾村东边的沟塘里，想想就伤心。现在每年清明，我们这边学校就组织学生去烈士陵园扫墓，去看看那些烈士，也是一种慰藉。

十七八岁时，我想去当兵。1945年春天，那时候新四军部队正好扩军，村里都在动员参军。我父亲就问我想不想参军啊，我说想当兵。父亲问我想去哪里当兵，我说我要当兵就去当新四军。父亲问我，你不想当"和平军"？我说我不想当"和平军"，"和平军"杀人放火，全家都挨人骂，祖祖辈辈都不光荣，之后我父亲就带我去报名参加了新四军。

那时候动员参军，地方上还给钱给粮食，我父亲就没要。我父亲说："我又不是卖儿子，为国当兵，我要地方政府钱做什么。"我也想我要是当兵开小差，不给我父亲丢脸嘛。那时候我也不懂得当兵是为人民服务，后来到了部队学习，才知道当兵是为人民服务，当兵怎样怎样好，感觉非常光荣啊，我思想也就进步了。

我走了以后，地方上为了表扬我父亲思想进步送子参军，还让我父亲骑驴戴大红花，走到新袁镇街上给街坊邻里们瞧瞧，很光荣啊。

参军后，我在淮阴接受新兵训练，连长教我们怎么用枪，怎么用刺刀，和敌人打仗怎么样打、怎么样刺。我所在的部队是淮阴新四军军部，负责保卫首长们的安全工作。等到9月份的时候，中共中央发出关于向北发展、向南防御的战略方针部署，要求淮阴新四军主力开赴山东。

1945年8月里，连长接到从部队高层传来开会消息："好喽，这下好喽，日本鬼子投降喽，这下不用和日本鬼子打仗喽，我们马上就可以回家喽。"心里不是说想回家，俺真是心里高兴，这下中国人不受日本鬼子欺负了。小日本鬼子杀人放火什么都来，这下子把他们打败了，可不好了嘛！我也可以回家当老百姓，都能回家种地了，都能平平安安的了。

敌情紧张危机四伏

1945年秋天，10月底，陈毅还是我们的军长，我所在的新四军军部北上，从淮阴北移到山东临沂了。1945年12月，我所在的部队在山东临沂组成华东局。

那时候在山东情况紧张，晚上我负责站岗，不是站地上走哦，都是猫着趴在地上。寒天里，地上都是冰雪，趴着冷，也要趴着。为什么呢？那时候敌人多、特务多，你要是站着，不知道什么时候就可能被敌人的冷枪给打了。地上的寒气直往不厚的衣服里窜，身体木吱吱的（方言，麻木的意思）也要站好岗，保卫领导安全就是我们的任务，是我们的战斗。

我记不清是在1946年年底还是1947年初的一个晚上，天很冷，寒风吹在脸上像刀割一样疼，我负责站岗，那晚来敌了。山东那边山多，我猫在首长屋外临山的一个墙角那里，影影绰绰地看到远处来了一个人，从南边的小路上往这边庄上来了。看到有人奔庄子上来了，我立即提高了警惕，因为你也不知道来人是好人坏人。那人就直奔前走，他也不知道暗哨在哪里，不知道有人没人。等他走近了，有几米远了，我就端起枪，枪栓一拉："什么人？站住！"那人一听到这话呢，就吓跑了。我一看那人跑了，肯定不是好人啊，我开枪就打，开了一枪没打到，那人跑进了旁边的树林里溜了。

有一次在临沂，山东省政府有个专员，给坏人害了。这个专员晚上开会，有个敌方的特务躲在屋子外门口的石头后面，趴在那边，等专员出来的时候，那个特务用绳子往专员脖子上一勒，给勒死了。专员的尸体被抛在村里的砖井里头。

过天把（方言，指一两天的意思），我们部队伙房炊事员做饭，去砖井打水，一打水这水桶怎放不下去的呢？把水桶从井里头提上来，伸头往里面一看，这才发现里面有个死人，捞上来才知道是失踪的省政府专员。

那时候部队经常变换驻地，军部也不固定，多是在临沂沂水周边，哪里有高级首长来了，哪里开大会了，就派军部一个班或一个排的战士给站岗守卫。但是呢，事前你不知道要去保卫哪个，去哪个地方保卫。

1947年，时任山东省政府秘书长的郭子化还来到我们的军部开会，我和战友们被派去保卫过他。有一次，我保卫领导的时候，真遇到了危险。那晚我站岗，特务来了。特务知道屋子外面有人站岗，就慢慢朝门口摸，刚开始不知道他摸近了，我那晚趴在地上，手里端着枪，集中注意力，生怕会有什么事情。我趴地上呢，耳朵里就听见不远处有小石头响，石头一响，我就立即提高警惕了。

离我有四五十米远吧，我屏住呼吸，盯住传来声音的方向。脚步声慢慢地更近了，屋子前面有几棵树，他身影一闪过去，我看到地上有个影子了，就知道他在哪里。我立即站起来，端起枪，指着他在的方向大喊："什么人？不要动，再动就打死你！"特务一听，知道被发现了，撒腿就跑。一看跑了，我就在岗哨上开枪打，大晚上黑漆漆的，没打中特务给跑了。

每个岗哨都不能离人，怕中特务调虎离山计，眼看着跑了我没追赶，怕这个岗空了，给暗中埋伏的特务有空虚可趁。我这一喊，连队里的战友们听见了，追着特务的动向去逮他，可惜还是让特务溜了。

澄下的洗碗水留着烧稀饭喝

在山东的时候很艰苦。三四月份，青黄不接，没得吃。一个礼拜甚至一个月，都没有粮食吃，怎么办呢？一大清早就上山去拾地皮子吃。地皮子就是那个地衣，像蘑菇似的，长在潮湿的地方，一点点的。那东西吃了火大，吃多了容易腹泻。有时候我们在山上去捡野菜吃，捡了大概没有一个星期，部队上面就通知宣传了，地菌皮子和野菜不能去捡了，要留给老百姓们吃。我们当兵的人多，要是都给捡吃了，老百姓就吃的少了。之后，我们就不捡野菜来吃了。

按规定，我们一天一人是十四两连壳子的大黍或高粱，旧时十六两才是一斤啊，后来连这个也没了。我们就凑在一起，把连着壳的粮食在石磨上加水一起磨成糊糊后烧稀饭喝，那时候都是十几二十几岁的小伙子，都是吃壮饭的时候，喝的是能照见人影的稀饭，饭不够吃的，哪里能吃饱，但这样我们才能混个水饱，能活下来。

要不就说我们共产党的部队是好的呢，好就好在这块，团结友爱，互相让啊，让给你吃让给他吃，你说自己吃饱了，我也说自己吃饱了，饭其实根本不够喝的，彼此之间你让我让，那一锅照人影的稀饭硬是喝不完，还剩余下来。

那时候，我们洗碗怎么洗呢？一个连一百来口人，弄一个大水桶里面放上水，每个人都给碗放水桶里洗，这洗碗水呢不倒掉，放在那桶里澄。澄了半天，水桶底呢会澄下来一点点米糊，这米糊糊可舍不得倒掉，要留着下顿再烧稀饭吃。

医院遇见兵败的日本鬼子

1946年初，农历三四月份时，扒临沂城东门土城墙的时候遇到过一次危险，城墙倒了砸到我。那时候，国民党七十四师往山东进攻了。毛主席说：不要计较一城一地的得失。有城墙，外面进攻呢不好进攻，我们现在守不住，撤退时把城墙扒倒了，等以后回攻，我们好打。

当兵人多，用铁锹刨城墙。我后面的一个人呢，刨城墙的墙基，劲用大了，刨子的头一下子刨掉了，给我裤腰带都砍掉了一块。我站在城墙底下和战友开玩笑，战友拽我耳朵，我就跟他跑，幸好跑开了，刚巧那块几丈高的城墙倒了，一下子砸到了我的腰，幸好只砸到了腰，不然人说不定就砸没了。我腰受伤不能动，在后方医院住了个把月。

怎不用炸药？那时候条件差多了，炸药哪里舍得用在扒城墙这上面啊。

1947年春天，我生病了，住在后方医院里头，遇到一个被我们俘虏的日本兵，战败后他没有跟日本军队回去。原来的医院不是正儿八经的医院，就在当地老百姓家里头临时设立的医院，谈不上是医疗设施，药品也都很紧张。没想到在医院里有个日本鬼子，和我住在一个病房里头。听见他说话的口音不像中国人，就问他："你是哪里人？"那个日本鬼子也讲中国话，他说他是日本人。"你是日本人，战败了你在中国干什么？赖在我们这干什么？怎不回你自己的国家？"那个日本人说，我们日本军人和你们都是一样的，为了解放中国的。"你吹牛！没有比你们日本人再坏了。你们来中国杀人放火，逮到人就杀，遇到妇女就强奸，看到什么都烧，你们坏透了，你能做过哪样好事，还和我们比较，不要脸。"那个日本鬼子还不承认他们军队的罪行，还想掩盖。恨哪，实在恨！但那时候日本已经投降了，我们当兵的也不能打人家，恨得牙痒痒。那要是之前在打仗时，恨不能上去咬那个日本鬼子两口。后来，我住了几个月的院，就回到队伍里了，也不知道那个日本鬼子后来什么情况了。

1947年4月28日，我一直都记得这天。这天，我入党了。记得宣读入党誓词时，我心里相当高兴啊，我也是党员了。我在部队吃苦耐劳，学习、训练都刻苦爱钻研，组织考察很久后便找我谈话，了解我的思想意识，"我肯定想入党啊，我们的队伍就是中国共产党领导的，优秀的战士才能入党，这不是对我的肯定嘛，我要入党。"

1949年5月，上海解放。我所在的华东局机关和接管干部一起，坐火车、转汽车，从潍坊市启程，随大军南下，从济南、徐州一带，到淮阴，一直进到上海。到上海后，战士们为了不惊扰上海市民，都睡在街头，身下垫着麻袋，合衣躺在地上睡。之后我进入上海市公安总队，成为一名人民公安。那时候，陈毅是上海市市长。蒋介石对上海实行了海上封锁，说要3个月整垮上海，上海经济非常困难。陈毅同志就提出精简机构。他自己主动要求从他的秘书和警卫减员。那时候，上海不太平，街道上每天都有案件，大白天杀人、放火时有发生。

感谢国家，给我们幸福生活

1958 年，我离开上海市公安总队，带着妻儿回到了泗阳，见到了多年未见的父亲、哥嫂等亲人。我的母亲，在我入伍的第二年就因病去世了，母亲去世时我不知道，母亲生前我也没有尽孝，很是愧疚。

1961 年，我的父亲在贫穷和疾病中离开人世。那时候处于三年困难时期，地里种的庄稼不够吃。秋天时，猪都不吃的霉烂的山芋叶子，我们煮了吃。留着给地里下肥料的棉花籽，也是老百姓口中的粮食。30 斤粮食，一家几口人能吃两个月，煮的饭都看不到粮食影子，尽是野菜、麸皮这些。

后来，在共产党的带领下，咱老百姓的日子一天天好起来。我们家先后有了 3 个儿子 3 个闺女，慢慢吃穿也不愁了，日子过得很舒服。孙辈们也都很争气，在上海、杭州和苏州这些大城市工作学习，我小孙子现在在上海读博士呢。

我和老伴也享儿孙福，逢年过节他们都大老远赶回来看我们。平时儿子、闺女们也都经常来照顾我们，我和老伴年岁虽然大了，但身体还可以。我现在每月领着国家给的钱，心里想着国家养着我们老兵、惦记着我们老兵，我很满足了。

抗战老兵周国英
口述自传

女子有泪也不轻弹

采访地点 ｜宿迁市泗洪县陈圩乡祖姚村二组

采访时间 ｜2015年7月12日、2018年9月13日

采访人 ｜周国英

撰稿人 ｜徐其崇　周妮

拍摄者 ｜徐其崇

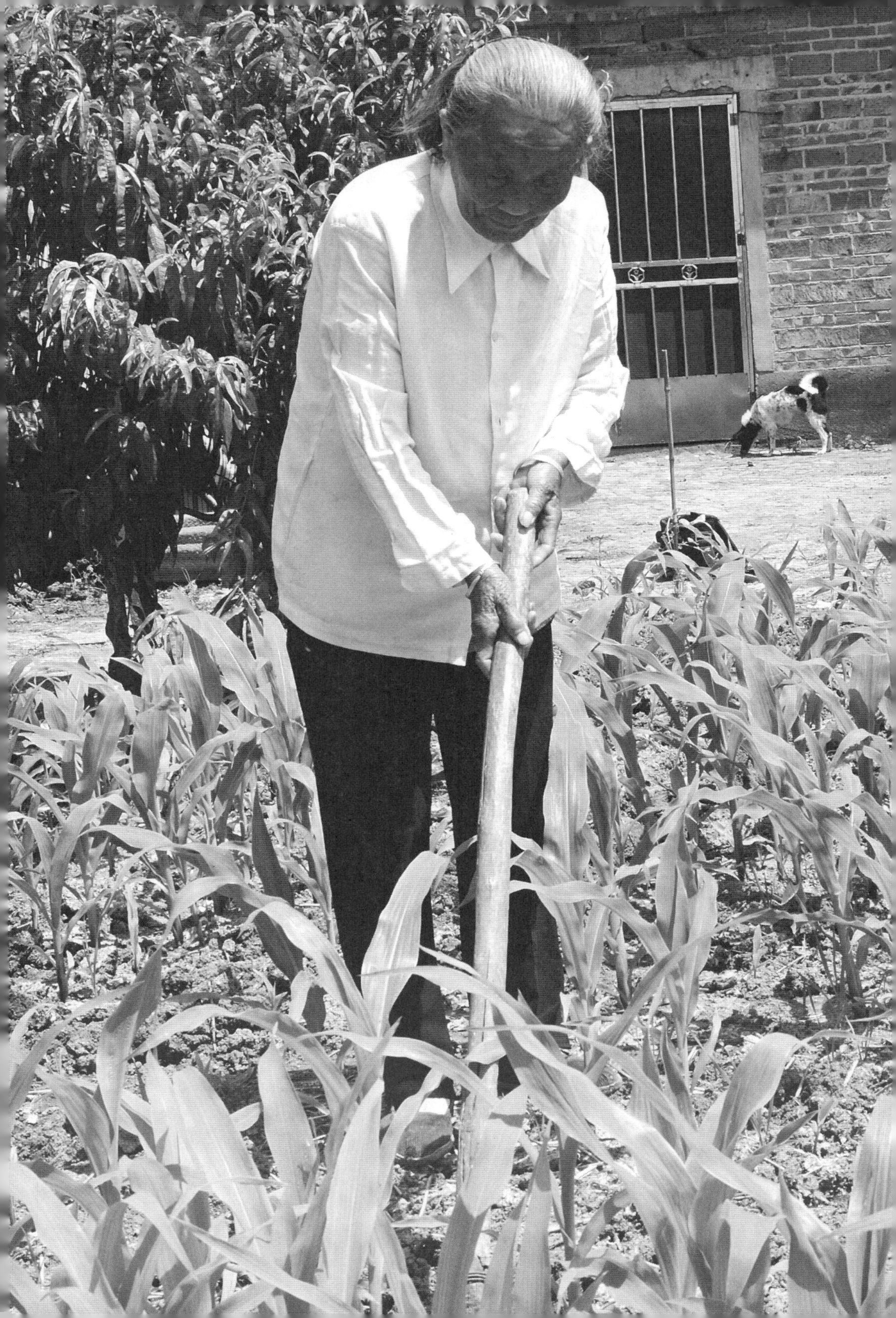

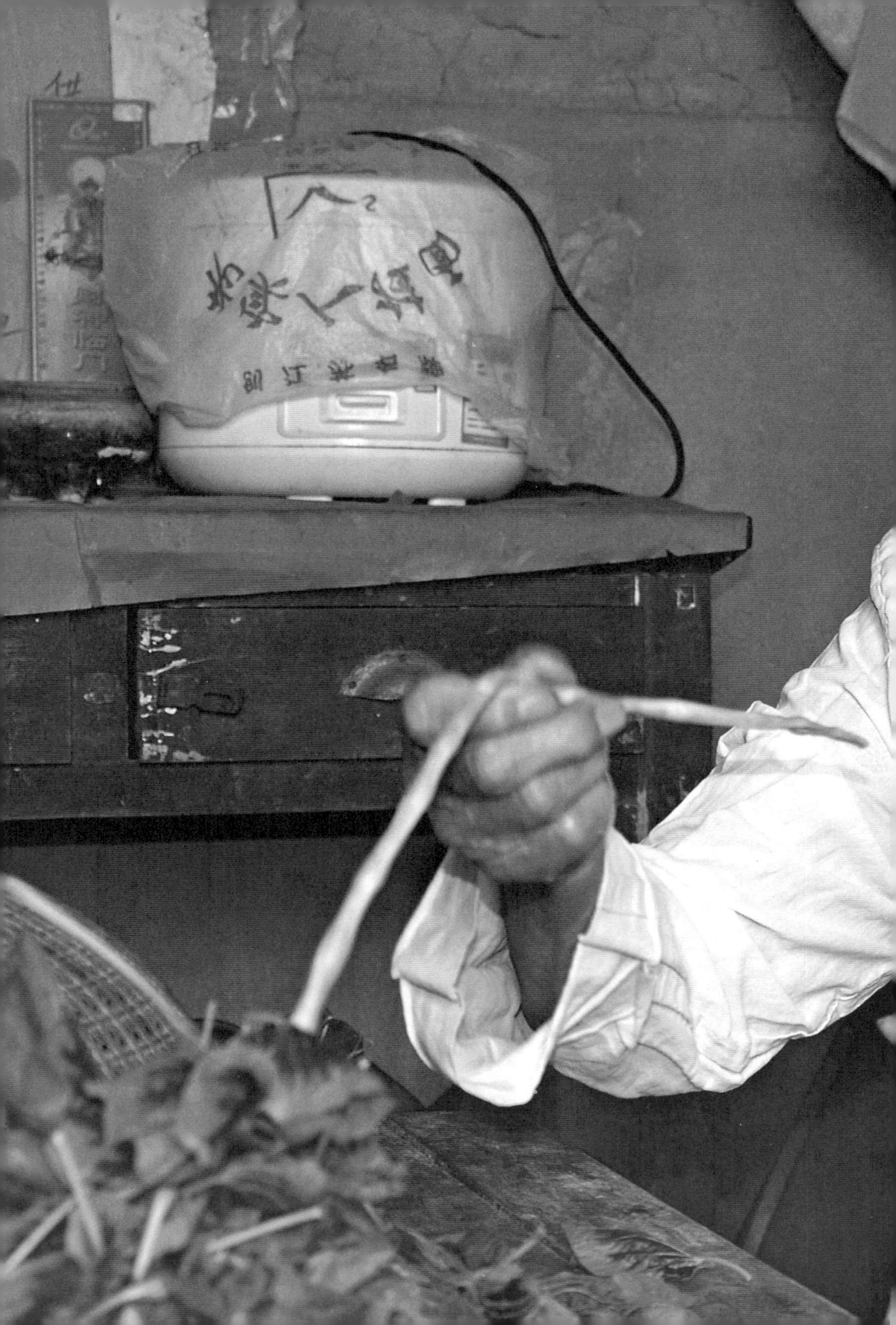

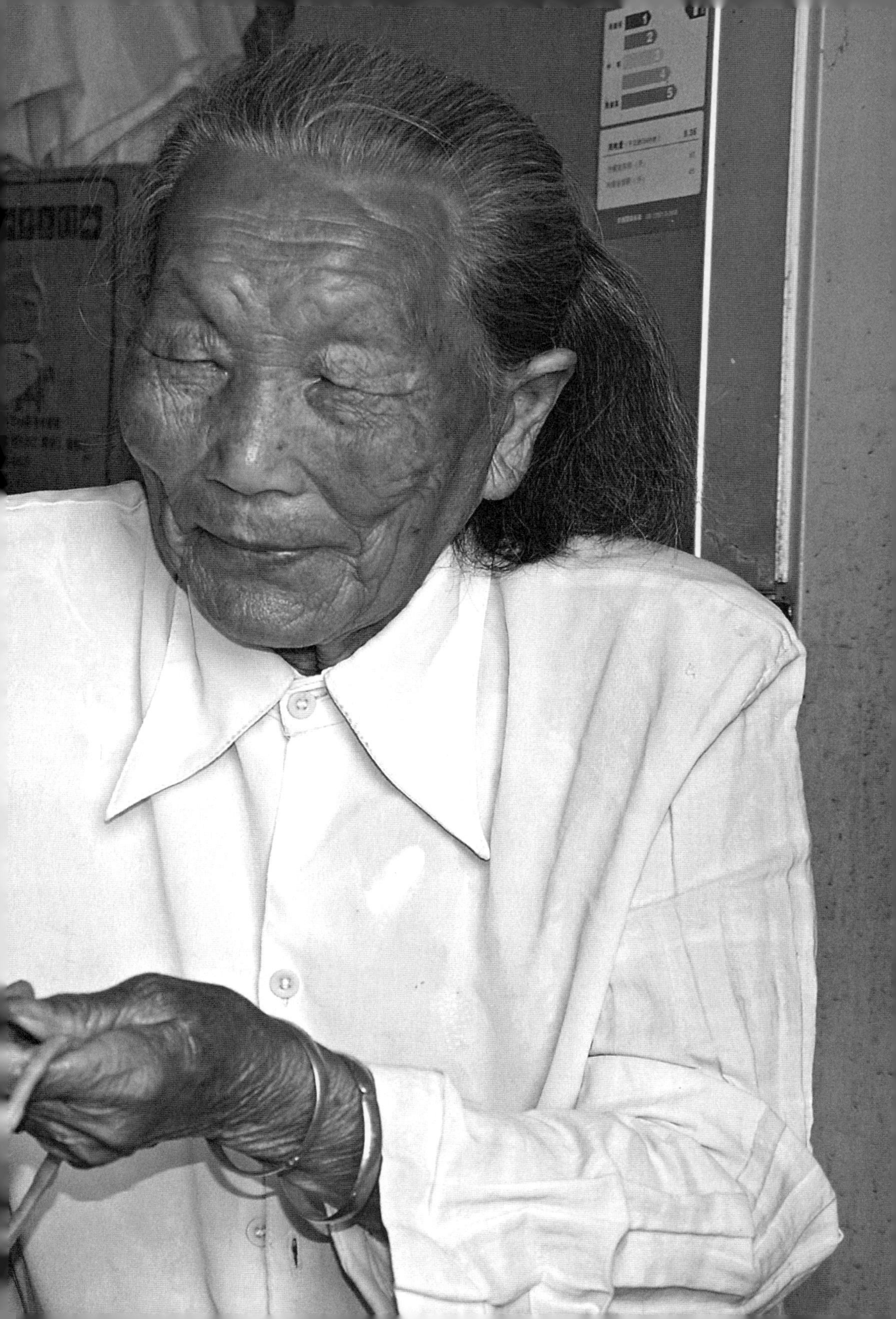

抗战老兵周国英口述自传

家庭穷苦要过饭

我叫周国英，曾经也叫过周为（音），还叫过周桂英，生于1925年。

我是穷苦人家出身，娘家就在泗洪县陈圩乡祖姚村二组。在我小的时候，家里很穷，兄弟姊妹又多，全靠我父亲给财主家当雇工来支撑。我们家姐妹5个，我排行老小，上面有两个哥哥和两个姐姐。

我母亲很早就双目失明了，不能干活，父亲一个人去当雇工根本负担不了家里七口人的生活，一家人经常挨饿。我能记得有好多次，我们几个孩子饿得实在着急，就抱成一团哭嚎，母亲在旁边看着我们哭，实在没办法了，我母亲就去带着我和我两个姐姐出去逃荒。

日子一直过得很苦，为了让家里人不被饿死，我的两个哥哥长到十四五岁的时候，也跟着父亲去地主家去做雇工了。父亲和两个哥哥在地主家吃饭，我们母子三人就在外以乞讨为生。

我要去当兵，主要是受到小时候乡间有盗贼的影响。在我只有五六岁的时候，村子里一直有盗贼出现，偷东西、抢东西，这些贼什么坏事都干。我记得当时一天夜里，盗贼摸到我家，把家里仅有的几升粮食、几只鸡和几只羊给偷走了，家里不剩下一点食物。第二天早晨，父亲和母亲起来发现家里的东西都被偷了，气得又骂又哭，闹了一整天。

虽然我那时候年纪小，但心里也知道恨这些贼，就想着等我长大了，要去打这些作恶的坏人。从那时起，我就有了打坏人的想法。

后来，家里直接揭不开锅了，没有办法，我们姐妹几个就跟着父母亲一起去外地逃荒、要饭，带上几个破碗，去了好多个地方。这样流浪的日子足足过了两年多。

瞒着家人去当兵

1942年秋天，新四军第四师拂晓剧团来到我们庄子上慰问演出。后来拂晓剧团在我们庄上驻扎了下来。我每天都到剧团看战士们表演、化妆、唱戏，我觉得很新奇。因为我从来都没看过，觉得新鲜得不得了，连吃饭时候都舍不得回家。看完演出后，我还会同剧团的干部、演员一道，收拾道具、打杂。就这样，我和拂晓剧团的战士结下了友谊。

我从小就很活泼，胆子也大，剧团里的女演员都很喜欢我，觉得我"好玩"。因为我年龄比她们小，她们还给我起了个外号，叫"小鬼"，平常都"小鬼""小鬼"地叫着，我也很喜欢她们这样叫我。她们带我玩，也会叫我跟她们一起吃，我和一群女兵演员玩得很好。

记得有一天早晨，天气阴沉沉的，像是要下雨，但又下不下来，让人感觉很难受、很闷。我像往常一样从家里跑去找剧团里的姐姐们玩。

到了剧团，我看到团里的人都在收拾东西，把演出服装、道具都收拾起来了。几个男兵在拆唱戏用的架子。我看这情况不对劲啊，就找到其中一位姐姐，问这是怎么回事。这位姐姐说，他们剧团要离开这个地方了。我一听到这个就慌了，因为我不想跟她们分开。我就找到了一位当官的人，跟他说："同志，能不能把我也带去啊，我也想当兵，也想去打鬼子。"

那个当官的同志听了我说的话就笑起来，说："你这个小姑娘怎么去打鬼子啊？连枪都拿不动。"旁边的人也都在笑我。我就是不死心，使劲跟他们讲，想说服他们。终于，在我半天的哀求下，他们同意带着我去当兵了。

我高兴极了，但是想到家里人肯定不会同意我去当兵的，如果被我父母亲知道了，他们一定会打断我的腿。所以，我就决定瞒着家里人，偷偷去当兵。

就这样，我跟着拂晓剧团去了山东。那年，我17岁。

难忘当年登舞台

到了山东，部队里的战友待我就像亲姐妹一样，教我练唱歌、跳舞等一些基本功，因为我那时还不会上台表演，我就帮剧团里的一位领导带小孩。后来，我也能够上台表演了。

后来我才明白，拂晓剧团是由彭雪枫精心培育起来的，组建于1938年10月。随着游击支队的深入敌后，拂晓剧团以舞台为战场，战斗在豫皖苏边区，成为活跃在华中抗日战场上的一支文艺轻骑兵。彭雪枫曾说过：文化斗争并不比军事斗争或政治的斗争次要，相反，文化运动总在革命斗争中起着先导作用。革命运动首先反映出来的是文化运动，文化运动先做了革命实践的思想上的准备，而后又直接指导着革命实践。除开那些持有单纯军事观点的人，我们共产党是没有不重视文化工作的。

记得1943年冬天，拂晓剧团开展拥政爱民运动时，利用春节3天和元宵节的晚上，和民间艺人一起组织了花挑子、旱船队表演，白天到驻军村镇走街串巷，送戏上门。元宵佳节那天晚上，家家户户张灯结彩，燃放鞭炮，欢迎旱船队、花挑子停下来表演。

还有记忆最深刻的一次，让我难以忘怀。彭雪枫师长来到拂晓剧团，给大家提了个建议，要求全团配合一个时期的中心任务，用艺术形式对部队和群众进行形象化的教育。当时，剧团领导坚持认为：紧跟形势，配合任务，正是我们为战争服务的手段。用艺术形式和革命内容的结合，拿出高质量高水平的舞台作品，更是我们大家孜孜以求的奋斗目标。随后，剧团就把曹禺名著《日出》《雷雨》陆续地搬上舞台，这也是接受了彭雪枫师长的提议之后才排练的。

当时为了演高规格的节目，我们采用就地取材以土代洋的办法，在一个剧目中，为了演奔驰中的火车情节，但火车不可能在舞台上出现。经过大家出主意想办法，我们将破袭津浦路时留下的铁轨搬上舞台，用长条凳排列起来当枕木，上面架上铁轨，把面对观众的一面用土色的布蒙上形成一个斜坡，再涂上些泥巴。这样，一段路轨就在舞台上出现了。为了呈现车轮滚动的节奏声，演员们用两只煤油桶摞在一起，再用两把算盘在煤油桶上有节奏地拍打，终于发出了火车奔驰时"锵锵恰恰"的声响。这种逼真的演出，受到了当地老百姓的高度称赞。

而立之年才返乡

在拂晓剧团干了两年后，我又被分到华中银行，在那里，我就做印票、理票的工作。干了一年多以后，我又跟着部队来到了四师九旅卫生部，当了一名卫生员。我在卫生部负责接收前线的伤员，因为我不懂医术，也不识字，只能做清洗伤口、包扎之类的简单工作。

当时部队急行军是常见的事，一晚上最少也得走七八十里路，最多能走一百多里。有一次，我们几个女兵跟不上了，就把身上的包袱扔了，找地方埋下。等部队驻下，我们再回来把包袱挖出来。我那时候我又小又瘦，跟不上队伍，经常会掉队。掉队了我就跟上别的队伍，跟着人家走，然后再找自己的部队。

在我离家当兵的前几年里，我的家人在到处找我。但是，我死都不能让家人找到我，因为被他们知道了，我这兵就当不成了，我就想一直待在部队里。有一次家人找到部队的时候，我就让部队里的人把我给藏起来。就这样，家人来了几次都没找到我。时间长了，他们也不找了，估计就当我这个人死了。

好多年之后，我心里觉得很对不起他们，最起码应该让他们知道我是死是活吧，我就托人给家里写了封信，告诉他们我在部队当兵了，让他们不要找我。

后来，我就一直待在山东，一直都在做卫生员的工作，直到新中国成立后，全国太平了，我这才回到老家。那一年，我已经30岁了。

我还记得回家那天，父母亲看到我回来了又高兴又气，我母亲虽然眼睛看不见，但还是努力摸着我的脸，一边摸一边哭："你这个死丫头，这些年你去哪了，我以为你死在外面了。"我能感觉到母亲的手一直在颤抖，她闭着的盲眼里不停流出眼泪。

说实话，离家十几年，我心里也很愧疚。我也很想家里，也想知道他们过得好不好，但又怕他们怪我偷跑出去当兵，所以一直也没有回家。

巧与战友结连理

回到老家那年，我的两个姐姐在我当兵期间早已嫁人了，两个哥哥也相继结婚了，就剩我一个人没成家。在那个时候，30岁的大姑娘还没嫁出去，也是个"麻烦事"。

其实，父母亲给我订过"娃娃亲"，也就是我还不懂事的时候，父母做主把我许配给同村的一户人家。后来，那户人家听说我跑出去当兵去了，就说我是"风流鬼"，这门娃娃亲也就拉倒了。在我还没回老家的时候，那个男的早早就娶了别人家的姑娘，并生了几个孩子。

在部队的时候，我就听说和我住一个庄子上的张加强是个排长，他在前线作战，曾经送伤员到卫生部，我们就认识了。不过那时候没有时间聊天，更没想着谈对象这事，就一心想着干革命，想着打鬼子。

在部队里那么多年，虽然没怎么接触张加强这个人，但通过别人讲他，也知道他这个人挺不错的，对他的印象挺好的。我们是一起脱下军装回老家的，他对我印象也挺好的。他比我大3岁，都是老大不小的年纪，又有一段战斗的革命友谊，就这样，我们回老家后就走到了一起，成为了夫妻。

我们结婚时我家里很穷，他家也穷，办喜事那天，他给扯了一件蓝

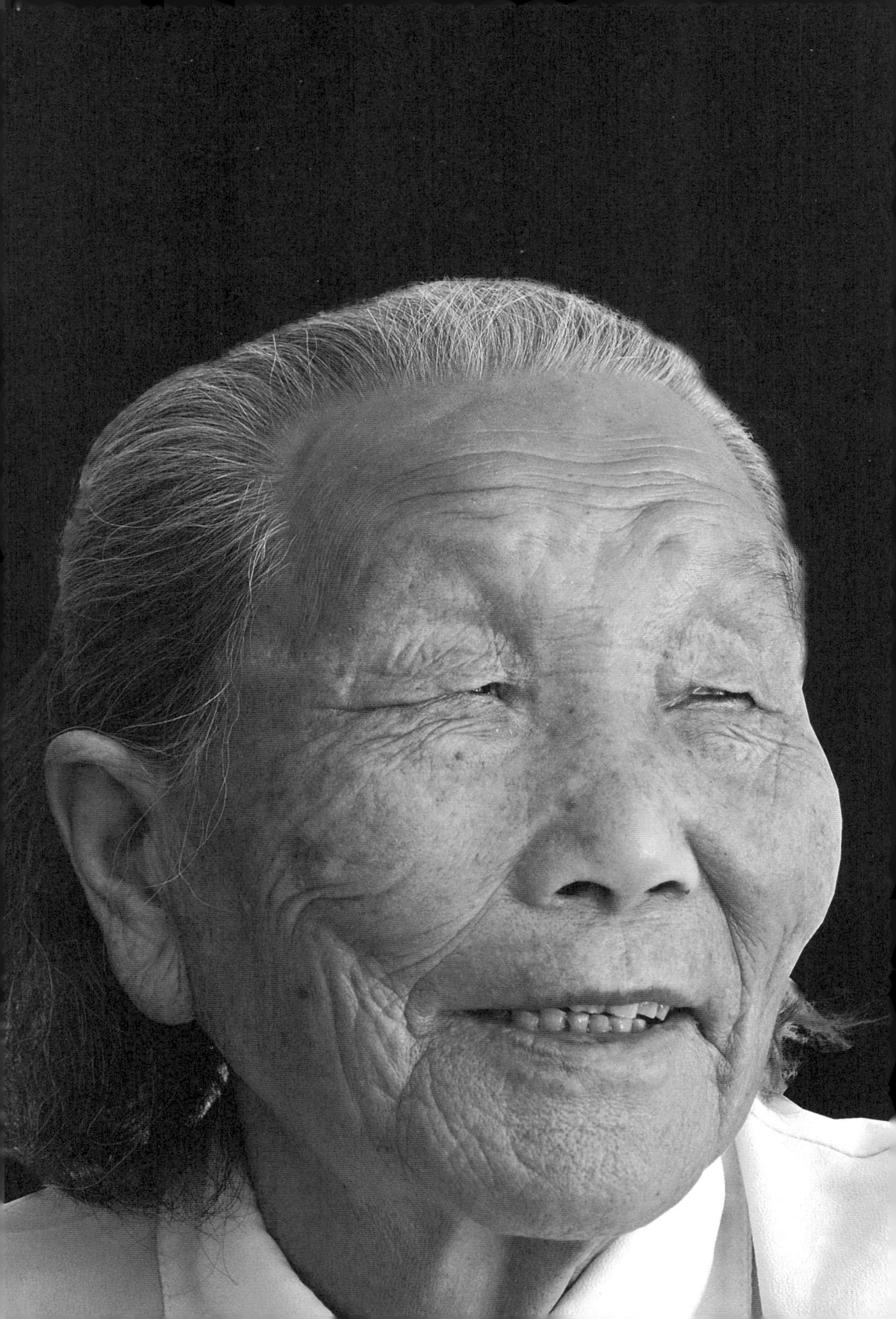

洋布做的小褂子，请人做了一双红鞋，我就成了新娘。结婚那天，我穿上这些新行头，庄上的老人又给我梳妆打扮一番，我就这样嫁给了张加强。

结婚后，他对我很好，一辈子没红过脸，我生了6个小孩，3个儿子，3个女儿。

我们结婚后的日子过得艰难，家里穷了不少年。我大女儿去年病死了，大儿子心脏一直不好，不久前做了心脏搭桥，大儿子的孩子还是残疾。二儿子今年58岁，3年前得了青光眼，因为家里条件不好，没有钱去看病，这病一直拖着，后来直接双目失明了。

终身感恩共产党

你看这张一代身份证上的人，这就是我相伴近70年的老伴。我们这辈子没照过合影，他几年前去世时，只留下身份证上这个"影子"，想他的时候，我就会拿出来看看。现在，我住在小闺女家，平时都是小闺女做饭。

我这辈子最相信的就是共产党，最感谢的也是共产党，因为没有共产党，就没有新中国，就没有穷苦人民的幸福生活。张加强参加抗日战争，18岁那年就在部队入的党。我是24岁在部队加入中国共产党的。后来，我的入党材料丢失了，没办法证明自己的党员身份，但我还是想找回这个身份，就努力找了好几年。一直找啊找，但因为年代久远，已经找不到头绪了，只能留下这个遗憾。这么些年，我一直想找到自己的党员身份，图的不是荣誉和名声，而是证明自己当年是一个死心塌地跟党走的人。

年纪越来越大了，虽然组织上没有恢复我的党员身份，庆幸的是，党组织没有忘记我，每年给我发放2万多元的在乡老军人生活补助，我感受到来自党组织的温暖，我心满意足了。

人说男子有泪不轻弹，我就像个男人。我这一辈子很要强，轻易不流眼泪，只是在丈夫去世时，想到他一辈子和我过日子的不容易，我伤心地落泪，其他也想不起来我什么时候哭过。这么大年纪，一直都想自己照顾自己，我觉得自己还能照顾自己一天，就不要麻烦别人。前年的一天夜里，我起来上厕所，不小心把腿摔断了，这才住到女儿家。在这之前，我都是自己做饭、自己洗衣服。

我虽然不识字，但我也懂得保家卫国的道理，别人来侵犯我们的土地，每个人都不能袖手旁观。当兵十几年，为国家尽自己的一份力，我从来都没有后悔过。

抗战老兵张渐高
口述自传

我主动要求参战
我不怕死

采访地点 | 沭阳县万匹乡万匹村一组 0315 号

采访时间 | 2016 年 7 月、2018 年 10 月 22 日

采访人 | 张渐高、刘权、王道中、张仁军

撰稿人 | 仲文路、顾园园

拍摄者 | 杨群

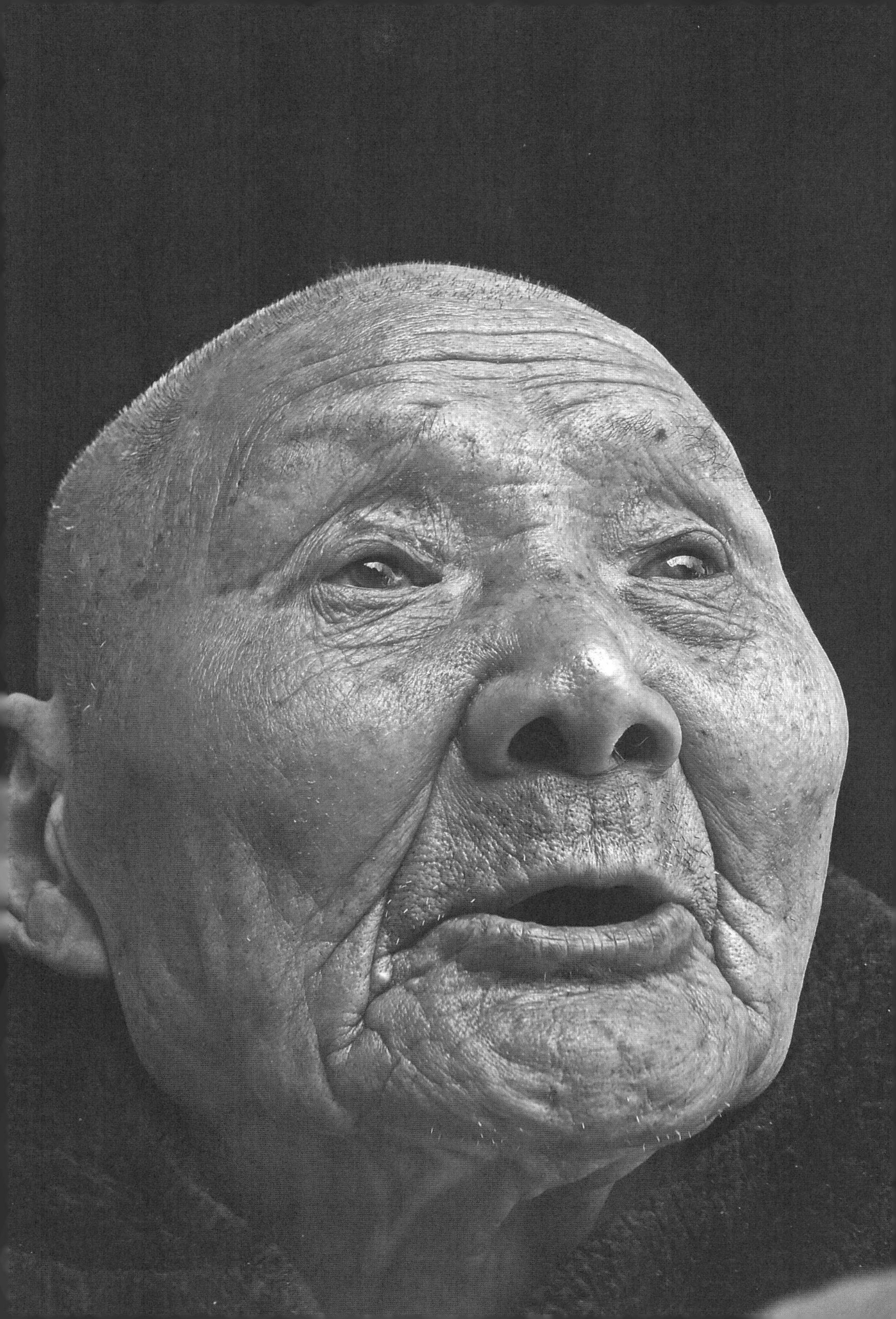

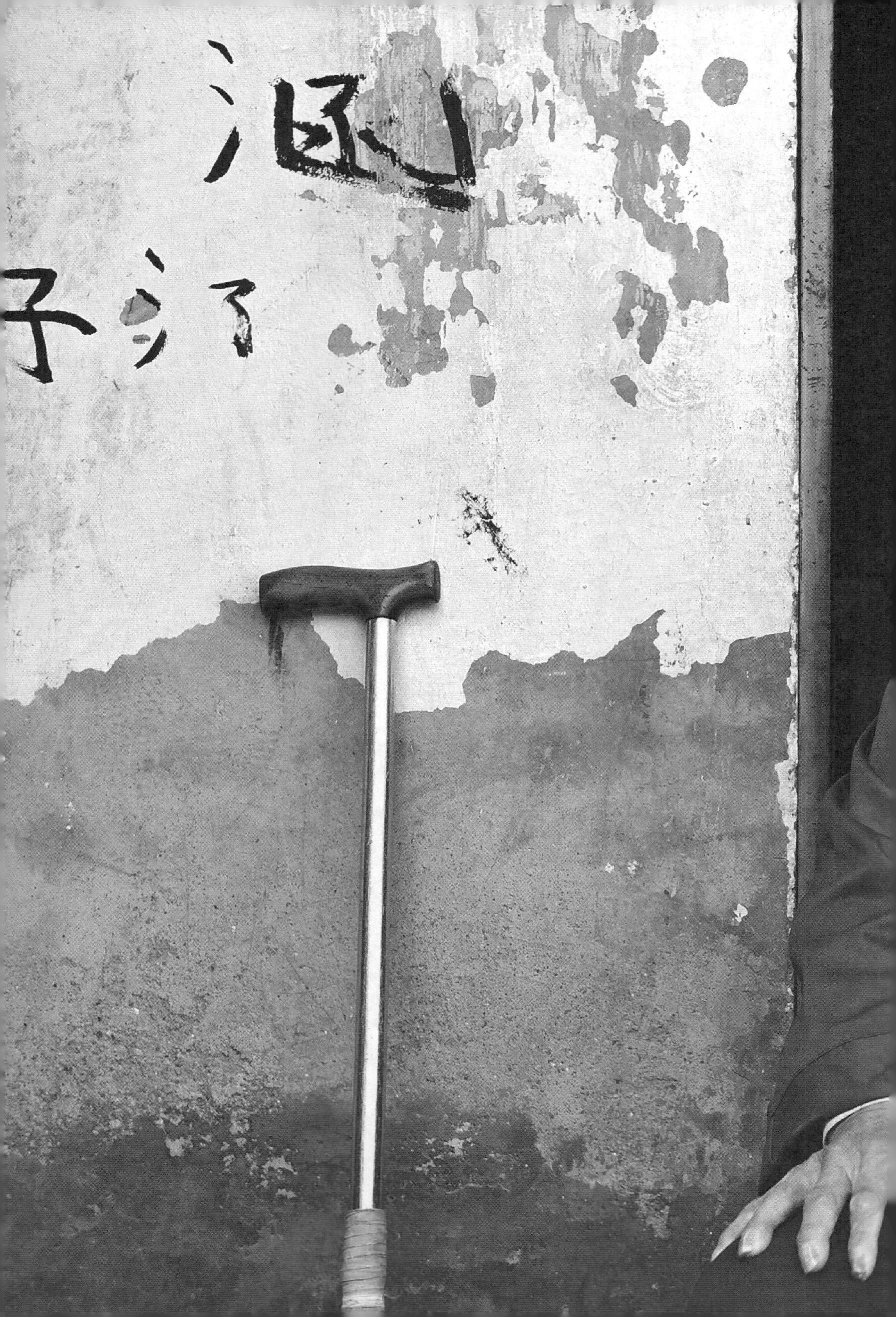

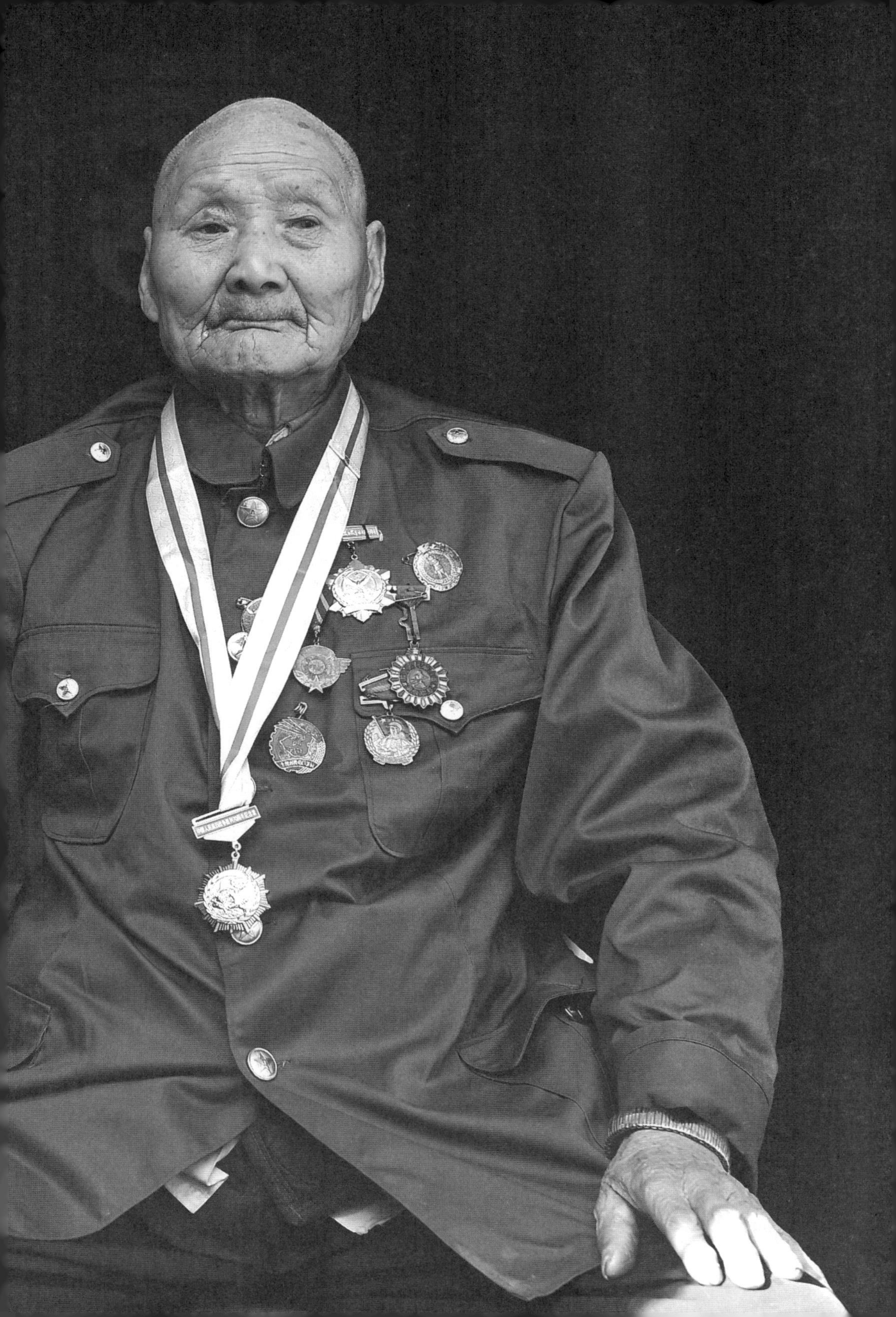

抗战老兵张渐高口述自传

父亲的死跟鬼子有很大关系

我出生于1921年，按虚岁说我也是百岁的人了。我除了有点膀胱炎，平时需要用导尿管之外，其他一切还行，能活到今天都是党和政府的照顾，我知足了！

我小时候比村里其他小孩强一些，不能称得上识文断字，但也能认识几个字。也记不清是几岁时候的事情了，村里一户有钱人家的小孩叫张渐山，他念书老是念不好，一念不好常会挨先生和他爹妈打，他被打怕了不敢上学堂，但不敢逃学，一旦逃学，先生肯定会去他家告诉他爹，他就想了一个主意，让我替他去上学堂。我哪里有时间替他上学哦，我得去干点活替家里挣一份口粮呢。他就说给我两块钱，我起初佯装（假装）不答应，后来他就涨到四块，当时我心跳都加快了，三块钱都能买好几顿肉吃了，正当我想松口答应的时候，他又猛然喊到五块，还说我要是不答应就算了！我吓了一跳，赶紧答应下来！我心里高兴海了（极了），即使不给我钱，其实我也是想上学堂的，不要说还给了我五块钱。

上学堂的事情没瞒住大人多长时间，但是我把五块钱给了我母亲，她买了许多口粮，我们家吃了好长一段时间，但是后来这事还是给他家人发现了，我就捞不到去了。我到现在都记得，我知道了自己的名字是怎么写的，知道了读书的意义——为国为民……

在1940年，鬼子来了。那个时候，我们家特别穷，家前家后就两间土屋，很多有钱的都拖家带口地逃难去了，我们家没地方逃也没法逃，因为这一年我父亲重病躺在家里，我们兄弟四人一直在照顾他。

我到现在都记得，那天天气不太好，一大群鬼子从村头过来，挨家挨户地搜，也不知道搜什么的，看到吃的拿吃的，看到用的就拿用的，跟土匪一样。当时我父亲得了喘病，现在看可能就是肺结核，本来就不能挪动。但是看着鬼子到处烧杀抢掠，大家都跑反去了，我们没有办法，只能躲起来，想来想去，我跟我大哥把他抬到家后躲起来，虽然躲过了鬼子，但是我父亲给吓着了，在那个缺医少药的年代，生病只能自己熬着，因为病情加重，我父亲自然熬不下去，没有多长时间就走了（去世）。那一年他56岁，我19岁。

为报国仇家恨，主动参军

父亲走了之后，我对日本鬼子的恨意更加深了。那时候正逢征兵，我立即就参加了。我们家本来就应该出一个人去当兵，我虽然是最小的，但是我就是想上战场，就是想打鬼子，其实就想为我爹报仇雪恨！

1940年，我背着（瞒着）母亲去参军。那天一大早，我就跑出去了，一口气跑到了第四区找到了游击队中队长张锐，跟他说明了情况，他就把我留下来给他做通信员。他知道我家里没有吃喝，而且我母亲不知道我当兵，就给了我一包粮食让我回去跟母亲说一声。我背着粮食下午出发，一直到晚上才到家，敲了半天门，母亲才开门，她看见我背着粮食后立即质问我："是不是偷人家粮了？赶紧还回去！"我赶紧大声回答道："这是我去当兵领导给的，他让我拿给你的！"她听后立即就不说话了，对我当兵的事情也没有反对。

第二天，我听母亲交代了一些琐事后便回到了第四区。张队长见我提前回来报到很高兴，他当即给了我一把"王八盒子"（"王八盒子"是二战时期日军装备的制式手枪），那是我的第一支枪，我欢喜得不得了，整天拿着研究。

1940年底，日本鬼子又下来扫荡，我们部队在张湾、后河头、麦墩一带打游击，有一次连续打了8天，幸亏又有其他部队赶来增援，要不然我们也就全军覆没了。有了增援，我们击溃了敌人。那场战斗打死打伤敌人40多人，俘虏敌人200多个，还缴获许多枪支弹药。那次，我们尝到了胜利的甜头，把鬼子赶走后，个个很开心。

在游击队的时候，我们部队穷，但是也不能吃一口老百姓的东西，不能违反纪律。记得有一次实在没有吃的了，米糠都吃完了，我们就去找当地的地主要，我们不能动武，就跟他商量："大爷，有粮食把点给我们吃吃呢？"后来他给了50斤黑豆，我们自己推磨做成饼，虽然很饿，但是也不敢多吃，一人也就捞到吃一块。

我打仗最勇敢，冲上前不怕死

1943年初，鬼子对苏中、苏北等根据地进行"清乡"运动。苏北根据地的党、政、军各级领导机关，在中共中央华中局、新四军军部领导下，针对日伪"清乡"的性质和特点，参照苏南军民反"清乡"斗争的经验，在军事、政治、思想、组织和群众发动方面均作了充分准备，周密部署，并确定以开展广泛的游击战为主，结合其他斗争手段，灵活运用策略，长期坚持斗争。沭阳县的反"军事清乡"斗争在此期间也正式拉开了序幕，新四军决定由三旅三团在地方武装配合下共同拔除吴前圩这个据点。

记得那时候天特别冷，吴前圩据点周围都是水，还上冻了，据点前面都是一些大车，我们队伍没办法过去，于是我们组织了一支由个子比较小的18名小战士组成的队伍做前锋，准备从底下滑过去打开据点大门。先把这些小战士用棉被裹起来，再浇上许多水，一个一个沿着战壕滑到敌人的据点中去，没想到被敌人识破了，当场砍死了6个战友。后来一个体重大约90斤的小战士顺利进入据点，这才打开了大门，我们早就红了眼睛，冲锋号响起的时候，我第一个冲了进去。

那是我第一次见到鬼子在我眼前杀人，杀的还是我的战友，我的心里恨极了，但无可奈何，只好把这份恨意放在心里面，以后杀敌的时候，我比谁都要拼命。

1943年底，我成了一名正式党员，从那以后遇到任何战斗，我都会跟团长说："报告！我参加战斗！我是党员！"

记得打"吴圩线"战斗时，我在四连，我们一个连120人，打到最后就剩下20多人。剩下来的人都有点怕了！当时，我一拍大腿说："我是共产党员，我带头，我不怕死，你们也不许退后。"最后，我们胜利了，鬼子的据点被拔除了，我们还逮到8个日本鬼子。

老百姓知道我们胜利了，就回来了。我看到他们回来后，就向他们招手说："老乡，来来来！"一开始他们还害怕我，我就跟他们说："我们是打日本的，你们不要害怕！"他们听说后，都高兴得直拍手。然后，我把房子分给了老百姓，剩下的一些牛肉罐头、鱼肉罐头我都放到自己布包里了。

后来，我当排长了，至今还保存着一个牛皮挎包，你们看这个包是广东朱芳记出品的，是日本鬼子的东西，也是我的战利品。

我们打仗时候讲究计谋，打不过就跑

1943年，鬼子派土匪头子张兴中、张汉中、张胜中兄弟三人在沭阳北桑墟筑起了一个据点。这个据点易守难攻，四周筑有土圩子，圩外有树枝圩子。据点四角有4个瞭望炮楼，日夜有人站岗放哨。据点内共有守敌500多人，这些人大部分是"三张"的徒子徒孙。他们经常出来袭扰区、乡政权，逮捕和杀害地方干部群众；抢劫老百姓财产，催捐要粮，奸淫烧杀，无恶不作，周围数十里内的老百姓，惨遭蹂躏。为确保人民群众的生命财产安全和苏鲁交通线的畅通无阻，淮海军分区决心拔除这个据点，粉碎敌人的扫荡。

当时我们也参加了攻打桑墟据点这一战。我们游击队一出发打仗，许多老百姓家的狗就汪汪叫，总是会惊动据点里面的鬼子。于是，我们就动员老百姓杀狗，还把死狗扔进鬼子的圩子里，那时候天气特别得热，死狗臭气熏天，都生蛆了，到处爬，把据点里的鬼子都恶心到生病了。我们一看这个方法好，于是到处打狗，村里面的狗打光了，我们就朝上面部队要，后来，宿迁、沭阳都把狗往我们这边送。

送来的死狗由我们战士往据点里扔，个子大的扛着大狗往里扔，个子小的就扛着小狗。我们队伍里面有个叫周子刚（音）的，个子矮胆子还小，扔死狗扔不过去，拼命扔还扔在了树枝圩子上。我就说："周子刚，你的任务没完成哦，回去会被杀头的！"他被我一吓，使劲一扔结果被死狗砸断了腿。

因为动静弄得很大，惊动了鬼子，我只能把他背在背上，在地上爬，想爬出据点。结果实在是太累了，我的汗直往下滴，实在没有劲了，又累又饿！巧的是，旁边正好有个瓜园，那瓜还没怎么熟就被我勾一个过来，不敢使劲砸，怕惊动敌人，只能用手抠几块，放嘴里嚼嚼，又有劲了，再往前爬，把人带出来了。

大量的死狗堆积在战壕里，都生蛆了，臭气熏天。据点里面有很多鬼子生病了，枪没法拿，就更别提打仗了。就这样，我们用臭狗阵打赢了这一仗。但是，周子刚的腿被截了，只剩一条腿了。

轻伤不下火线，有口气也要坚持战斗

我印象中最深的事情不是打仗，而是跑步，有时候能跑一整夜不休息。记得有一次我们一直跑，一直跑，后来跑到了西圩乡（沭阳县西圩乡），当时真的是累极了，许多战士直接累瘫了。我是又累又饿，正好看到有炊事兵在烧饭，那个菜特别香，我走近一看，居然是烧猪肉，我也没顾得上旁人，拿起随身带的茶缸就搋（同舀，例：用碗搋米），搋了满满一下，来不及嚼几口就咽下去了。

指导员看见后，就问我："吃什么啊？"我说："吃猪肉。"他哈哈大笑道："给我点吃吃。"我赶紧将剩下的半茶缸猪肉递给了他。在西圩没待多久，我们部队转身就打据点了。

1942年，鬼子带着"黄部队"（伪军）转移，一路向北，由沭阳向西北，在灌云、响水等地方安设据点，进行疯狂扫荡。鬼子所到之处，实行烧光、杀光、抢光的"三光"政策，许多老百姓纷纷背井离乡去避难。

有一次，鬼子出动2000余人，大多数是"黄部队"，他们分两路南北夹攻，南路从沭阳县城出发向北进攻，强占重要道路，并在沿线的房山、青伊、二兴庄、桑墟、万匹、淀湖、小街、汤圩直到沭阳城一带，安上十几个据点，构筑工事，驻上鬼子和"黄部队"，四处骚扰。我们实在是看不下去，那些鬼子到哪里都烧杀抢掠的，为了拿下这些据点，我们部队配合地方部队猛攻小鲍庄、周圩、陈楼等据点，100多个鬼子被我们打死打伤，剩下的都跑了。

其中打小街据点的时候，我记得比较清楚。小街旁边有一条河，东西流向。我们在河北，鬼子在河南，那个时候我已经升到班长了。我把渔网子绕了绕，都扔到河里，然后扛着机关枪就开枪了，"哒哒哒……"一排子弹打过去后，我就大喊："冲！"然后，战士们就随着我一起冲过去，对面的都是一些维持会的，不经打，被我们三下两下就拿下了据点。

1943年，驻沭阳城的鬼子又出来扫荡了，他们一路向北，走庙头、陈老庄向阴平（现潼阳镇）扫荡。中间有个"三打陈老庄"的故事，陈老庄西边是扎埠，旁边又有岔流河，是个要道。我记得很清楚。当时，我们都穿着便衣，不能穿军装，有一次我们埋伏在麦地里，还有一次怎么打我记不得了，但最后胜利的情况我倒是记得一些。那是夜里，我们从小树林里穿过去，打算悄悄地摸到据点后面，从后面袭击。因为太黑了，许多战士因为看不见都撞树上去了，我也撞到了两下，但我跟大家一样都没吱声（发出声音），摸着黑跑到了据点附近，鬼子和"黄部队"看着我们从天而降，被我们打得措手不及，陈老庄据点这才被拿下。

1944年，我的左小腿被打伤，右肩膀也被炸伤，脖子上至今还留着子弹擦伤的痕迹……但那个时候，我们都讲（发扬）毛主席说的"革命英雄主义"，觉得作为一名共产党员应该做到"轻伤不下火线"，所以每次受伤都是顶着疼痛一直坚持到战斗结束。

1945年，鬼子投降后，我们部队又转战去东北。后来，我跟着黄克诚师长当警卫员。在东北打仗，我还是冲在最前面，因为作战英勇我获得了很多奖章。首长看我打仗勇敢、枪法好，就让我做了警卫排排长。那时候我一人三杆枪：冲锋枪、快慢机、手枪。不打仗的时候，我最喜欢的就是练枪法，对着天上的鸟儿练，说打鸟的头就绝对不打鸟的身体，那时候就连师长都夸我枪法准。有一次，我跟团长打赌我能把天上的鸟儿打下来给他吃，他不相信，我就拿起九九式步枪，摆好姿势，停止呼吸，三线一齐……"啪"的一声，一只正在飞的鸟被我打掉下来了，团长高兴得直拍手！

包里至今还放着十七大文件汇编

"革命军人个个要牢记：三大纪律八项注意！第一一切行动听指挥，步调一致才能得胜利；第二不拿群众一针线，群众对我拥护又喜欢；第三一切缴获要归公，努力减轻人民的负担；三大纪律我们要做到，八项注意切莫忘记了：第一说话态度要和好，尊重群众不要耍骄傲；第二买卖价钱要公平，公买公卖不许逞霸道；第三借人东西用过了，当面归还切莫遗失掉；第四若把东西损坏了，照价赔偿不差半分毫；第五不许打人和骂人，军阀作风坚决克服掉；第六爱护群众的庄稼，行军作战处处注意到……"至今我还会唱《三大纪律八项注意》，全都记得，还有其他许多歌曲我现在已经想不起来了。

想想我这一生，打华中、打华南、打华东、打西南、打东北、打华北，整整打了13年，也曾获得过许多奖章。1947年，获得勇敢纪念奖章；1948年，解放东北纪念章；1949年，解放西南胜利纪念章；1950年，解放华中南纪念章、解放华北纪念章……

  1952年，我退伍了，回到了家乡。乡里给我分配了工作，我曾干过乡政府政治教导委员工作，后来那个单位没有了，我也没有找党要工作，我就觉得我回家种地也能养活我这一大家子。我现在生病了，得了膀胱炎，每天都要提着尿袋，我感觉我这个病就是那个时候天天跟着部队跑的，有时候一夜能跑180里路，还要打3次仗。

  要不是这病，我可不服老，打日本我还照打。听党话、跟党走、言必行、行必果，这是我对党的誓言，我一直记在心里。我的背包里还收藏着一本《中国共产党第十七次全国代表大会文件汇编》，虽然我的眼睛已经看不清书本上的字，但我依旧是名共产党员，这份信仰一直放在心中。

抗战老兵王沛荣
口述自传

就剩我一人也要打

采访地点 | 江苏省宿迁市泗阳县新袁镇新集村

采访时间 | 2018 年 10 月 26 日

采访人　 | 王沛荣、周玉兰、陈敏

撰稿人　 | 李尚程　顾园园

拍摄者　 | 杨群

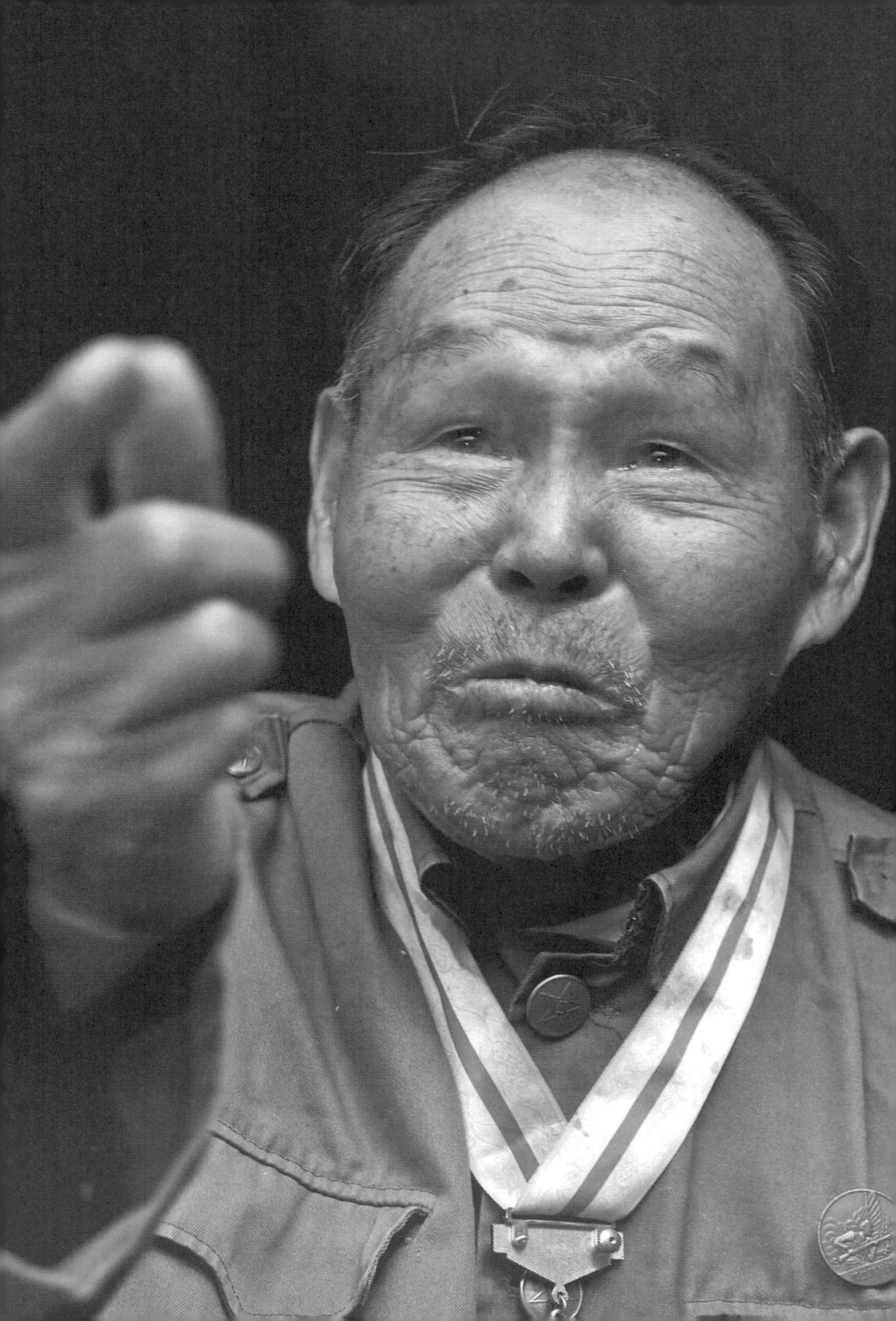

中国人民抗日战争胜利70周年纪

渡江胜利纪念

1945－2005

抗战老兵王沛荣口述自传

15岁自愿参军抗日

我很少跟人讲过去的事,村上人光知道我打过仗、受过伤,但是大多没听我讲过细节。在我心里,旧社会的日月(生活)太难过,打仗也是顶顶残酷的事,所以我一直都跟我的儿孙讲,和平是最值得珍惜的。

我是老新袁人,从我往上数几代都在这里生活。印象中,从我记事起,日子就没好过过。因为我们这边靠近大运河,日本鬼子为了自己运输物资方便,1939年初占领泗阳后,立刻沿着运河边建了十几个据点,著名的就有三岔、程道口这些地方,最近的一个据点离我们新集街就里把路(1里多路),所以我们这边的老百姓过得特别苦,可以说就是活在刀口下。

我记得,我们小时候,一听说小鬼子来了或者伪军来了就赶紧要跑反,有时候一天能跑几遍。有一次,我跟家里人跑散了,一个人躲在玉米地里一夜,哭也不敢哭,走也不敢走,好不容易挨到天亮,听到有人喊我,我才跑出来。

还有一次,我们庄上的四五个老年人在地里套着牛耕地,两个小鬼子带着一队伪军进村了。他们也不问什么原因,看到这几个人就开枪给打死了,还把牛抢走了。后来我听大人说,他们当时就为了比赛看谁射击准的,真是不把中国人当人看。

我家有兄弟三个,家里地少,吃不上饭,所以我们早早地就要出来做事。我10岁那年给地主家放牛,他们一年给我家两斗带皮的粮食,不管是大黍还是高粱,反正也没有细粮。另外,他家管我一顿饭,饭食

113

虽不好，但还能填饱肚子。放牛也不容易，我当时10来岁，个子很小，本来也什么都不会，到了地主家你就啥都得会，每天天不亮就要起来去赶牛到野地里吃草，牛吃饱了赶回来，我才能吃上饭。下雨下雪天，牛不出来，我还要出来割草给牛吃，冻得我手上、脸上都是冻疮。后来，母亲看我在地主家受罪，就不让我去了，说宁愿带着我要饭，也不让去受这罪了。

1939年初，日本鬼子打到了泗阳，当时我们这边已经有了抗日义勇队，大我两岁的大哥对于抗日非常积极，一直想参军，但因为年龄小，家里不同意。1941年春天，大哥参军了，我特别高兴，盼着我也能像大

哥一样，去打鬼子，不让穷人受欺负。大哥参军后，一直没回来，直到新中国成立后我们才又重逢。

1944年6月，我满15岁了，家里人终于同意我去参军了。我至今都记得，那天天气很好，阳光刺眼，我穿着哥哥穿过的灰布褂子和裤子，背着母亲给我准备的包袱和一些干粮，向新袁街上的区队去。当时，我也没有想到这一走就是七八年，当时母亲在后面喊："二毛，早点回来啊！"我就挥挥手，连头都没回，现在已经记不清家里那两间土坯房的样子了。

我到了新袁区队，负责新兵登记工作的人让我说了家里的情况，然后按了手印我就算参军了，当时还没领到军装和枪，就拿了水壶、饭盒子这些东西。到连队里，连长让一个比我大一点的战友带着我。这个时候，我们这边日本鬼子基本上都撤退了，剩下的都是伪军，他们还在负隅顽抗。在区队，我们主要是打附近的据点，我当时小，腿脚快，连长就让我当侦察兵。

一路北上在壶口受重伤

几个月后，我们区队被编入新四军四师，后来整编为华野九纵75团。之后，我们部队一路北上，追击日军，我在这个过程中一点一点成长起来。我知道1944年底日军已经是强弩之末了，但在当时，日军并没有要放弃中国这个战场，只是一直沿着铁路或水路北撤，还想要占据华北地区，所以我们一路打得非常艰辛，敌人乘着汽车、火车跑，我们就靠两条腿跋山涉水，而且军需非常紧张。

越往北去，天气越冷，我脚上的鞋子早就磨穿了，只能等休整的时候跟人学编一双草鞋套着穿。就这样，我们一路打过安徽、山东，到了河南。河南有个壶口镇，这里有日军的驻地，当时已经入冬，黄河结冰，日军通过黄河转移物资，我们团的任务就是要截断他们的这条后路，但敌人装备强于我们数倍，所以久攻不下。

有一天，我们追击一小股敌人到了壶口瀑布附近，周围到处是黄土、秃树，很难找到隐蔽的地方。那场战斗持续了一天一夜，刚开始交火非常激烈，周围的黄土都被炸黑了，后来就变成了零星交火。为了打破僵局，我军派出小分队去侦察情况，我是小分队一员。敌人有炮，他们占据一个制高点后，就利用钢炮狙击我们，我们的几次冲锋都被压下来了。我们只好匍匐在地上，利用树木、土坡作为遮蔽迅速地向敌人靠近。没想到刚刚推进了十几米，我们就在一个土堆上被敌人发现。这时，日军向小分队开炮，我和两名战友被打中埋在土里，我立即失去了意识。后方战士迅速攻了上来，把我和两个战友挖出来，但只有我还有一口气。

大概是一天后，我才醒来，我就觉得浑身都疼，特别是头，当时也不能讲话，只能睁开眼望望，知道自己已经在后方医院了。后来医生告诉我，被炮击中后，我的头部、背部都被弹片打中，失血过多，而且当时被埋到了土里，要不是战友迅速把我挖出来，憋也能把我憋死。再次醒过来的时候，我觉得很渴，就张嘴想要水喝，哪知道嘴一动，我就发现牙床都松了，两颗牙就挪窝了，老战士说那是给炮弹震的。在后方医院休养了几个月后，我又回到了部队。

回到部队，战友们对我都很照顾，重活累活都不让我干，天气转热了，我还穿着夹袄子，一个战友就把他的单裤子送给我穿。后来，我们的排长翟福同发展我入党，他先跟我讲共产党领导我们干革命是为了我们劳苦大众，后来还讲了共产党人要为人民服务等，我听了特别激动，心想这辈子就跟着共产党干了，哪怕是把命交待了，也不亏。通过努力学习，我在1945年春天正式入党，翟福同就是我的入党介绍人之一。

我入党后，继续跟着部队往北打，直到1945年8月，日军投降的消息传来。如果有现在这些手机、相机，就能拍下来我们当时听到消息的画面和声音了，当时老百姓都跑到街上欢呼，有些人都哭了，我当时也差点哭了,当时还想着是不是快要能回家了。

没想到,抗战胜利没多久,我们的部队就又开拔往南了,因为解放战争爆发了。

就剩一人也要完成任务

解放战争那几年,我几乎跑遍了全国,从东北到广东、云南,一路走一路打,直到渡江战役前夕,我们又到了安徽。

1949年2月,我们从河南一带转移到安徽省安庆市望江县华阳镇,占领了江北滩地,为横渡长江打破敌人防线做准备。华阳镇位于长江北,河道众多,当地老百姓多以捕鱼为生,可以说是家家有渔船,但在国民党部队南撤时,他们大肆征用民船,搞得老百姓都人心惶惶,很多人就偷偷把家里的船沉入河底、湖底,等我们到的时候早已无船可用。

到了华阳镇以后,我们驻扎在江边,每天练习游泳、划船。因为老百姓不愿意把船借给我们,上级就号召我们跟老百姓打成一片。我们到老百姓家里帮着做家务,帮挑水、忙农活,很快老百姓就信任我们了,知道我们跟国民党不一样,愿意和我们交心了,后来还把他们的船借给我们用,但是这些船也都是各式各样的,有小木船有大木船,还有很多是简单的竹排。

当时,我在机枪班,我们当时就经常用一个竹排练习。因为我们班里有好多战士都是从北方过来的,根本不会游泳,而我从小在运河边玩,水性很好,就负责带两个同志练游泳。没几天,我们这个班的同志就都会游泳了。到了4月份,操练越来越紧张,思想动员活动也比较多,我们心里都有数,一场大战就要开始了。

4月21日晚上,紧张的氛围充斥着整个军营,我的心也一直在疯狂地跳。开动员大会的时候,我跟着大家一起喊着"打过长江去,解放全中国",心里也还想着,一定要活着回来。这是我第一次在水上打仗,我还想到了我的父母和哥哥、弟弟，不知道他们是不是还活着，临了，我就跟自己说了一句："去他妈的，什么都不想了，拼了，活着回家好好过日子，死了，也对得起爹妈给我送来这世上走这一遭，没给他们丢人。"

4月21日晚上10点，早已在江边待命的我们在黑夜的掩护下，抬起我们的竹排冲进长江，虽然之前练习过几十上百次，但是还是有人紧张，手脚不听使唤。下水后，我们飞快地划桨，向敌军战舰靠近，但没有多长时间，我们就被发现了，一下子本来黑洞洞只能听到水声的江面被照明弹和炮火照亮了……炮弹在江面炸开，很多船都翻了，那些才学会游泳的战士这时候根本没法自救……就这样，我们的进攻受阻了。

我们这个班是突击班，所有人都算是身经百战了，大家冒着枪林弹雨拼命往前划，哪里还能顾上害怕啊？身边不断有人倒下或掉进江里，我们没办法去救，子弹就擦着你的头皮、衣服过去，我们的任务是以最快速度冲过江，拿下敌舰的火力，为后面大部队渡江扫清障碍。

我蹲在竹筏尾部，一边控制方向，一边快速划桨，我眼里就盯着一个火力非常猛的大船，上面有一个重型机枪对着江面，我们顶着炮火从侧面拼命冲，等我轻轻靠到那艘大船船身时，我们的竹筏上就只剩我和副班长两个人了。我们俩肩膀挨着肩膀，背紧靠在船身上，大口喘气，不敢出声，只能用手势"说话"。船上火力非常密集，只要一抬头我们就有可能没命，但我们的任务就是拿下上面的火力，必须要上。副班长拍拍我，让我蹲下把他托上去，我稳住竹筏手抓住船身蹲下来，副班长就踩着我肩膀往上爬，我刚直起腰，就感到副班长身体晃了一下然后就向后倒，我赶紧拽住他，把他拖回竹筏上，一摸已经没有气了，头和心口都被打到了。当时，我简直绝望了，有副班长的时候还有人告诉我怎么做，现在就剩我一个人了，我该怎么办？听着上面甲板上的声音，我心都快跳出来了，"拼了，给班长报仇！"我在心里一遍又一遍地对自己说。

后来，我下定决心，不能等待救援，哪怕就剩我一个人了，也要完成我们的任务。然后，我就解下绑腿，把副班长绑在船边，防止他漂走，然后我说："等我回来，带你回去！"我憋足一口气，踩着竹筏蹬上大船的边子，然后手紧紧地扣住船边的小坑，再使劲往上爬，等到边上，能露出头，我看到在我的正前方有一个重机枪位，三个兵守着，一个射击，一个装弹，一个掩护。我从腰里摸出两个手榴弹，咬掉栓子，一使劲扔了出去，"轰"的一声，手榴弹爆炸了，趁着有烟，我一下子翻了上去，发现那三个人被炸死了两个，还有一个受伤了。我冲上去，摁倒受伤的那人，一棍打晕，然后就抢了那挺重机枪。这时候，敌人增援又涌上来了，我一顿扫射，打得他们不敢靠近。很快，因为这边火力减弱了，我们的人就冲了上来，敌人仓皇逃窜，我就跟着大部队一起冲过江去打了。

等这一战打完了，我才像一滩泥一样倒下来，身上到处是伤口，我也不觉得疼。我们胜利了，但是我的好战友都在长江里了，还有我的副班长，后来也没找到。我对着长江磕头，算是给我那些战友送行。

一个班11个人就活我一个。我给他们报仇了。这次战斗，我因为战斗英勇，缴获敌人一挺重机枪，被授予了一等功勋章，这枚勋章我保存至今。

渡江战役后，我们的脚步没有停下来，一路往南，打到江西、广州、云南，后来又到西藏、青海，中间因为急行军，我跑吐血过一次。1952年，我复员返乡，回到阔别了8年的老家新袁镇。回来后，家人告诉我大哥还是没有消息，我就去找大哥。通过大哥的来信，我大概知道他的部队番号，最后应该是在安徽落脚。

1952年秋天，我到了安徽省合肥市，找到当地的武装部，说了我大哥的名字，人家一下就给我查到了，大哥当时就在驻地，还帮我联络到大哥让他来见我。"同志，你从哪里来？"这是大哥见我说的第一句话，当时我眼圈就发热了，大哥高了、壮实了，但是口音没怎么变。我就喊："大哥，我是王沛荣啊！"大哥一愣，上来一把拽住我的膀子，从上看到下，然后就哭了，他拍着我说："沛荣啊，我以为再也见不到你们了……"就这样，我们兄弟终于联系上。我最小的弟弟后来也跟部队到了安徽，并在那里安家落户。

我们弟兄仨参军，最后就我一个回了家乡。我觉得骄傲，也觉得幸运，因为我们弟兄仨都全手全脚地回来了，过上了现在的好日子。

抗战老兵姜正元
口述自传

我是自愿参军的

采访地点 | 沭阳县青伊湖镇马场村 310 号

采访时间 | 2018 年 10 月 23 日

采访人 | 姜正元、蒋士英、周应之

撰稿人 | 仲文路

拍摄者 | 杨群

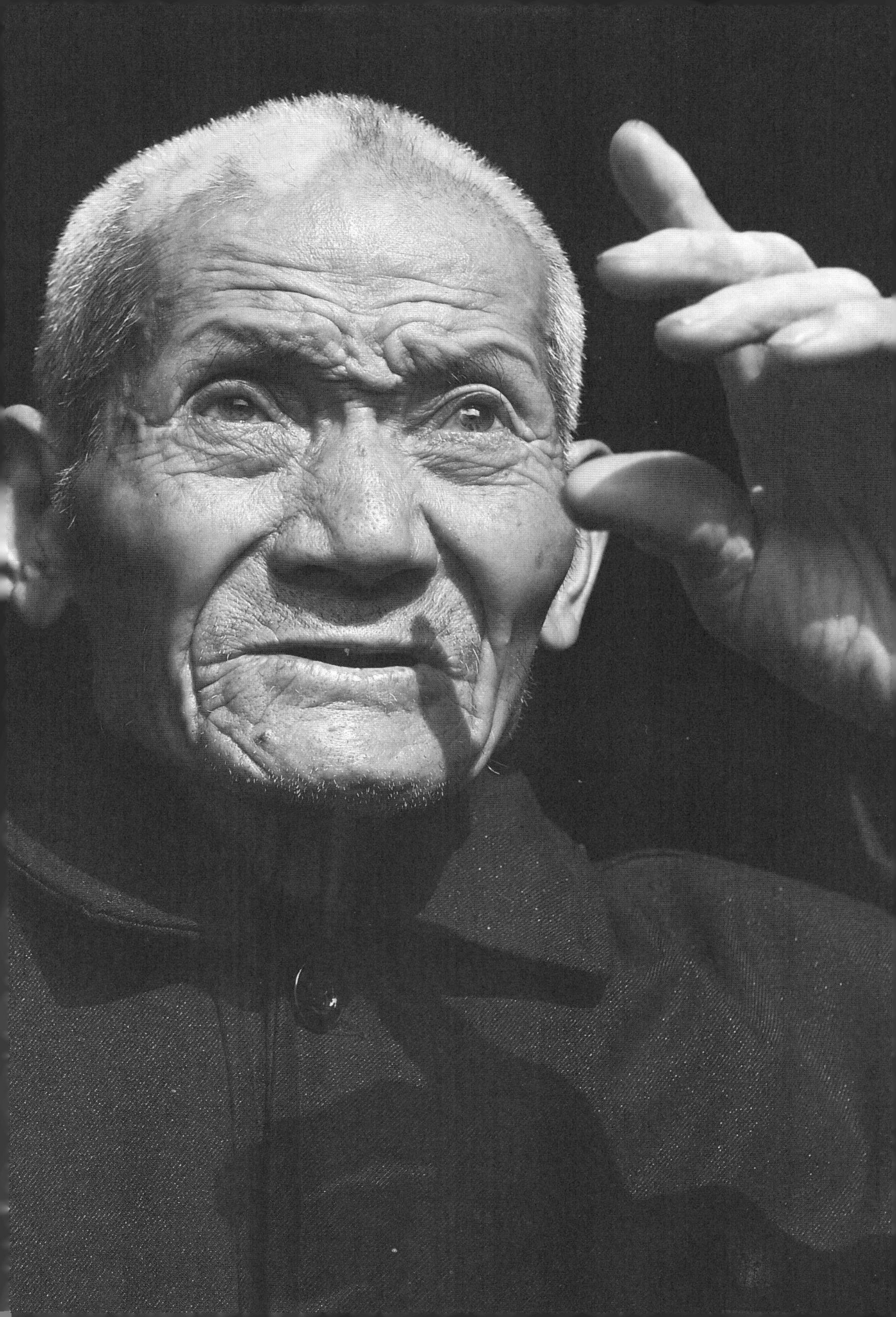

中国人民抗日战争胜利70周年纪念章

建国前老

1945-2005

抗战老兵姜正元口述自传

家里没有地，租种地主家的地

我叫姜正元，出生于1924年4月，回想以前我们小时候，跟现在真的没法比，那是一个对穷苦大众特别不公平的时代，吃不饱、穿不暖，还要被地主、鬼子欺负。

对于农民来说，土地就是立身之本，可是我们家连一亩地都没有，为了能吃饱饭，我父亲从小就在一户姓马的地主家打短工，赚点口粮。我们马场村一共1000多顷地，那个时候这些地都是地主和富农家的。

我父亲成家后，有了我们兄弟三个，一大家子都等着他养活，后来他又在地主家租了10亩地，种一些小麦、黄豆、山芋、棒芦子（沭阳方言，指玉米）等等，种出来的粮食要跟地主家四六分成，我们家占四成，地主家六成。那个时候没有现在这种肥料，粮食收成不好，一亩地才能收三四百斤粮食，不要说给地主家六成，就是不给也不够我们家吃的。

实在没有办法了，我们就去找地主要粮食吃，起初他们不给，我们一家就去他们家求，有时候看我们小孩子求了半天，他们也能给一点。记得有一次，我实在受不住了，饿得哇哇叫，那一年老天不给吃（收成不好），每亩地才收了100来斤粮食。收得少，交给地主的自然也少，地主就不待见我们，知道我父母领着我又来他家要粮食，还在他家门口大哭，很不耐烦，差点打了我们，最后只给了一些发霉的杂粮打发了我们。我们欢欢喜喜地拎着这些杂粮回家。到家了，我就站在磨盘旁，看着我母亲把这些杂粮洗了又洗，然后磨成了糊，再做成一杂粮糊糊……我当时一直等在旁边，流着口水看母亲做饭。我到现在都记得那顿饭是多么的香。

十几岁的时候亲眼看着鬼子杀人

也记不清是十几岁了,只是听大人说:鬼子来了,他们比地主还可怕,会杀人!还是专门来欺负我们中国人的。我曾经听一个本家叔叔说,他在桑墟那边亲眼见过鬼子杀人,有的用机枪扫射,有的用刺刀直接戳死,很惨。村里人听说后都觉得很害怕,一听说鬼子来了就赶紧跑,那时候我们把这个叫作跑反。有的背着不会走的孩子,一手拿着干粮、行李;有的一手拽着稍小一点的孩子,浩浩荡荡地跑到河边、树林或者庄稼地等地方躲着,一躲就是一整天甚至几天,有时候饿狠了都不敢回家,一直听说鬼子走了才敢往回走。

有一回,大约是五更头(五更天,早上3点至5点)的时候,我还在睡觉,父亲突然把我拽起来,我当时还睡得懵懵懂懂的,但很快就听见了很多脚步声,我意识到有一大群人来了,立即醒霉了(沭阳方言,指从睡眠状态清醒过来)。接着就被父亲连拖带抱着到了院后的草丛里藏了起来。

我躲在草丛里面,能清楚地看到鬼子陆陆续续地把许多没跑掉的庄邻带到了一个大场上(晒粮食的空旷平地)。当时是秋天,天亮得比较迟,来了500多个人,带头的是几个鬼子,其余的都是伪军,浩浩荡荡的,好像在找什么人。他们到人家门口后直接把门踹开,由于时间太早了,有的老百姓像我父亲一样躲了起来,但是大多老百姓都还在睡觉。他们看见哪家有人后,就把里面的人揪出来,不配合的就用刺刀戳,许多人被吓得呜呜哭。

最后,他们把村里几十个没来得及跑掉的老百姓聚集在一起,叽里呱啦的也不知道说什么,我当时离得远也听不清楚。没过多久,我就看见鬼子开枪了,是机关枪,然后那些庄邻都死了,还有好几个是跟我差不多的小伙伴,我亲眼看着他们被杀害,倒在了死人堆里。我当时就哭了,把头埋在我父亲的怀里,一半是吓的,一半是恨的。

当时，我们县里也有县大队，但他们加起来才一个连的人，根本不是日本鬼子的对手，鬼子手里都是德式武器，县大队只有十几杆汉阳造、土铳子，等知道消息后赶到，已经晚了。

对鬼子的记忆从恐惧变成了憎恨

我们青伊湖靠近连云港的东海县，东海那边有鬼子的几个大据点，所以我们这边也经常被他们扫荡。离我们最近的一个据点就是东海县的房山镇，跟我们紧挨着边。当时这个据点有200多个鬼子和伪军，三天两头进村扫荡。他们逮到妇女就强奸，强奸过后还用刺刀戳死她们，行为太凶残了。

1943年，我19岁了。我一直想参军，可是父母一直拦着，怕我死在战场上，可是，我想上战场杀鬼子，我想为乡亲们报仇雪恨！这个念想一直没有断绝过。那年春天，我还是跑到了县模范队成为了其中一员。那时候模范队的作用是防贼、防伪军的，正式的战争几乎没有参加过。

我们模范队的枪械基本都是从地主、富农那里借来的，有三八大盖、土铳子等等。因为是战乱，那些地主、富农为了自保都会偷着买一些枪支，一个庄的地主、富农家里一共能有20多杆枪，但他们最多借给我们三五杆，我们连人手一杆枪的水平都达不到，所以我们大部分还是拿着大刀、长矛甚至是农具，我们咋跟他们拼呀？咋拼都不是鬼子和伪军的对手。即使如此，我们也没有躲着不动，而是想办法和他们干，比如游击战。

1943年夏天的一个晚上，我们提前得到消息，有一小股鬼子要来我们家旁边的一个村子扫荡，他们在明处，我们在暗处，所以我们准备突袭他们。晚上，我们二十几人埋伏在庄外鬼子必经之路旁的沟里，每人五发子弹，约定好了打完就跑。在鬼子快到庄头的时候，我们就出手了。因为是突袭，我们打一枪换一个地方，天又黑，他们不熟悉地形，所以伤亡比较重，等他们往回跑准备和我们打的时候，我们也就迅速撤退，可以说是打了小鬼子一次措手不及。基本上，那时候我们都是这么打仗的，袭击鬼子据点大多是在晚上，不让他们睡觉，消耗他们的装备。因为我们都是小米加步枪，和鬼子实力悬殊太大，这也是尽最大能力保护着我们的亲人了。

正式入伍之前，我成为了一名共产党员

1944年冬天的时候，我们村里的杨部元（音）、李迎奎（音）因为受伤从前线回家养伤，得知他们回来的消息，我立即赶去他们家，因为我特别想知道前线的情况。

"我们前线的许多战士都为了杀敌牺牲了，像我这样受伤的也有许多，但是作为一名共产党员，我们要做的就是保家卫国！"我第一次从他们嘴里知道了"共产党员"这个词，于是我问："共产党员是什么？"

"共产党员就是随时准备为党和人民牺牲一切的人！"当我从杨部元嘴里知道共产党员的意义时，我激动了半天，我一直想做的不就是这样的事吗？我想着：只要能去抗日、杀鬼子，就是死了也高兴！于是，我跟他们请求，我也想入党，成为一名共产党员！他们两人商量后同意了我的请求，因为我家从没有出现过做贼的，也没有当伪军的，都是本本分分的老百姓，家庭成员简单！

那是一个大晴天，村口大树上的喜鹊喳喳地叫个不停，我就在杨部元家的院子里宣誓入党了。当时他家门是从里面锁起来的，我跟着他们小声念入党誓词。我没有预备党员期，就是直接成为了一名正式党员，他俩就是我的入党介绍人。

1945年春天，县里、乡里动员年轻人去参加新四军，我想我已经是一名共产党员了，一定要带头。于是，我就主动报名了。当时，我们乡里总共征了78名兵，就我一个人是自愿报名的，其他人都有点犹豫，

毕竟都是十几二十岁的年轻人，有点害怕上战场。于是我就去动员其他人，我们村就有两三家是我动员去当兵的。

因为受伤，跟鬼子打仗的那些记忆已经有些模糊

我成为正规军之后，拼命练习枪法和刺刀。后来证明练习刺刀的刀法也是有用的。1945年夏天，我们一个团被上级派去守卫陇海铁路。一开始，我们用的是普通步枪，后来就用重机枪、狙击枪。

陇海线是军事要道，当时日军都从这里北撤，我们几乎每天都会打仗。在一次小规模的战斗中，听到冲锋号吹响，我们所有人都往前冲，眼看距离已经达不到重机枪的射程了，我就放下机枪拿起一个受伤倒下的战友的单枪冲上去了。我跑得飞快，直接冲到了敌人面前，枪也没有用了，只能用刺刀拼。我记得很清楚，我用刺刀戳倒了四五个人。后来鬼子怕了，往后跑，我们就跟上追。最后，追到了3个日本鬼子，说话我们都听不懂，我们喊话让他投降，可是他们死不投降，我们队里也有动作特别灵活的，冲上去一个翻身就把一个鬼子压住了。后来，我们把俘虏的这3个鬼子交给了上级。

除了用刺刀，我用狙击枪也特别厉害，说打他的胸口，绝对不打肩膀。1945年春的一个晚上，还是在陇海铁路附近，一股伪军想突破我们的防线冲过去，他们从远处绕着圈子过来，由于他们人数比较多，我们不能硬拼，连长就带我们这个班占了一个制高点打掩护，让大部队包抄他们。等我们爬到一个小山头才发现距离比较远，不在步枪射程范围内，只有我的狙击枪能打到他们，于是我就开始瞄准，发现他们往前跑，就打前面第一个人，往后跑就打往后跑的人，总之就是吓得他们不敢动，最后就留一个口子让他们往我们这边跑，正好进入我们的包围圈。最后，这股伪军举了白旗投降了。伪军被俘虏后，按我们的政策还是宽大处理的，经过考察有的人可以留在我们的队伍里，不想打仗的就让他们回家，

只有罪大恶极的才会被审判。

抗日战争胜利后,我还参加了解放战争,淮海战役、宿北大战、渡江战役……我命好,打了几年仗一直没受过重伤,直到去了朝鲜。那次是真的险,差点就回不来了。

抗美援朝时,山洞坍塌被"活埋"

1950年,为响应"抗美援朝,保家卫国"的号召,我跟随部队入朝了。记不清是哪天了,说真的你也不知道今天是初几,明天是啥日子,有时候打得连白天黑夜都分不清。反正,那天应该是天快亮的时候,我们在三八线附近的皇朝领发现一小股敌人,当时天特别冷,他们到晚上一般是不打仗的,就搭起帐篷,生起一堆火,烤火吃饭。侦察员靠近摸清对方的人数、武器装备后,营长命令我们找好掩护,立即开火。一声令下,我用重机枪打了八九十发子弹,因为天黑,我们躲在树林里的暗处,借着火光能看见他们,但是他们看不见我们,所以,我打倒不少美国鬼子。他们反应很快的,枪声一响,就立即找掩护,准备好武器还击,就这样一直耗到天亮,他们能看见我们了,我们营长大喊"撤"的时候,我们便立即撤回防空洞。

后来,我们撤回一个防空洞里,美国鬼子不知道怎么得到的消息,他们开飞机在我们的防空洞口丢了一枚炸弹,后来又往里面扔炸弹,当时只听"砰"的一声,然后整个防空洞就坍塌了。我当时正好在墙角坐着,还没反应过来,就被石块砸中了,我的右半边身体没有知觉了,特别是右手,血不断地流出来,不知什么时候我就昏了过去。

等我有知觉的时候,已经被帆布裹起来放在一个担架里,但我发不出任何声音。卫生员看我醒了,立马叫我不要乱动,原来我的右手断了,右边的锁骨也断了……

卫生员告诉我,我们一个排都被埋进了防空洞里,只有几个人被救了回来。救我的是跟我一起从老家去参军的张新才（音），他当时是另一个营的营长。他带着一排人过来救我们，可我被挖出来的时候几乎都没有气了，战友就准备把我们包裹起来埋葬。幸好张新才不甘心，又摸了摸我，发现我还有点气息，他立刻用刀划开我的衣服，用手在心口一试，才发现我还有心跳，赶紧喊医生来救我。医生给我打了强心针，这才救了我一命。

那时候，伤病员多，药品不足，我就靠着一点糖水撑了两天，才等到了祖国派来接伤病员的火车。我被帆布裹着上了火车，本以为可以把心放在肚子里了，岂料美国鬼子飞机来偷袭，我们的火车被炸得脱轨了，火车也被炸出了一个大坑。战友把我用担架抬出来，放在了一个山洞里休息，因为到处都是雪，我休息的那个地方的雪都化了，水都淌到我的脖子里了，当时真的很冷。后来，开始下雪了，我渐渐被雪淹没了，因为伤太重，我根本无法动弹。

就在我以为自己要被冻死的时候，火车修好了，战友到处找我。等他找到我时，他说："要不是看那一片雪地上有个窟窿，他也发现不了我。"原来，那个窟窿是因为我喘气才把雪融化的。后来，战友把我背了回去，卫生员才发现我的手脚都被冻坏了。我的脑子和眼睛也就是在那个时候被砸坏的，至今还有后遗症，很多事情都记不清楚了。

如今的日子是甜的

当时，火车一路把我们这些伤病员送到了黑龙江，我们在一个叫绥化的地方修养了1年多。

1952年，我退伍回家了。

1953年，我28岁，在我家属蒋士英的本家五爷介绍下，我认识了她。起初她是不同意跟我做亲（结婚）的，她也算是巾帼英雄呢，当过乡里妇救会的副会长。她思想进步，不想结婚，就想为祖国奉献自己。可是她父母不同意,后来,她五爷告诉她,我是共产党员,打过鬼子,人品又好,这才同意跟我做亲。

后来,我在我们村生产队当民兵指导员,也种地,一家人有吃有喝,我们又陆续添了三个儿子。现在我跟小儿子一起住,他出去打工了,小儿媳在家边工作边照顾我们老两口,日子过得很舒心、自在。

抗战老兵蒋士政
口述自传

头晚上结婚
第二天一大早归队打仗

采访地点 | 宿迁市沭阳县桑墟镇新顺河村十二组

采访时间 | 2018 年 10 月 23 日

采访人 | 蒋士政　徐应平

撰稿人 | 李尚程　史伟

拍摄者 | 杨群

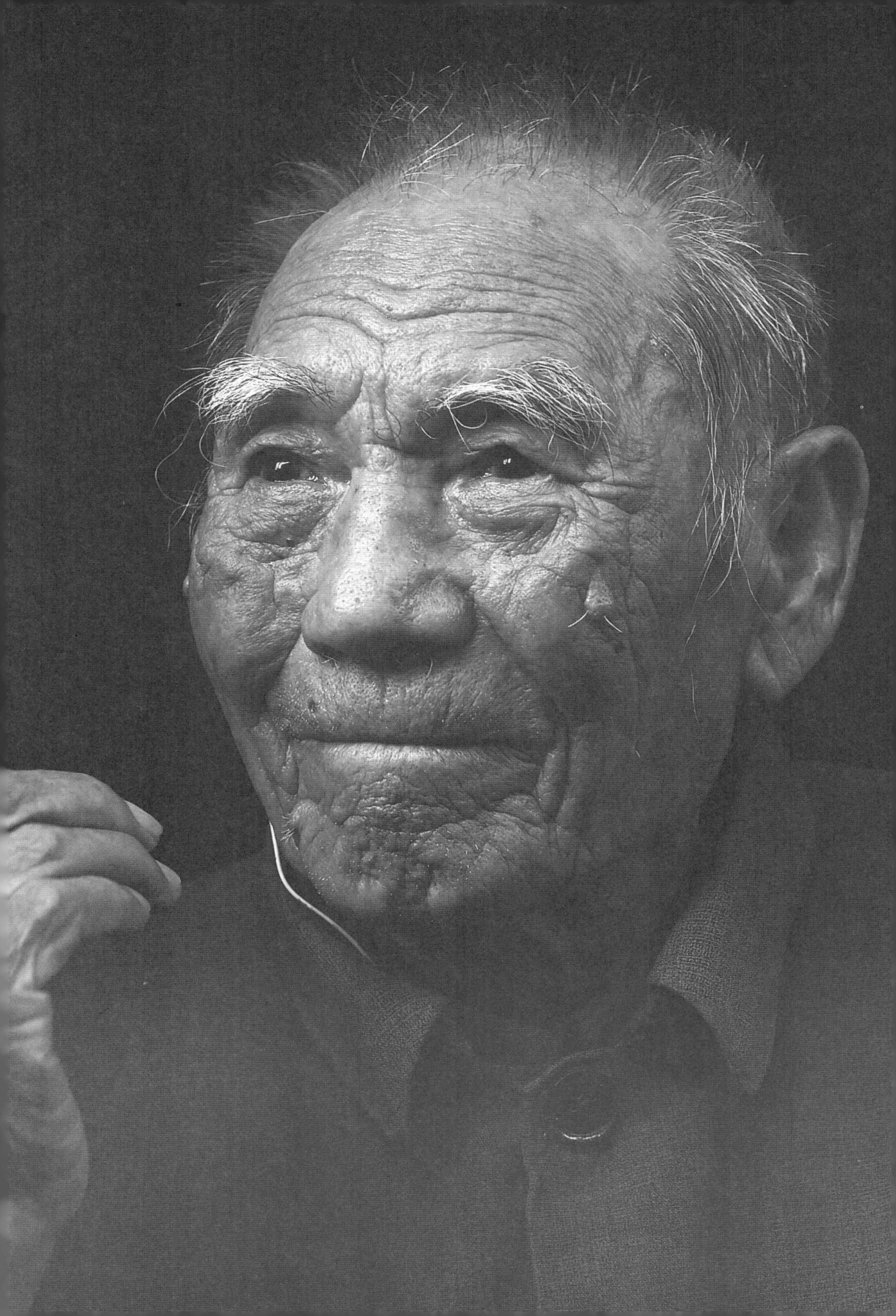

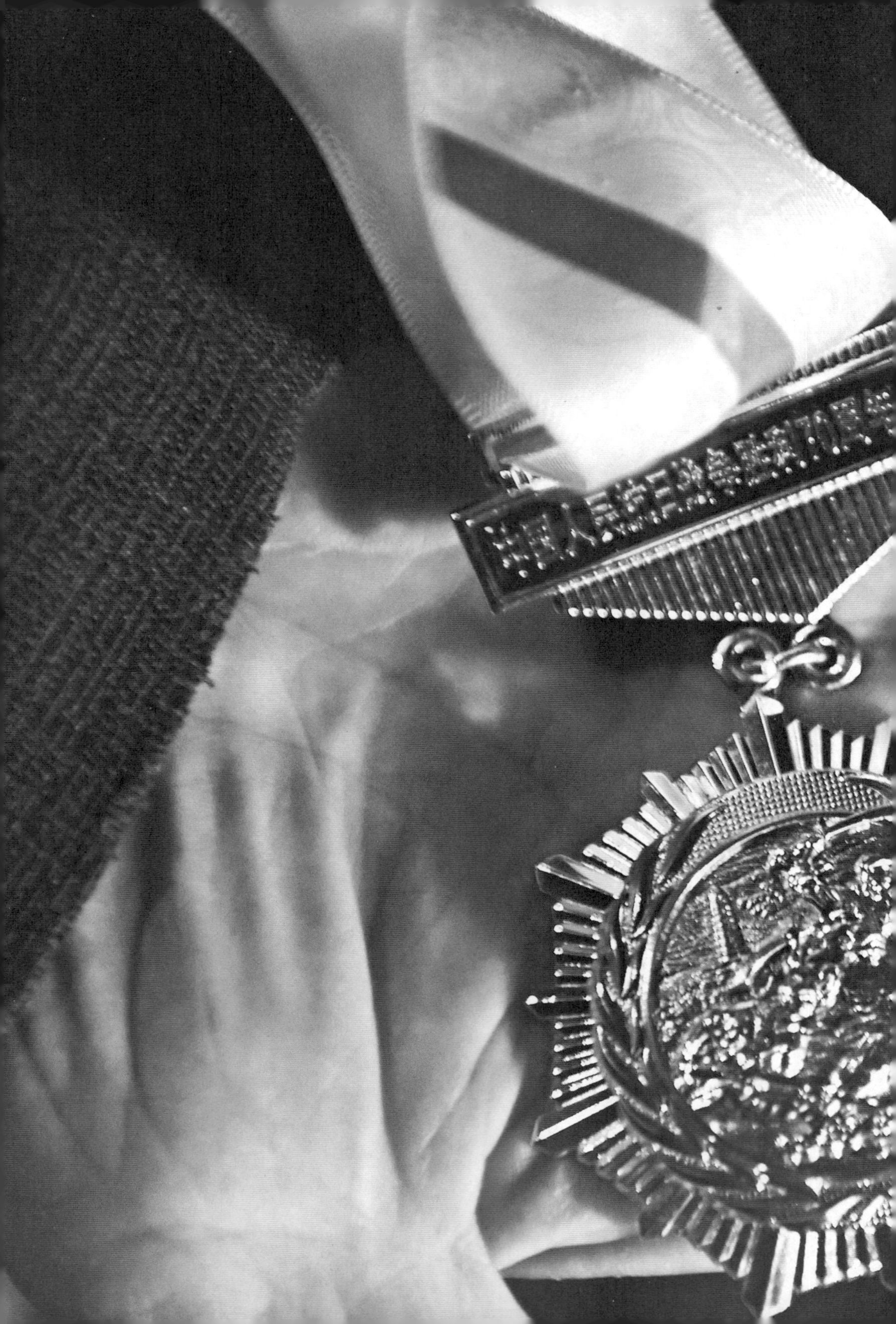

1945—2015

抗战老兵蒋士政口述自传

"这小子会挑好日子出生"

我叫蒋士政，生于1928年2月21日。我出生的第二天是农历二月初二，龙抬头，家里人对此都很高兴，因为这天是个祥和隆重的好日子，在这天老百姓家家户户放鞭炮，有钱人家还会像模像样地摆上贡品，敬龙祈雨，让老天保佑丰收。家里人都说："这小子会挑好日子出生，长大了有饭吃喽。"

我出生时，父母已将近60岁，上头有两个哥哥和大我11岁的大姐，我是老小。小时候家里很穷，沭阳这边的农村家庭都是差不多的生活条件，都靠种地为生。种高粱、种玉米、种山芋，一年到头很难吃一顿有油有肉的饭。打记事起，我穿的衣服都是哥哥姐姐穿小了、破了补了好多次的衣服，过年也不一定有新衣服穿。大冬天也都穿的是单鞋，有双破棉鞋穿比过年都高兴。

"日本鬼子来了，杀人了"

记得是1939年，还是1940年头年腊月里，我听说日本鬼子来到桑墟了。日本鬼子可坏了！听在镇上做点小生意的邻居讲，日本鬼子下乡扫荡，两里路杀了6个人啊，我们村里一个老人在湖里（苏北方言，指庄稼地）拔草，都被杀了，人看到日本鬼子都是拼命跑。

正月里的一天，日本鬼子来到桑墟扫荡，那时候我11岁左右。天冷得不得了，到处都是厚厚的雪，我家住在大兴大队，房子靠近公路，我带着比我小两岁的侄子和我们村里的几个小孩在路边玩,哪里知道日本鬼子进村了,我们一抬头远远地看到有一群人影影绰绰地朝这边走,走近了才看清是日本鬼子。吓都吓傻了,没办法逃跑了,几个小孩和我都在路旁草垛子那愣站着了。

日本鬼子有三四十人,都带着头盔,有的留着小胡子,还有的红脸腮帮子,脚上穿着带钉子的高帮靴子,走在路上还咔咔地响。日本鬼子每人都有枪,枪上面还有刺刀,有的鬼子边走边吃那种小饼干,还掉了一些在路上。队伍后面跟着那个炮车,天上还有飞机,在头顶上飞得也不是很高,轰轰隆隆地响。

我那时候人小,但还算机灵,跑也不敢跑,我就一直按着我侄子的头,趴着躲在路边的泥沟里看着日本鬼子。村里的狗叫一声,队伍里的日本鬼子也学狗叫一声。刘家兄弟俩害病(生病)了,在路边看到日本鬼子来了,就朝东边柴沟跑,他俩害病了哪能跑过日本鬼子啊。一个日本鬼子抓住刘家老大,摁在地上,扯下刘家老大脖子上围的毛线围巾,撕开刘家老大穿的蓝色对襟大褂子,用带钉子的皮靴踩在他肚皮上,做出刺刀刺刘家老大肚子的样子。我父亲看到了,赶紧求饶,喊道:"小孩,放了小孩,放了小孩。"日本鬼子才没刺下去,刘家老大都给吓坏了,哭都不敢哭了。

日本鬼子要在桑墟附近村里休息,便让我父亲带路,去找他们要去的地方,我父亲便跟前头走。这时刘家老二给一个日本鬼子追到了,被刺刀顶着逼进了柴沟里,肋骨上戳了三刀,胸口刺一刀,头上刺一刀,眼看要海了(死了)。我父亲大喊几声:"饶了吧,走了,走了。"那日本鬼子也看队伍都走了,这才作罢。等日本鬼子队伍都走远了,我和侄子从沟里爬起来就朝刘家兄弟家跑。冬天的雪有点化了,泥沟里都是齐腿深的烂泥,裹着腿往前走,实在不行就在烂泥里往前爬,爬到沟边撒腿就跑去告信。

刘家老二给家里人抬回家时,我们都去看了,身上都是血啊,都以为不行了，水都喝不下。不喝水肯定会死，家里老人说只能喝尿了，说不定还能有救。刘家就端着盆去家里有小孩的人家去要童子尿当药给刘家老二喝，找了几个庄子的童子尿给他喝，后来竟然给救活了。

回到家里，我父亲还没回来，家里人都以为父亲肯定回不来了，母亲、俩哥哥和姐姐都抱着我痛哭。我能活着回来就是万幸，后来我才知道，那天日本鬼子在路上还杀了不少人，一个人在路边上厕所，也被日本鬼子用枪给打死了。

第二天傍晚，一个日本鬼子在新庄村周长树家，用刀把周长树头割下来了。我们都眼看着的，跑了几里路去，那时候也不知道怕了，就跟着人一起跑去周长树家。

日本鬼子下乡扫荡，烧杀抢掠，简直不干人事。日本鬼子杀人不眨眼啊，那时候有很多和日本鬼子打仗负伤的八路军（那时候老百姓管共产党部队都叫八路军），伤兵住在老百姓家里，好多人都没办法救，缺胳膊少腿的，好生生的人给炸伤了，脸上被枪打掉一半，长得窝俊（苏北方言，漂亮的意思）的小哥就死了。村后头有个深坑，有两间屋子那么大，他们那些当兵的死后都埋里面，老百姓从家里拿出来十几口棺材，后来没有棺材了，就用门板钉棺材，再后来就只能就地埋了。都不大，十几二十几岁，可惜了（liǎo）了。

我父亲不是被日本鬼子带着去找路嘛，两天后才给放回来，没被杀也算是捡回来一条命。住在我隔壁的人外出时，遇到日本鬼子，被日本人用刺刀给刺死了。

后来，国民党兵一连十几天从门前公路经过，去打日本鬼子。国民党兵打了几仗后，日本鬼子又从北面来了，再之后共产党的部队从后面追来了。共产党队伍和国民党队伍的部队是你和日本鬼子打几场、我和日本鬼子打几场，日本鬼子也是被撵着兜圈打，我家土墙上还有好几个大枪眼子。

"好男儿，参军打仗去"

1941年8月初,我14岁,自愿报名参加革命队伍,上前线打日本鬼子。当时当兵都是自愿的。日本鬼子欺负人太狠了！跑到咱们中国来烧杀抢掠,让人恨之入骨。看着日本人在乡里烧杀抢掠,都盼着能早点把日本鬼子赶跑。

我是家里老小,你说这打仗是国家大事,谁不去当兵呢,都主动去。刚参军那会子,我人小个不高,但我胆子可不小。刚开始没有枪,我人小机灵,做事也认真,部队领导就给了我一把自制的土枪。这种自制的土铳子,也能杀敌。刚摸着枪,我就想去上战场,和敌人干一仗。班长问我"怕吗"？怕那也不能说怕,我给自己壮胆大声说"不怕"。去杀鬼子就是抱着死的心去的,那就是真的不怕了。上了战场就不能怕,要想着拼命向前冲,想着要使劲杀鬼子。

等接到命令真去打仗,在战斗开始前心里有点害怕,但枪声一响我反而不怕了。敌人的子弹就在身边飞啊,哪个不是做好了随时牺牲的准备上的战场啊。打仗那不是开玩笑啊,子弹不长眼,能在一场战斗中活下来,就等于又捡了一条命,和我一样最后能活着走下战场的战友们,都是历经了一道道生死关。

参军后,在沭阳待了几个月,部队就从赵庄东头开拔去了山东,身上背着背包、鞋子和被子,还有一把枪。在此地参军的乡亲都牛,都能想着去打仗杀鬼子,可不都了不起吗。那时候多是打游击战,仗是随时打,走走就能和日本鬼子、日伪军打起来。开拔去山东的路上,还遇到了从涟水过来的小鬼子兵,我和战友们手拿土铳枪,在土沟和巷道里爬上爬下、跑来跑去地打。敌强我弱,正面冲突损耗太大,我们经常趁着夜色到日军炮楼边上放枪,袭扰他们,日军摸不清底细不敢出来,就躲在炮楼里放枪,我们就通过这种方式,浪费敌军子弹。

抗战那时候,日军在沭阳建立了日伪政权,日本鬼子在房山（位于连云港东海县）、青伊湖、二兴庄、桑墟、万匹、淀湖、小街、汤圩直到沭阳城都构筑工事，安上了据点，有十几个之多，里面驻扎着日军和伪军，不时从据点出来四处骚扰。

日伪军很猖狂的，为日本鬼子做事，也经常下乡来扫荡。1942年6月，几股日伪军下乡扫荡。南边从沭阳县城出发向北进攻，北边从牛山出发向南出击，南北夹击，对沿路村庄和抗日根据地发起攻击。

6月中旬的一个深夜，日伪军趁着夜色对万柳庄发起攻击，万柳庄原是抗日政府的驻地，日伪军想着攻占后就可以撕开抗日后防线。浓浓的夜色下，隐藏着危险，不知道何时会打响第一枪，不知道哪一个敌人的枪口对着你，也不知道哪一发子弹就要了你的命。垫伏、垫伏，所有人都在夜色里静默，等着营长发出战斗的号令。"滴滴答滴滴答……"嘹亮的冲锋号再度响起的那一刻，等候着战斗的战友们立刻发起冲锋。那一场战斗打得激烈啊，日本鬼子有步枪、机枪和小炮，火力猛烈，我们新四军这边武器一比就差远了，但那也要打！后方要是被撕开了，那么多老百姓就遭殃了。这场战斗与敌激战到半夜才将敌军击退，击毙伤敌10余人。

打游击可不易打，跑累死了。经常是从这个敌人据点急行军绕到另一个敌人据点，趁敌军人少时攻其不备，打戴山、打二兴庄都是跑着打。小鬼子这边力量大，我们就撤退，小鬼子哪边人少了我们就追着去打，打游击苦，也死了很多人。打游击还讲究技巧，正面冲突遇到了小鬼子怎么办？要机灵着打、跳着打、跑着打、头趴在地上瞄着打，想方设法不让小鬼子打着我，我还要想法子多打中他们几枪。在二兴庄和日本鬼子打游击，七进七出，鬼子哪边力量大，我们就撤退，哪边撤了我们就去追，扰得日本鬼子不胜其烦，我们慢慢消耗敌军的战斗力。在山东那边也多是和日伪军战斗，在山里一待就是几个月。

1945年日军投降时，我们部队还在山东。军队驻扎地的欢呼声是震天响啊，想着打赢了日本侵略者，我们也就可以回家了。心里那个高兴啊，都不知道怎么表达那种激动的喜悦心情。驻地附近的老百姓听到日军投降的消息后，泪水当即就涌了出来，很多人都是笑着笑着哭了，哭着哭着笑了。当地老百姓见到我们当兵的都使劲鼓掌，太激动太高兴了，自豪！

"头晚上结婚，第二天一大早归队"

我和老伴徐应平，我们俩14岁定的亲，我是新河大队的，她娘家是大兴大队的。家里人给说的媒，说大兴大队徐家姑娘人不孬，就托媒婆给两家长辈参参看。结婚之前俺们俩都没见过面。

说婆家来人了，徐应平那时候小姑娘家子，哪好意思露脸，说人到家门口了，脸给臊得通红，赶嘛捂脸去屋里躲着了，哪好意思看婆家人。两家人来看过，这亲事也就定下来了。定了亲没多久，我就扛着枪上了前线，再从沭阳到山东打了一年仗，1946年底跟随部队开拔回沭阳，在东海大队打了三年游击战。

1947年，我19岁，徐应平她18岁，我们结婚了。

结婚前，我们部队刚和国民党部队在安峰山打了惨烈的一仗。先前，淮阴、涟水、沭阳相继失守，我们部队就接命令撤回苏北。1947年2月底，我们在撤回沭阳经过安峰山时，谁知道遭遇了国民党部队，2000来人被包围在山里了。这一仗打得实在惨啊，部队和回撤部队家属人员都在树林里休息呢，睡得正沉的时候，下半夜那边枪声就响起来了。被包围了，国民党部队都是美式武器，想突破包围圈太难，冲了一次不行，再冲一次包围圈，最后冲出来300口人。以为就要葬在这里了，家人之前通信说今年底挑个好日子结婚，若战死这里了，没过门的媳妇面都没见过，那可就对不起人家了。没想过战斗后，能捡回条命活着回到沭阳。

农历十一月初二，我在沭阳县城北边驻守，家里人来信让我初四回去结婚。我初四下午赶回家，回家路上还遇到两个伪军，在雪地里和伪军周旋了一番才安全离开，回到家时浑身都是在雪堆里弄的烂泥。

"媒婆说他回来了，我就从屋里通过窗户往外看，看他浑身都是泥巴，蹲在院子里沾水擦裤子和衣服上的泥，身后背的背包也都是泥，没好意思看到脸就躲屋里坐好了。"徐应平说，坐着牛拉的车进了蒋士政的家门，两根红头绳和一方手帕就是我的结婚嫁妆，"打了几年仗，老百姓日子过得实在艰苦，我出门都没有什么好衣裳穿。"

十一月初四晚上，屋内澄亮的红烛，新娘子盖着盖头，我穿着擦拭干净的军装，拜了天地结了婚，人生大事就完成了。在那个战争年代，打仗捡条命回来娶新娘子，已经知足了。

结婚的第二天一早，我就告别了新婚的妻子和家人归队了。在部队，驻扎的地方也都是围绕着桑墟镇转，也是过家门不能入，部队有部队的纪律，军人就要有军人的担当。

1947年以后，我随部队到东北打仗，那地方天寒地冻的，可受罪了。天冷干燥，吃的饼子"哗哗撒"。我和新庄村的战友王继才一起去的东北，他92岁的时候去世了。

23岁时，我得了咳喘病，从部队复员回家。徐应平接过话匣："他后来归队后很难得能回来，都是家中有事打报告才能回来暂住一天半天的，有段时间他和家里断了联系，没有信也没有消息，和他同去打仗的同村战友都回家了他还没回来，家里人都担心受怕以为他回不来了，家里人都哭啊哭啊，我以为再也见不到他了。后来，他回到家中，才知道他是生病了，一直在后方医院养病，咳喘病养也没养好就回来了。"

回来就整天喘，都是当年跑出来的病，一天急行军上百公里，在沭阳急行军、在山东急行军，脚底板的皮都跑掉了还继续跑，跑伤了。回到家中，喘得整夜整夜不能睡，只能趴着休息，乡里的郎中说我这个病要是治不好，都活不过40岁。后来给开了方子吃药，每天都喝3斤重的各种中草药熬的汤药，喝了十几年，喘病没有全治好，但人是活过了40岁，活到了现在。回来经常梦到打仗的事情，深夜里会猛地惊醒，听见自己喘的声音,知道自己还活着,没牺牲,就这样喘着喘着,今年我都90岁了。

都说银杏是"夫妻树",千年好合年年结果,年轻时我便给老伴在屋后种了银杏树。夏天时,在树荫下乘凉。秋天时,可以吃银杏果。这棵银杏树能活哦,几十年了都枝繁叶茂,你看那黄绿色叶子中间都是淡青色的果实。

我们家现在也是子孙兴旺啊,我和老伴生了四儿四女,过年的时候子孙都来看望我们,凑在一起差不多有百八十口。

抗战老兵金立珍
口述自传

一句承诺世代守候

采访地点 | 宿迁市泗洪县龙集镇应山烈士陵园　泗洪县中医院

采访时间 | 2015年7月、2016年4月、2017年9月30日、2018年9月17日

采访人　 | 金立珍

撰稿人　 | 裴凌曼

拍摄者　 | 杨群

生的伟大死的光荣

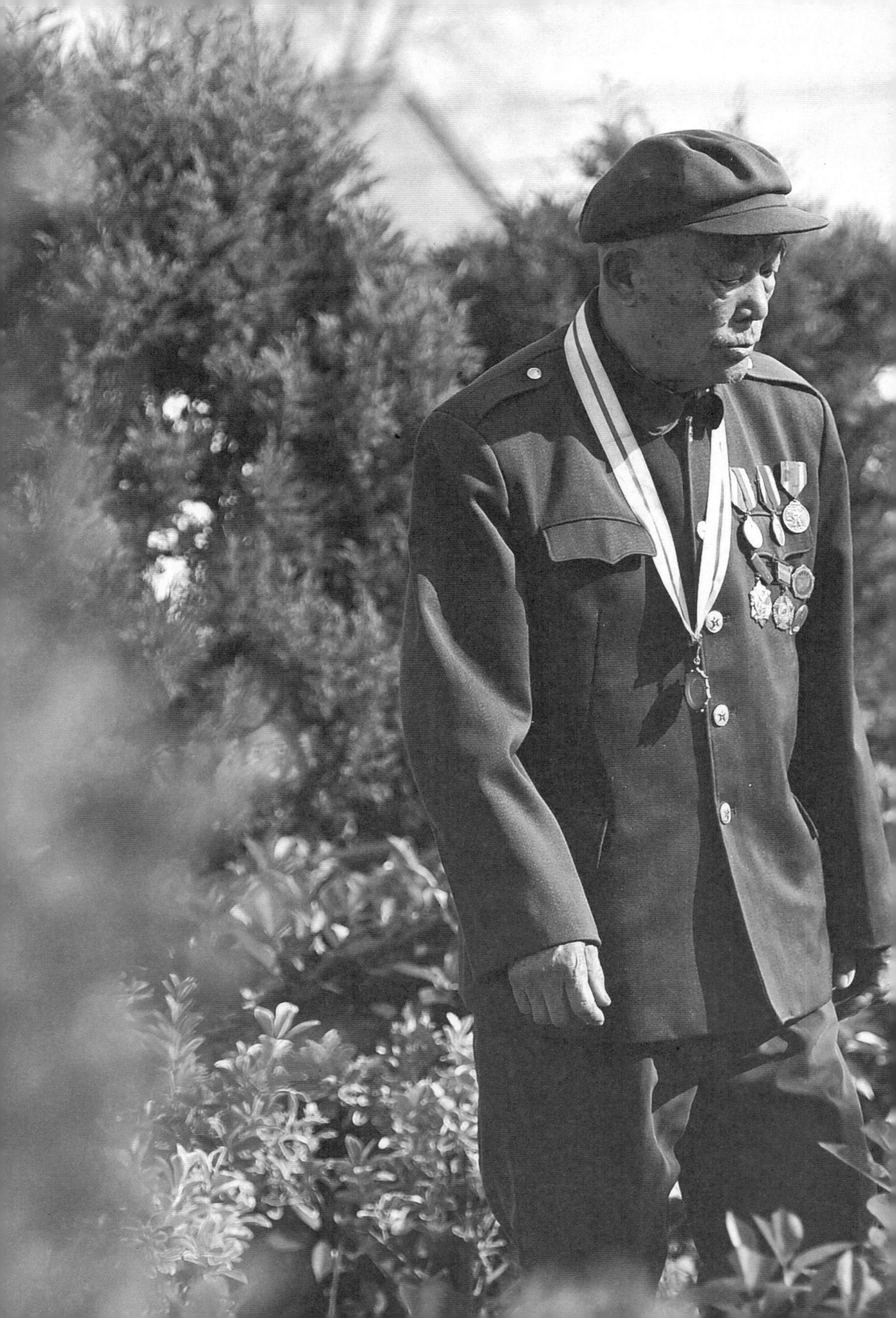

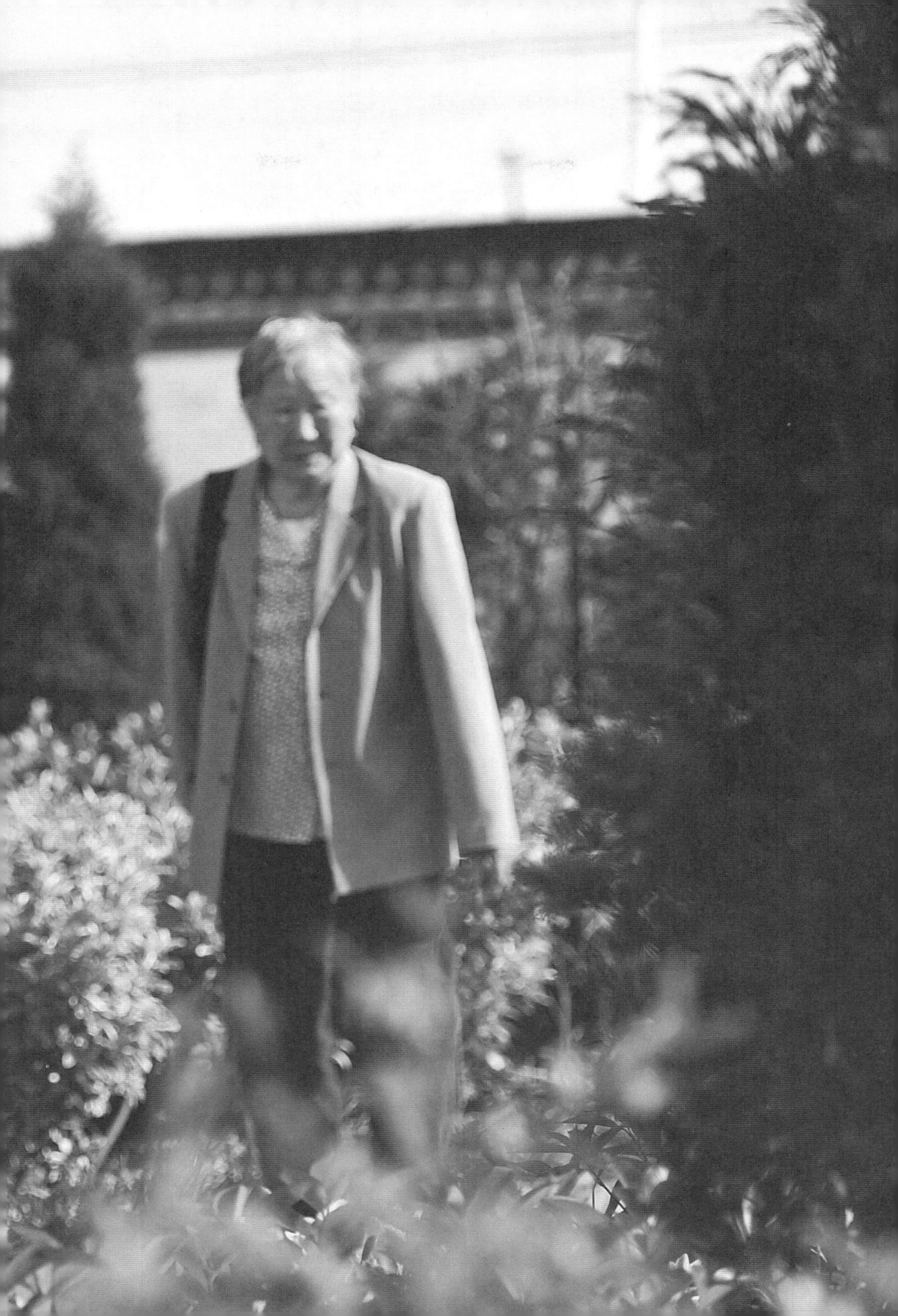

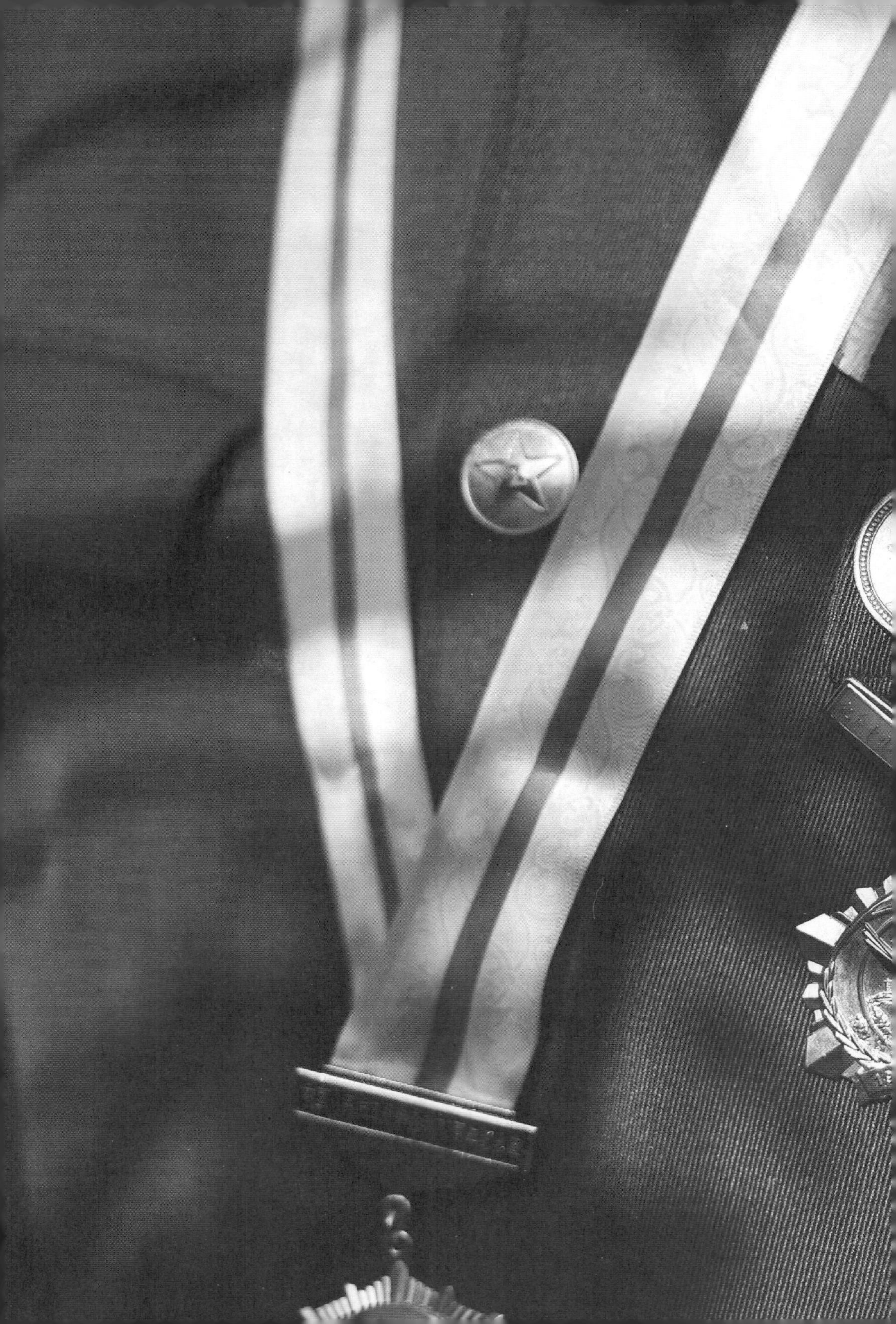

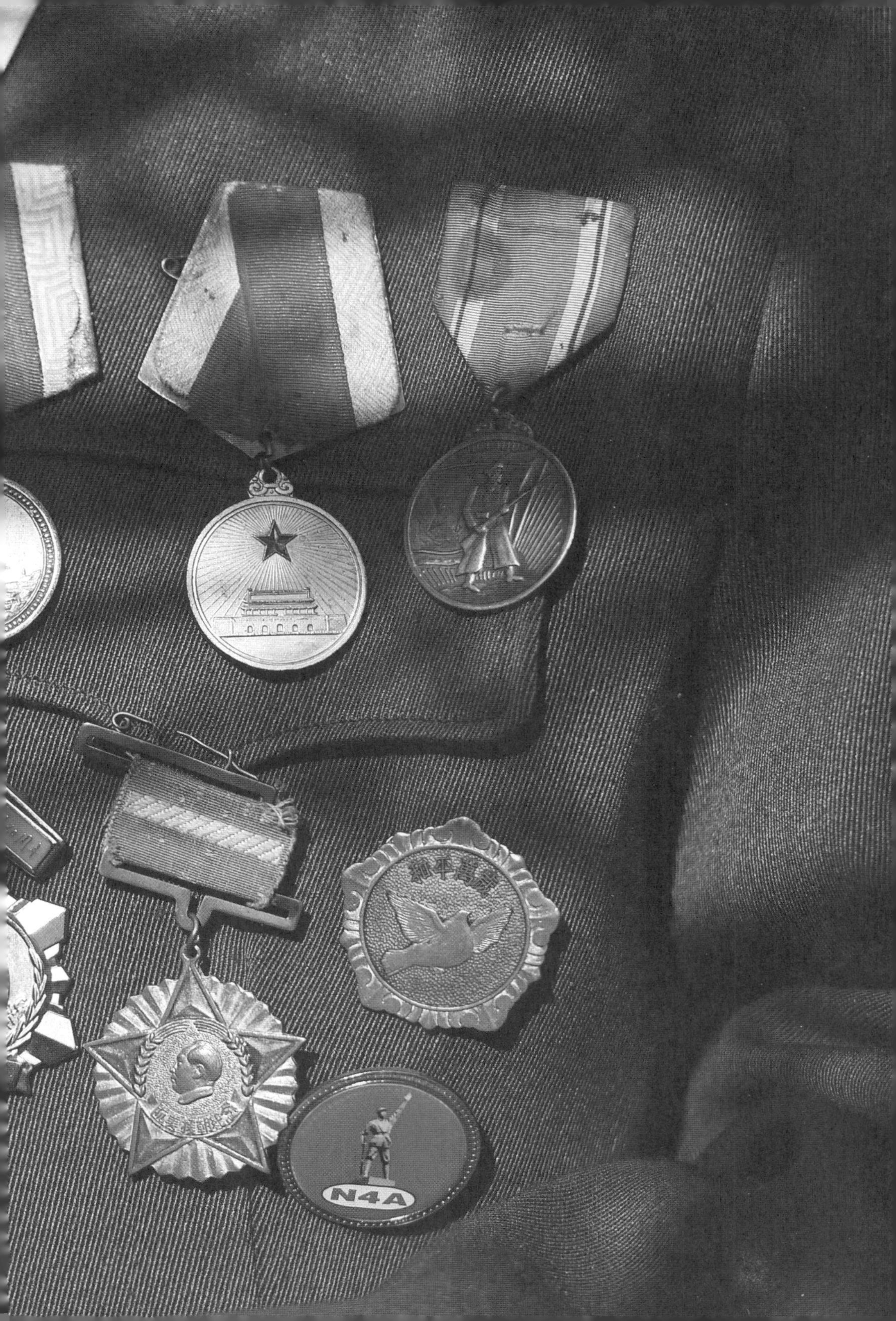
和平萬歲
N4A

抗战老兵金立珍口述自传

12岁用计抓日本特务，还当了儿童团团长

我生于1929年，泗洪县龙集镇应山村人。我曾参加过抗日战争、解放战争、抗美援朝战争。1948年1月光荣地加入了中国共产党。1941年那年我12岁，当时我在村子里摘猪菜，遇到了一个日本鬼子侦探。他朝我这边走过来对我说："小朋友呀，你这个庄子上还有住当兵的？你看还有穿衣枪的？"我问他："什么叫穿衣枪？"他说："就是穿衣服的枪（衣服里面藏着枪）。"其实，就是问有没有机枪的。当时我说："没注意看。"后来我一想，问穿衣枪肯定不是什么好人。后来我就对他说，我去庄子上看看，看看有多少穿衣枪，回来我就来"告诉"你。他从身上掏出一块洋钱说："你去看看，我回来给你这个。"

我找到部队把情况汇报给部队连长，连长说让我先回去，但是却让两个部队穿便衣的跟在我后面一起去了。我到了以后日本鬼子就问我，看到没有？我说："有，有3个穿衣枪。"日本鬼子很高兴地站了起来。我说，那我走了，但是日本鬼子洋钱却不给我了。紧接着，部队便衣到了就把日本鬼子给抓了。后来，部队领导大会小会表扬我，12岁小鬼抓了特务，最后还让我当儿童团团长，带着庄子上的小朋友站岗、放哨、插路条。

我主动去当兵，个子还没有一杆枪高

我的父亲金永安在老家动员"扩军"，为维护地方安全，很多人都

是"扩"外乡人，当地人尽量不"扩"。我父亲一直认为扩军就是要一视同仁，不应该有区分。就在这个时候一个姓彭的人站起来说："你说得好听，你怎么不让你儿子去当兵的？"我父亲当时就说："只要政府需要，我就让我儿子去。"后来我就主动去当兵了，那时候我才14岁。父亲送我参军，当时还骑着马、挂着红花。

我到了龙集区队里，因为年纪小，个子也小，就给一个叫曾崇（音）的区长当通信员，那时候我还没有一杆枪高。当通信员时我是天天夜里睡不着觉，因为曾区长天天夜里让我提夜壶。实在熬人，我就向当时的泗阳县区委书记林严（音）的警卫员曹强诉苦，曹大哥又把我这事向林书记汇报了。林书记知道后非常生气，找到曾区长拍桌子就骂："14岁小孩刚离开爹娘，你这样折磨他，能对头吗？"后来没多久林书记就调走了。我心想，林书记走后我肯定没好日子过，后来我就跑到新四军四师被服厂，找到厂长刘长泰把我的遭遇告诉他，希望能在他这里继续当兵。刘长泰说，你就放心在这里当兵，不会有人来抓你的，后来我就留在了被服厂，给副厂长刘世荣当通信员。

藏了36支步枪一挺机枪被抄家

1946年解放战争全面爆发。我复原回乡一段时间后，又重返部队在泗阳县为高为林当通信员。后来部队被撤，我受伤有病就留在应山集。当时我家父亲为共产党藏了36支步枪一挺机枪，后来国民党到王圩子，当地部分老百姓起哄，几十口人把藏在我们家的枪全抢了。国民党迎来了，到我家把我家抄了，拖走了7头羊和一头驴，还把我父亲五花大绑给绑起来了。我4岁的弟弟被人踢得趴在门槛上，鼻孔出血，我身体有病，躺在床上也被拽起来。把抄去的机枪搬来让我扛，在应山集那条路上，因有病走路跌倒很多次，我不知道被打了多少遍。一路上国民党到处抢老百姓东西，我就趁机逃跑，藏了起来。

没过多久，共产党部队打回来，重返淮北，我又上了前线，记得首长是饶子健、赵会川等人。诉苦会上我诉苦，王凤武专员夸我是"永不变色的好战士"。

战友救了我的命，我一辈子不能忘

泗阳姚圩战役我一辈子也忘不了，我所在的部队被日军追击，紧急撤退。我当时年龄还小也没有什么战斗经验，撤退时只顾往前跑，却不想一颗炮弹在离我不远的地方落下来，我还没来得及反应，后面一个战友看到炮弹要落在我旁边，立刻把我推到，趴在我身上，结果战友牺牲了，而我依然活着，所以我对死难的烈士一辈子都不能忘记，如果没有死难烈士，我根本活不到现在呀。这个场景让我刻骨铭心，也让我对战斗中牺牲的烈士怀有一颗崇敬之心。在战友们的帮助下，我在战火中掩埋了救了我的战友；在墓前，我在心中对救我的战友许下诺言：继续勇敢战斗，继承战友未竟事业；让战友得到安息，我要让所有牺牲在战场上的烈士得到安息！于是在我能行能动的时候，每年的12月24日这天，我都会带上酒和菜来到龙集往泗阳去的那座桥上，祭奠在那里牺牲的战友。所以我对烈士墓也有一种特殊的情感在里面。

我的家和应山烈士陵园仅一墙之隔。1942年，原新四军四师九旅卫生部驻在金圩庄，战争时期在阵前方受重伤的一些同志就会送到卫生部，其中一些医治无效牺牲了，没有地方埋葬，当时金圩有个开明人士高福仁主动献出自家15亩土地，用来埋葬这些牺牲的战士。因战争乱得很，也无法记录下这些牺牲战士的姓名，只记得牺牲的大概人数，也就成了无名烈士墓，这也就是最初的应山烈士陵园。部队离开了，墓就没有人管理了。

1953年，我从部队回家探亲，看到无名烈士墓一直没有人管理，被牛羊乱踩，杂草丛生，心里很不是滋味，于是想找人看守烈士墓。可是找谁合适呢？谁又愿意看守这些烈士墓呢？村里人一般都忌讳给别人守墓，实在不知道找什么人。我很着急，我想自己看守，可是当时我还在部队。于是我找到村里，希望有人来管理这些烈士墓，村里人说，哪有人愿意看守乱坟的呀。这里的人忌讳给别人守墓，实在是找不到人呐。可总不能让这些烈士在牺牲后还得不到安息啊，我又想起了舍命救我的战友，想起了在心中许下要让所有烈士得到安息的诺言。

这时，我想到了我的老父亲。我把这个想法跟父亲商量，却遭到父亲的强烈反对。父亲严厉地训斥我："找什么事情干不好，不亲不故的，我去看什么墓，非要我干这种事情？"我对父亲说："这里面都是革命先烈啊，也有我的战友，如果我在战场上牺牲就和他们一样葬在里面，您心不心疼？如果是您自己的孩子，您还不愿意看守？"最终，我说服了父亲，他同意看守烈士墓。之后，我们父子俩一起把83个墓一锹一锹给填好了土，又弄了花草，把这些墓都给管理起来，还在烈士墓旁边专门建了小房子，方便看管。

1958年4月，我从部队复员回到老家，就在墓地旁边小屋的地基上重建房屋，一家老小就住在烈士墓边。我除了忙农活外，也时常到墓园帮父亲一起管理，我们在烈士墓前，习惯性地四周转转、看看。

栽树、拔草、填坟、修花，这是我们最常做的，有时我会坐在墓前，和老战友们"说说话"，回忆曾经。逢年过节，我们一大家子都像祭祀自己的祖辈一样，为83名烈士挂清、培土，从不落下一次。

抗美援朝时期，我在炮兵部队当班长，我们从山东赶赴朝鲜战场，每个班带一麻袋面包作为干粮。我们往上去正好遇到15军部队步兵往下撤，看到步兵战友饿得可怜，我就从车厢里把一袋面包掀下去了，最后连长马士文知道了，过来批评我："别的班有饭吃，你们班没有，啃你吗？"团长王大田知道后又表扬我说："你做的对，这是阶级同情感。"再后来又一个叫严辉的师长知道了，问我是什么时候当兵的，我说是1942年当兵。严师长很吃惊，现在还是班长呀，待遇要提高，在朝鲜我就成了正排级待遇。

回国后，严师长单独让我到北京第六炮校深造，那是个预科学校，单独学文化，可是我还是难舍我的家乡洪泽湖。1958年我带着3000块钱回到了老家，看到门旁邻居饿得面黄肌瘦的，我就把领回来的钱分给他们。2块、3块分给他们，一晚上就散了500多块，这在当时也算很多了。

第二天，村里妇女主任来通知我说，县里通知你去说事，我以为部队让我回去，结果到县里是安排我工作的。后来我就被安排到重岗果园厂任大队长管教"右派"。可厂里书记认为我对"右派"不严厉，我对书记说："要用社会主义思想感化人，光狠能干什么？"后来我主动要求调动工作，调到了泗洪县面粉厂做车间管理员。当时我妻子朱龙英做家属队小队长，厂长老婆和女儿不上班，但是能分到和干活人一样的钱，家属队很多人多次都有意见。我妻子回来跟我说，我讲这是不劳而获，以后不要分给她们，却遭到了厂长的报复。当时我妻子还怀着大儿子，原本在车间里负责封包，后来厂长报复让她去扛米箩，一个孕妇怎么能干那么重的活呀，这明显就是在报复呀，后来我们全家被下放到农村老家。

回老家我就继续看守陵园。1964年因为看烈士陵园，我去县里要钱修纪念塔，好不容易要来的5000块钱被挪用，当时的书记反驳我说："活的不照顾，照顾死的，你家没钱竟然为死人要钱。"他这么一说我非常生气，当场就骂他："你戴了乌纱忘了爹娘，你良心在何方，没有烈士的牺牲奉献，何来今天的生活。"

一诺千金全家守护

1975年，父亲临终前最放心不下的依旧是长眠于此的83位烈士。

父亲交代我，这83位烈士，金家要一直守下去，世世代代守下去。"儿子你当过兵的，不要忘记烈士啊！没有他们就没有我们今天！"父亲临终时说的话,我一直都记在心里。就这样,我从老父亲手中接过了义务看护陵园的重任。也许只有经历过当年抗战的岁月,才能体会到对烈士的崇高敬意和无比的怀念,心里总想为烈士做一些什么。

烈士用生命换来了后人的生活,他们应该有个更好的安息之地,陵园年久失修,也应该得到重新修缮,应该有个像样的纪念碑。为了争取一定的资金支持,我多次奔走,希望能得到政府的支持。

我为83名烈士奔走的事开始不被乡邻们理解,他们不明白为何要为死人做事情,但多年的坚持换来了他们的理解。现在每到清明,周围的群众和中小学生都会自发前来为烈士扫墓,缅怀革命先烈,这是我最想看到的,因为有人记住了他们。我会向一批又一批的群众和学生讲述抗日战争中烈士们英勇战斗的故事,也会对他们说:"我是一名战士,更是一名党员,我时刻记着作为党员要为他人着想,这么多年来我出去打仗保家卫国,回来守烈士陵园,吃过多少苦,受过多少累,我觉得都值得,这无愧我党员的身份,也是一名党员的信念。"

我的一生,听党话,一生跟党走,一生为党做事。尽管我现在身体不行了,也看守不了陵园了,可是我的侄儿又继续看守陵园,这让我很欣慰。

曾经,这里一片荒芜,只有几十个长满荒草的坟茔,坟头连块碑都没有。如今,当年的83位烈士墓组成了应山烈士陵园,也成为洪泽湖畔群众心目中的红色"圣地"。我们金家人会一直守护着烈士的忠骨,传承着不朽的精神。

抗战老兵高平
口述自传

记忆中的每场战斗都非常残酷

采访地点 ｜宿迁市泗洪县青阳镇

采访时间 ｜2017年8月、9月、2018年11月14日

采访人　｜高平

撰稿人　｜裴凌曼

拍摄者　｜杨群

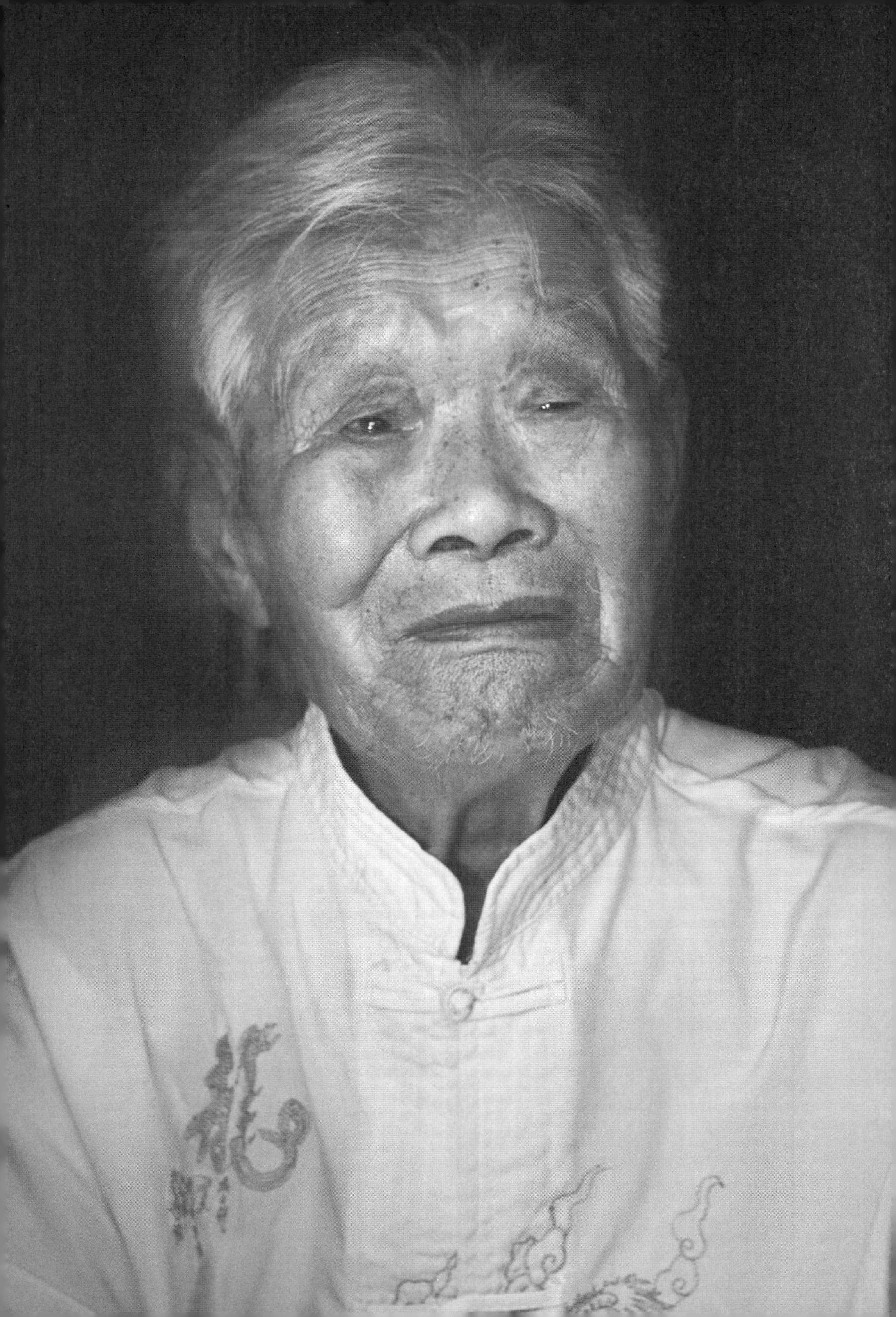

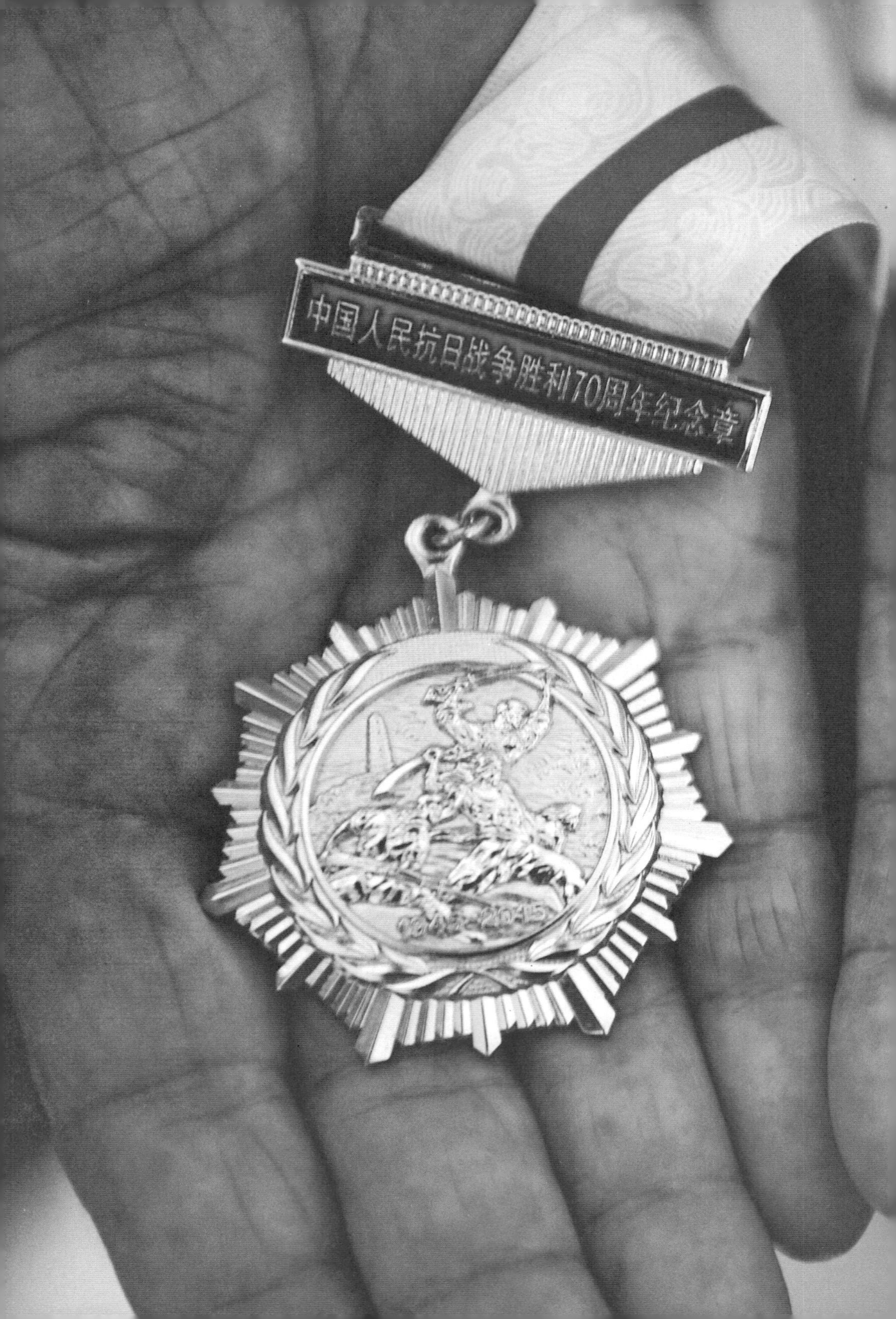
中国人民抗日战争胜利70周年纪念章

纪念中国人民抗日战争胜利60周年

1945—2005

抗战老兵高平口述自传

3个人商量去当兵，只有我一个人留了下来

我叫高平，今年已经95岁了，出生在泗洪县朱湖镇。朱湖镇是革命老区，黄克诚曾驻扎在该镇臧桥村；新四军九旅旅部驻地在该镇新行村；刘少奇、陈毅等老一辈革命家都曾在此战斗、工作过。我先后参加过曹甸战役、山东南麻战役、临沂战役等，立过三等功，并多次负伤。

15岁那年的一天，我和同村小伙伴高士英、王守贵在一起玩耍，从大人们的口中得知日本人烧杀抢掠无恶不作，我们几个孩子攥紧拳头，就商量着以后有机会也要一起去参军打鬼子。一天晚上，我回到家，在煤油灯下，我向我的母亲表达了自己的想法。我对妈妈说，我要去打日本鬼子，看到他们杀人、放火、占领我们领土，我实在咽不下这口气。我母亲也舍不得我，她对我说，这这兵荒马乱的时候，也不知何时是个头，你三哥已经去当兵了，现在你又要走，家里也需要个人呀，万一你们回不来可怎么办呀？我妈妈一开始不同意我走。

1940年，我17岁了，我一心想着要去参军。在我的软磨硬泡下，母亲还是含泪默许了。我和王守贵带着干粮匆匆上路了，高士英因为母亲有病就没去。

我和王守贵来到朱湖镇臧桥村某团所在地，而王守贵到部队没两天他又跑回家了，就剩下我一个人在部队了。后来，我被分到该团一营一连。因为年纪小，我刚开始只是当"小鬼"，给领导端端水、打打饭，晚上也会端点洗脸水、洗脚水。给教导员当小鬼没多久，教导员提升到团里政治处当主任，后来我又当上了警卫员，还挂上了双枪。

三哥在战斗中牺牲

　　有时候敌人的子弹劈头盖脸打过来，空中还有飞机轰炸，随时都可能牺牲，但是我们不能怕死，这时我们就趴在草地里匍匐前进。

　　当时，部队的武器很简陋，大多是"老套筒"之类的，而且都是旧的。当时团里仅有两门炮、一挺重机枪，一个连仅有两挺轻机枪。我也领到一支步枪，心里非常高兴。至于吃饭，都是大锅饭，战士住在当地群众家里。每到一个地方，战士把稻草、麦秸往地上一铺就睡了。如果能睡在门板上，就是一种享受了。一个星期后，部队就转向东北方向。不久，该团改为师，改为新四军编制。

　　在我的记忆中，每一场战斗，都非常残酷。1940年11月至12月，曹甸战役打响了。华中新四军发动对国民党顽军韩德勤部的攻击战，曹甸战役是华中新四军、八路军总指挥部成立后指挥的首次战役，也是新四军武装开辟宝应的第一仗。陈毅作为华中总指挥部代总指挥，指挥了这一重要战役。曹甸是宝应县东北的一个集镇，西临宝应湖，周围是水网地带。曹甸工事坚固，内有碉堡、暗堡四处相通，易守难攻。在曹甸之战中，新四军、八路军以2000余人的伤亡，歼韩顽8000余人，虽然由于诸多原因未能达到占领曹甸的目的，但新四军在战略上获得了重大胜利，占领了平桥、泾河，沟通了与皖东的联系。曹甸战役结束了，苏北战场也随之出现了短暂的宁静。

　　在我的记忆里，1941年秋天，在涟水东南发生的小胡庄战斗也是一场恶战。新四军某部一个连的150多人被鬼子包围。鬼子有重机枪、大炮，而我方仅有两门小炮和步枪。由于敌人火力太猛，我的战友一个个都倒下了。我自己也被流弹击中受伤，我就将裤角扎起来继续战斗。下午4时许，鬼子们在圩子里庆祝胜利。我和战友们在连队营长的带领下，全部轻装上阵，躲在棉花地里狠狠射击。我们先是用几门装足了弹药的土炮，第一炮上去，敌人还没反应过来，就死伤三五十人了。炮火打乱了鬼子的阵脚，紧接着我和战友们向鬼子冲去，把鬼子打得落花流水。这一战，打死了一二百人。这么大的伤亡把敌人打懵了，所剩几人狼狈逃跑了。我所在的部队也损伤惨重，二连仅有两名战士幸存，其他全部牺牲了。我的三哥高彩光也在此次战斗中牺牲。

我参军时答应过我的母亲，等把鬼子打跑了，我就把三哥带回来见她，可是三哥永远离开了，我真的很恨日本鬼子。妈妈再也见不到三哥了，战争就这样让我失去了我的至亲。

我经历了"33天反扫荡"，目睹了战争的残酷

紧接着我参与了"33天反扫荡"。1942年11月13日至12月16日，驻徐州、睢宁、泗县、固镇、盱眙日伪军，分五路对淮北抗日根据地进行了长达33天的大扫荡。新四军也在淮北开展抗击日伪军大规模扫荡的战斗。

1941年2月，日军第13军令第15、第17、第116师团各抽调1个大队，由独立混成的第13旅团指挥，另有当地伪军，共5000余人，对淮南路西地区进行扫荡作战。3月1日，日伪军由滁县地区分路西进，目标是以定远为中心的新四军路西抗日根据地，以及在全椒、江浦、肥东地区活动的国民党军。第2师第6旅以主力一部转移敌后，隐蔽待机，留少数兵力及地方武装化整为零与敌周旋。日军分进合击，寻歼新四军主力，但均扑空。第6旅适时集中兵力在各地共作战10余次，毙伤日伪军500余人。扫荡国民党军的日伪军，也遭到了抵抗。日伪军不得不于3月18日撤回原防。

4月，第2师第4旅第12团，淮南独立第4团和第5旅第15团，配合地方武装，于4月10日，连续袭击了仪征西北的谢家集、全家集等据点。15日，仪征之敌出援，在仪征北二十里岔附近遭伏击，日伪军80余人被歼。4月17日拂晓，扬州等地日伪军700余人，分两路向六

合东北金牛山地区突袭。新四军第2师第4旅第12团团部及第3营被包围。第12团经连续冲锋,跳出包围圈,全团及旅侦察连迅速转入金牛山既设阵地。被尾追日军,在金牛山陷入新四军包围之中。这时,第2师又令第5旅第15团迅速在大井越一带,警戒天合、余家集方向之援敌。第12团与被围之敌激战5个小时,毙伤日军200余人,伪军300余人,并乘胜收复了老子山、龟山等日伪据点。之后,第2师先后作战20余次,共歼日伪军500余人,又一次粉碎日伪军的扫荡,保卫了路东抗日根据地。1942年11月13日,淮北苏皖边区周围近1万人,在骑兵、坦克、飞机、汽船配合下,兵分五路,向淮北根据地中心区域半城、青阳大举"分兵合击",企图歼灭第4师主力于洪泽湖沿岸。彭雪枫指挥第4师主力和地方武装,从11月14日开始,进行了为期33天的反扫荡战斗,该师主力首先跳出敌人合击圈,以一部主力并地方武装就地与敌周旋;然后威胁敌翼侧和后方,实施破击战,迫敌伪撤退其一部;最后转入内线,寻敌弱点发动追击,经过青阳、马公店、关帝庙、朱家岗等37场激战,

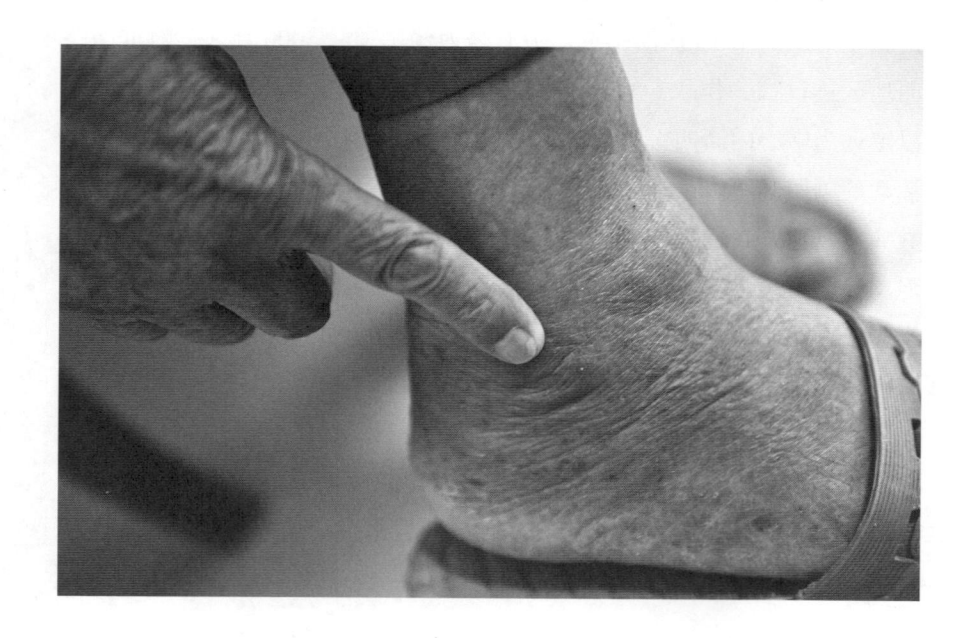

终于12月17日将敌彻底击溃，取得了淮北反扫荡的重大胜利。在整个战役中起到决定性的一仗，则是第9旅第26团的朱家岗守备战。

12月9日夜，日军千余兵力分三路秘密运动至朱家岗第26团驻地附近，10日拂晓发动围攻，经18小时敌我反复肉搏，十进十出，日军伤亡280余人，仍无法突破第26团阵地。傍晚，第9旅旅长韦国清亲率骑兵来援，敌弃城遗尸，仓皇溃逃。第26团自团长以下伤亡百余人。最终，新四军和当地人民在日伪顽夹击中英勇顽强，艰苦作战，在极其困难的条件下，胜利完成了坚持路西、巩固路东的战略任务。

战争的残忍让我想到去学医

1943年上半年，我所在部队在盐城又经历了一场遭遇战。有一天凌晨1点钟左右，我和十几名战友即将过一座桥的时候，远远地听到桥面上传来了阵阵穿着皮鞋走路发出的响声。当时我就想有情况，这肯定是鬼子，敌人武器精良，听这声音，人肯定不少，也得二三百人，不可贸然行动。于是，我和战友们先躲起来，并未让敌人发现我们，等到敌人过桥后，我们从敌人的身后射击，打得敌人措手不及。这一仗，我们10多个人消灭了敌军200多人，仗打完了，天也亮了。

当警卫员大概有两年时间，我又不想当了，我想去学医。此后，我主动加入到卫生队学医，当上了卫生员。部队在前方打仗，卫生队就在后方半里路的民房里待命，而我主要负责包扎伤口，如果遇到伤情重的人，再转移到后方部队。

1943年8月的一个晚上，我作为卫生班长，跟随营长参加了营口战役。营口位于辽河口，西靠渤海湾，东北部紧临沈大铁路，地理位置十分重要。这个地方是个进可攻、退可守、逃有路的军事重地，对能否打赢起着关键作用。我作为卫生员上战场，抢救伤员，也是挺危险的。我见到负伤的，背起就走，还有一些农民自愿来帮忙。他们负责抬担架，把伤员送到民房包扎。一个民房里有三四十口伤员,医务人员又少,在那炮火中抢救伤员,现在想想都是不容易。当时营口战役,我们也胜利了,打死日本一个小队三四十口人,还有一些伪军、俘虏二百口左右。

痛恨鬼子却还是优待他们

我看到过日本鬼子,我还给他们包扎过伤口。当时我们部队虽然是抓了一些俘虏,但是我们一直优待他们。看见他们受伤,很多战友都说,日本人不是什么好东西,不给包扎,可是我们政治课的时候指导员说过,要优待俘虏,日本人也是人,也是被强迫来打仗的,于是我们遇到后,还是会用白布给他们缠起来,包扎好,送到后方医院。我们给他们包扎伤口他们也不说什么话,但是会竖起大拇指,我想这也是对我们表示感谢吧。

1943年底我回家与同村人孟献林结婚,结婚后又赶赴部队。

1947年,我又参加了南麻战役,这场战役是在晋冀鲁豫野战军开始转入战略进攻和华东野战军大部向敌侧后出击时,留在内线的华东野战军部队组织实施的攻坚战。该战役由于种种主客观原因,虽未能实现预定目标,但打乱了敌人对山东重点进攻的部署,破坏了敌人的企图。此时我依然在部队当卫生员。

1948年,淮海战役打响了。因连队的战友于家庭(音)负伤,我被指派临时接替他的工作,可没想到半年后自己也受伤了。在大许庄那场战斗中,敌我双方交战激烈,就在战斗快要结束的时候,我看到前方战场上有战友受伤,于是就爬过去想救他,可就在这个过程中,一颗子弹打中我的脚踝,导致我也受伤,战友们只得将我从战场上背了下来。这一仗一直打到天亮才打下来。

此外,我还参加了曹甸战役、山东南麻战役等,立过三等功。我至今都记得《三大纪律八项注意》这首歌曲,我学会这首歌也是按照这首歌曲的内容在做的。革命军人个个要牢记，三大纪律八项注意。第一一切行动听指挥，步调一致才能得胜利；第二不拿群众一针线，群众对我拥护又喜欢；第三一切缴获要归公，努力减轻人民的负担。三大纪律我们要做到，八项注意切莫忘记了……

尽管带着一身的伤病回乡，可我并不后悔

1949年，我带着一身的伤病，复原回乡。我在部队是卫生员，回来时青阳镇也没有卫生室什么的，我失业了，只能务农。我这一生平平淡淡从不给组织增加麻烦。1959年至1961年是三年困难时期，这期间我经历了大饥荒。我在农村，经历最苦的日子，闹饥荒没饭吃，我都不忍回忆我当时是怎么带着家人活过来的。天地荒芜，收成锐减，又遇连年自然灾害，可我还是挺过来了。

回首过往，真是感慨万千。战争年代条件很艰苦，吃的都是山芋干、

野菜，很难吃上一口好粮食。可只要打起仗来，我一点也不怕，听到枪声响起，我总是以最快的速度去抢救伤员。而我能从战场上活着走下来，是无数战友用鲜血换来的。只有和平才能让人民过上好日子，希望永远不要再有战争。

回忆起自己当年参军入伍的经历依然觉得历历在目。也会有很多的中小学生，还有一些年轻人都来听我讲述抗战故事，我希望年轻人也能继续传承革命精神，不怕苦不怕累，不怕牺牲。

抗战老兵王维胜
口述自传

战争的记忆
充斥着血与火

采访地点 | 沭阳县马厂镇厂北居委会路西组017号

采访时间 | 2018年10月12日

采访人 | 王维胜

撰稿人 | 仲文路、顾园园

拍摄者 | 杨群

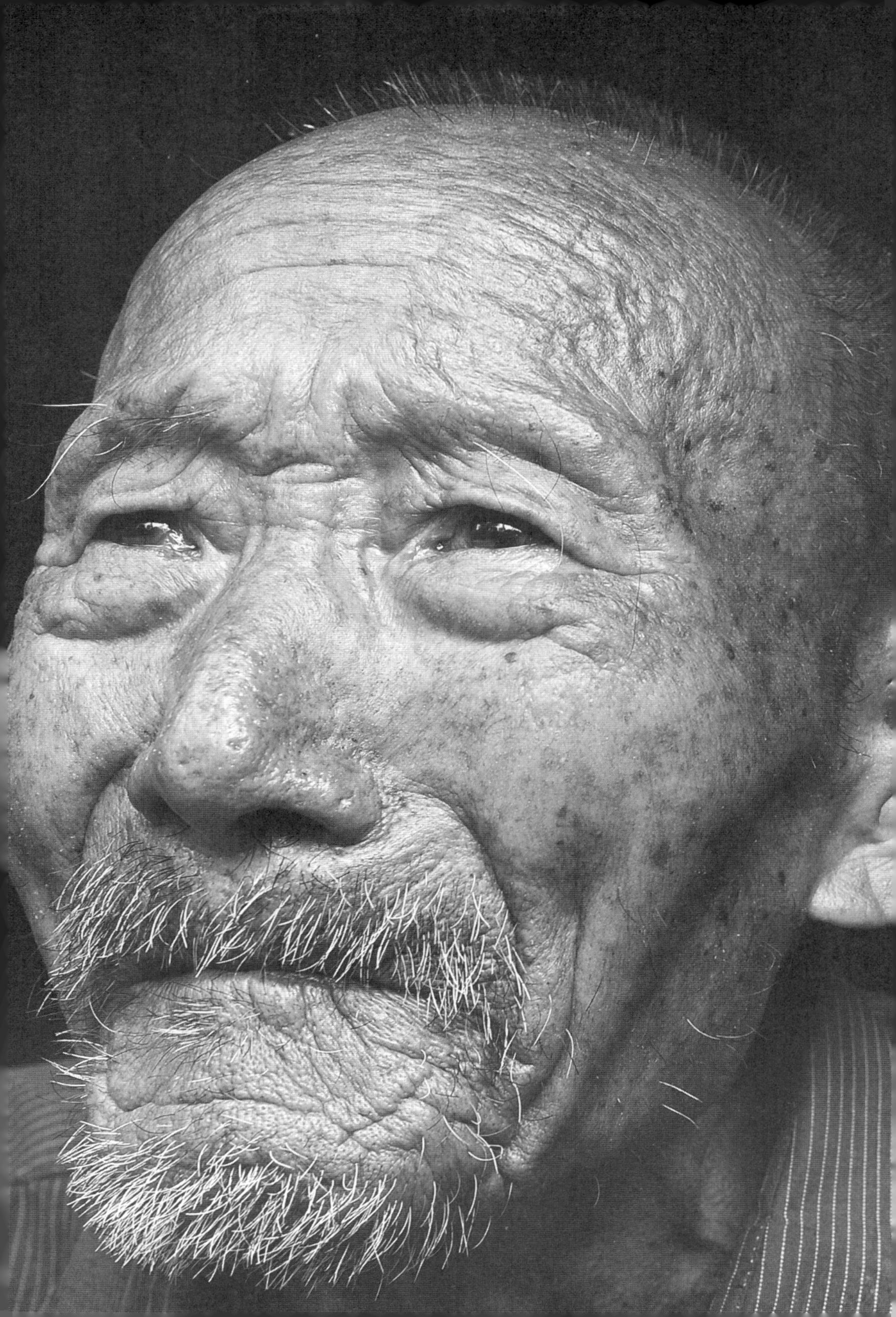

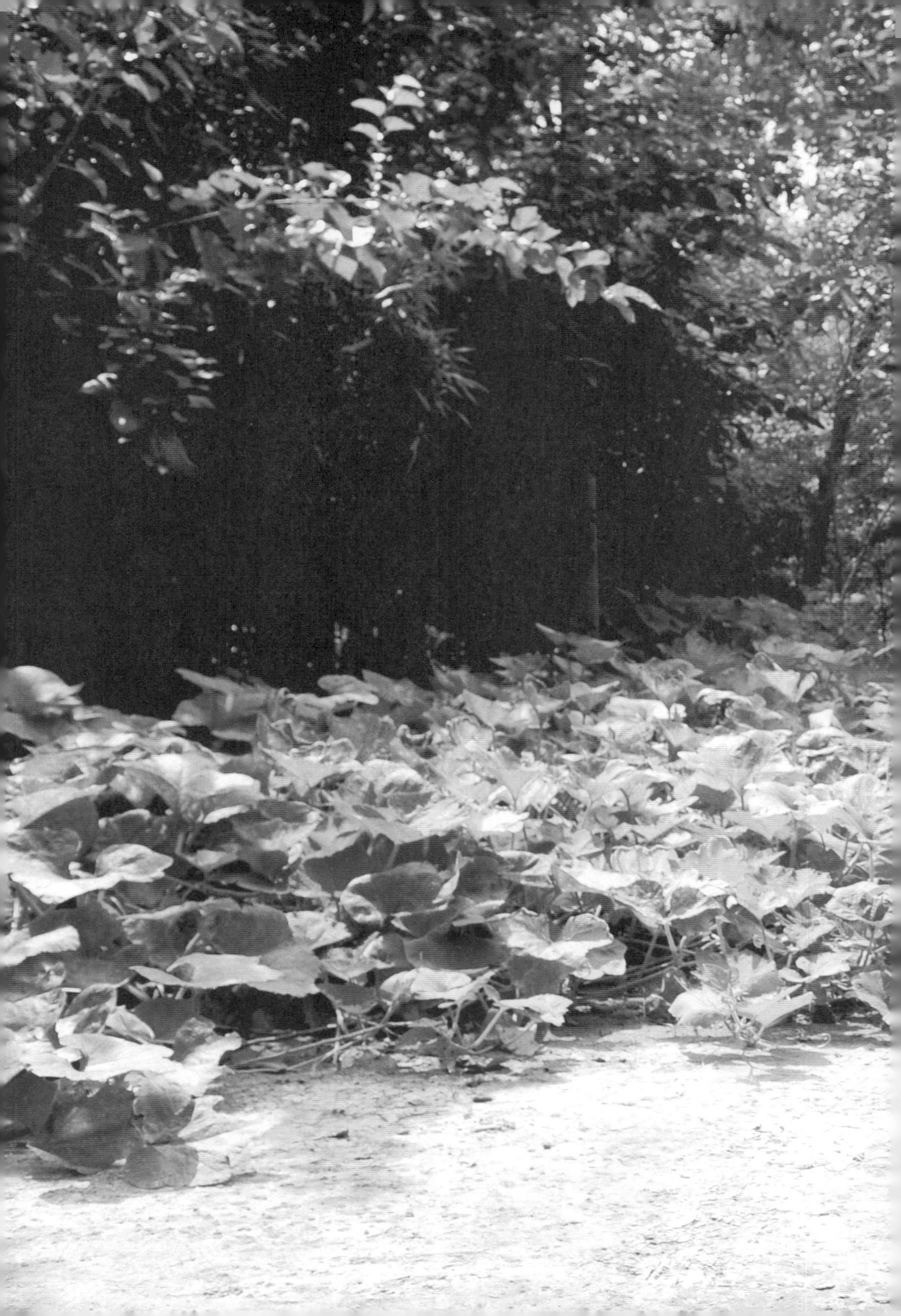

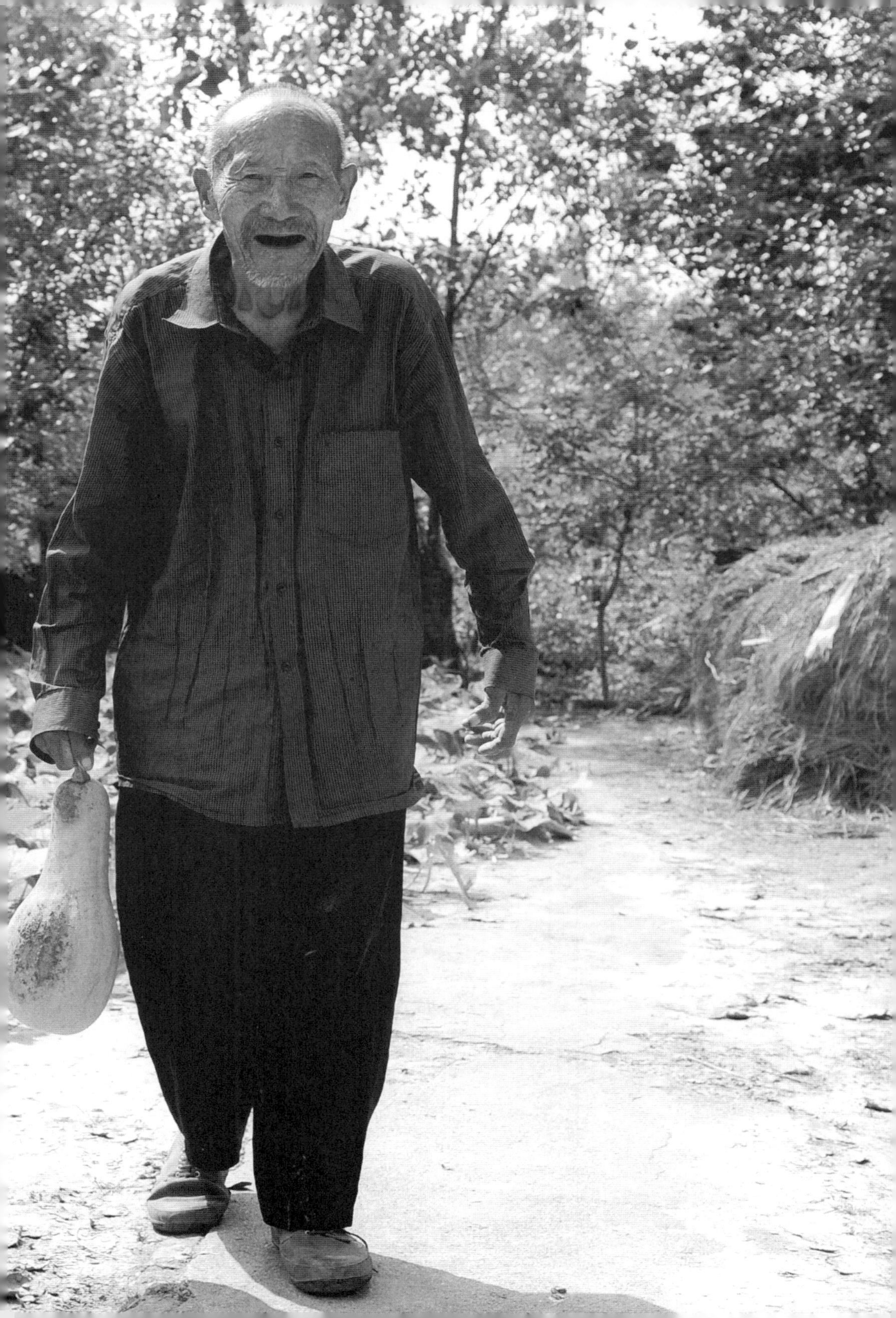

抗战老兵王维胜口述自传

住着泥巴墙围起的房子，冬天漏风夏天漏雨

我今年90岁了，从我记事起，我家就住在沭阳县马厂镇，就是我现在住的这个地方。小时候，我们家住的是土坯房（当地称烂泥墙，将铡碎的稻草拌土和成烂泥，再用钉耙将泥团裹上稻草，一耙耙递给上面做墙的人垛成泥墙，跟燕子垒窝一样），冬天的时候，东北风"呼呼"地往屋里灌，冷得我们姐弟四个直哆嗦；夏天的时候，又到处漏水，屋里摆满接水的盆盆罐罐，都没有插脚的地方。

小时候我就听说过，我们马厂有个能造枪的兵工厂。1942年底，日伪军向解放区大举扫荡，马厂沦陷了。镇上驻着伪区公所和日伪军，马厂东面还有据点。敌人天天叫喊"务必铲除共军马厂兵工厂"。兵工厂里面的人被迫撤出马厂，分散到附近树林里、乱坟地里等几个地方，继续造枪。

鬼子为了早日消除抗日势力，几乎天天扫荡。那个时候，我就懂了，比起没有饭吃、没有衣穿，鬼子更可怕，他们到处烧杀抢掠、无恶不作。为了安全，我爹早早地把我的两个姐姐送人（也可以理解为嫁人）了，还常常嘱咐我们兄弟俩没有事不要出门，遇见鬼子要赶紧逃。

鬼子要逮我父亲去做工，我替父亲去了

1943年，我15岁。也记不得是哪一天了，一群鬼子突然来到我们村里，好像是来抓人的。一个穿着黄军装、戴着大盖帽的鬼子来到我们家，叽

183

里呱啦说了一通，就要抓我爹走，后来我才明白他们是让我爹跟他去据点为他们筑工事。在我们家，我爹是顶梁柱，如果没了他，我娘肯定也活不下去，我想着我是家里的长子，就算要死，也应该是我替我爹去死，所以，我站出来要求代替我爹去。

那个鬼子看我年纪小，就叫我小鬼，还说了一串"吧里吧里卡……"我听不懂的话。但他招招手，我明白他的意思是让我跟他走，我娘拼命拽着我的手，不想我去，但又不敢说话。最后，我看了一眼我爹就跟他走了。

我跟那个鬼子走了之后，一直走到了鬼子在东庄圩的据点，那个地方有几百名日伪军。我原以为是去做工事的，没想到这个鬼子看我年纪小就没有让我去做工，而是让我跟着他，做他的小跟班——他走在前面，我就跟在后面。他几乎每天都会去乡村扫荡，看见好东西他都会直接拿走，不管是老百姓，还是小摊贩，只要好吃好喝的他看上了就拿，米、面、鸡……老百姓一看到他就跑了，没跑掉的也不敢吭声。他每次去抢人家东西，我都在外面等着，他拿到好东西就出来了，没有就再去另一家。老百姓都怨他，没有不怨他的。我知道自己做的事情不对，可我不敢反抗，我想活着。

有一回，他来到了我的一个远房大伯家，看了半天啥也没看上，却看上了一双袜子，可是我大伯不想给他，便争执了两句。他当时一下把袜子扔给了我大伯，然后便拿起东西把他家的水缸、锅还有很多东西都砸了个稀巴烂。当时，我在门口听见声音的时候吓得心惊肉跳，好在他没有用刺刀戳我大伯，最后还是把袜子抢走了。

每次抢回东西他就让我帮他拿着，我虽然心里生气，但也不敢反抗。他每次带我回据点都会给我一点吃的，有的时候是肉，有的时候是饭，每一次都给一大碗。到晚上就让我回家，天一亮就找我去，让我跟着他下乡弄东西吃，其实就是去人家家里抢东西。

鬼子在我们村烧杀抢掠，许多百姓都受了大罪了。每一次他们来扫荡的时候，都会有人报信，大家得到消息之后就赶紧带着干粮跑反。可是有一回，隔壁庄一个叫杨世兵的没来得及跑，跟鬼子撞了个对面，他想跑到麻地（种麻的地）里躲起来，又看到了鬼子去他家抢东西，他情急之下就跟鬼子起了争执，他阻止鬼子去他家拿东西，不知道怎么的就变成了夺鬼子的枪，两人就这样扭打起来，然后他被鬼子"啪"的一声当场打死了。

回想那段时间，没有一天不看见死人，没有一天不听到枪响，那日子每个人都过得不安生，每天都心惊胆战。

新四军来了，鬼子被打跑了

1944年夏天，我16岁，我们这一片的鬼子基本被打跑了，就剩一些二鬼子了。

当时，国民党部队也过来了，他们到处征兵，有一个名叫郭宝玉的国民党军官为了征兵竟然派了十几名士兵围着我家。因为我家是兄弟两个，他们有规定说必须有一人当兵，我和弟弟都不愿意去，我们就跑了，跑到了大表姐家躲了一年，那里没有鬼子也没有国民党，因为那儿有新四军驻守。

1945年夏天，新四军动员年轻人当兵了，我虽然害怕，但知道这回不能再躲了，我觉得新四军也很好，至少从来没看见过他们欺负我们老百姓。于是，我就加入了新四军。我一开始参军的地方在魏庄，我们在那儿待了两个多月，后来便直奔西圩，从早上开拔，一直到下傍晚（黄昏）才到。

我加入的部队后来更名为十二纵队三十五旅。因为我年纪小、个儿也矮，连长说我是"小鬼"，每逢打仗都不要我们这些人上战场，我就负责天天在连长门口站岗保护他。一开始，连长给了我一支三八大盖枪，可是那杆枪比我个头还高，我根本扛不起来，我就朝他跟前一扔说："我不要，这枪比我还高。"连长没有生气，还哈哈大笑地说再给我寻一把"小马枪"，后来还真的给了我一把，不过我从没有开过枪。

那个时候，和我一样在"小鬼班"（青年班）的有 14 个人，年纪最大的班长 19 岁，我们都算勤务兵，每天出操、跑步……负责后勤，有时候也负责做饭。

我们 14 个小鬼逮到了 16 个鬼子

部队不断开拔，我们一路走，一路打。在新浦南城的陇海铁路附近，我们部队和一群鬼子开火了，当时连长也没让我们上战场。只是在我军胜利后让我们拿着扁担去打扫战场，我们小鬼班的 14 个人都去了。

当时，我正在清理战士遗体时，发现荒地里有动静。我立即把情况告诉班长，虽然我们没有枪，但我们 14 个人也不害怕，待我们走近才发现，这是一小股被打散的鬼子，他们灰头土脸的，手里也没有武器。当时，我用扁担指着他们，大声喊道："别动！敢动就打死你们！"看到我们手持扁担吆喝之后，这群鬼子便立即举手投降了。我数了一下，一共 16 个鬼子，当时真想把这群害人精给杀了，但想到纪律就还是没有动手。我们 14 个人把这 16 个鬼子俘虏了，还带回了团部，我们小鬼班也因此获得了二等功。

把鬼子带回去后，因为我们新四军有优待俘虏的政策，那些俘虏都没有被砍头。后来，我知道我们俘虏来的这 16 个鬼子有的被送回家了，有的给钱留下了，我就亲眼看过我们团部有日本兵继续参战的。

做了炊事兵，吃油、盐都是难事

日本投降后，内战又开始了。我成了一名炊事员，每天负责挑着连长的行李，我在里面还放着一些吃食，到一个地方就生火做饭。我记得士兵们一天口粮是 16 两（当时一斤就是 16 两），大多是豌豆、大麦、小麦等乱七八糟的混合粮，往往一天两顿饭；打仗的时候，有时候往往顾不上吃饭就上了战场，士兵们都是饿着肚子在打仗，由于我是炊事员，倒是没怎么挨饿过。

那个时候，天天打仗，我们炊事兵也没有地方去买菜，有啥吃啥，买到萝卜吃萝卜，买到白菜吃白菜，啥也买不到就用咸菜熬一大锅汤，大家一人一勺充充饥，有时候连咸菜都没有。

油和盐是我们炊事兵最大的难题，弄到一点我们就攒着。记得有一次，我们部队在徐州休整，忙忙叨叨的时候，我们开始做饭，我是负责买菜的，到附近转了一圈发现老百姓都跑光了，根本买不到油，实在没办法就是拿那个猪油在炒菜的锅里擦上一圈儿，就那样还是好的，很多时候士兵们只能吃盐水煮菜。

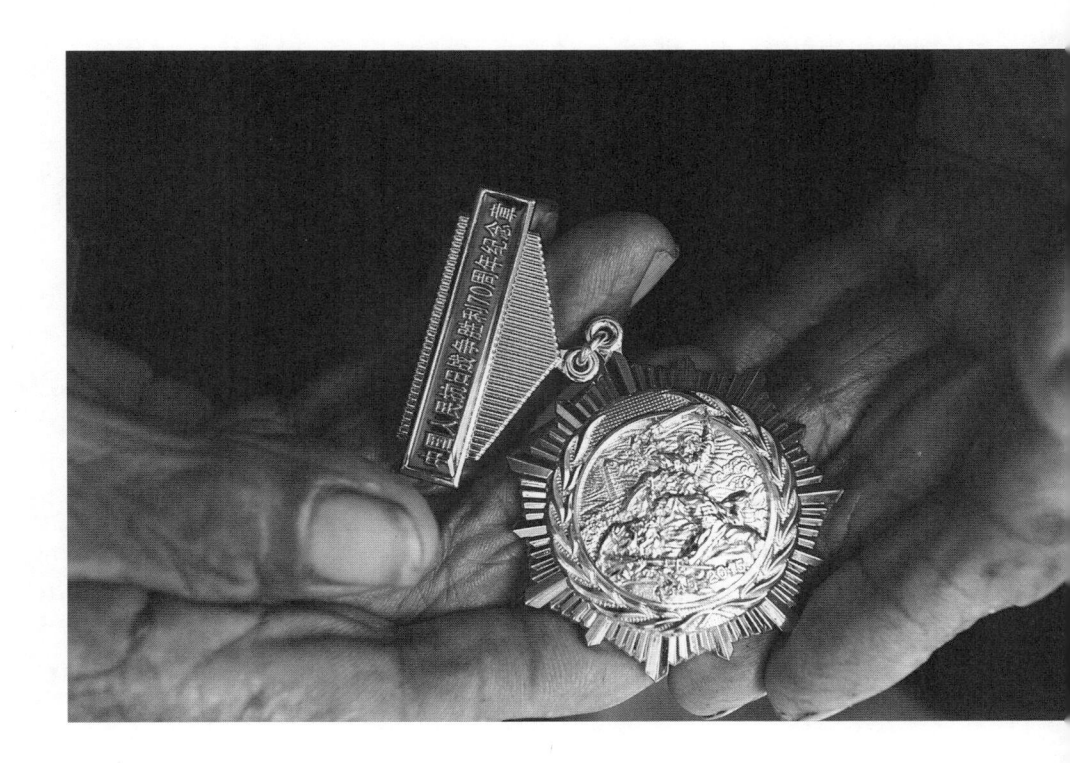

更大的难题是没有盐，没有油大伙儿还能挨着，但是没有盐可就真的发苦了。有一回，我们连的战士已经有半个多月没吃到盐巴了，个个嘴巴里都淡得发苦。连长一边鼓励战士们："同志们！更艰苦的还在后面，大家要坚持下去！"一边找到我说，如果再没有盐吃，战士们的身体就要垮了。后来，我终于找到了一个小村庄，那边有一些逢集的老百姓，也买到了一些盐巴还有猪肉，那个时候猪肉才4毛多钱一斤，通常我们只有打胜仗的时候才能吃上一次肉。

有一次，我们走到一个叫赵庄的地方，我们去老百姓家借锅做饭，老百姓知道我们是共产党，都愿意借锅给我们用，用完之后，我们再还给他们。那里的孩子们一看是我们新四军就都围了过来，他们想讨一口吃的，要是别的部队，他们不敢。

有意思的是，我们新四军买菜有时候也能碰上国民党的炊事兵买菜，但如果我们在东边买，他们就在西边买，不能打照面（见面），我们炊事兵之间也有自己的默契——菜场上不动武。

抗美援朝战场上，我曾冒着枪林弹雨送饭

1949年，毛主席在天安门上宣布新中国成立了，那一天，我们全部都吃上了猪肉和白米干饭，还有不少战士喝上了白酒，大家高兴极了。那个时候，我请假一个月回家结婚，对象是小我5岁的孙兆兰。

本以为战争就这么结束了，可是我回到部队后，得知还要继续参战。1950年，我参加了抗美援朝，我依旧是一名炊事员。我们马厂镇去了270多名战士，回来却只剩下30多人了。

抗美援朝的时候，我们的情况比在国内又差了一些。战士们一般都随身带着干粮，不是炒面就是单饼，反正都是一些面食，大家就着雪水吃，看着都让人揪心疼。一旦打起仗来，由于随身带的干粮很少，基本只能靠我们冒着枪林弹雨送到前线，我很多战友就这样牺牲在送饭的路上，饭如果送不上去的话战士们就得挨饿，那时候经常是一个连到一个山头，那个山头的野菜就光了。

1950年冬天那会儿，我军战士在前线三天三夜没有吃过饭，我奉命做好了干饭（米饭）往前线送。当时天又特别冷，饭刚做出来就要凉了，我紧赶慢赶挑着饭往前线去，一旁都是子弹、炮弹的声音，路滑难走，但那时候不怕，总觉得自己必须要把这个任务完成。当我挑着扁担到战士们跟前时，大家都高兴海（方言，很）了，好多人盛到饭就狼吞虎咽，嚼都来不及嚼就咽下去了。

现在的生活好了，老百姓有说话的权利

1953年，我退伍了，退伍之前，我们指导员让我们在山东高密县学习，他说："我们战士也要换换思维，不能吃没有文化的亏。"后来，我还是没学成啥就回家了，拿着600块钱退伍费回来了。我欢欢喜喜地回到家里，这时我娘已经去世了好几年了，是在我当兵期间去世的。我

爹告诉我，我娘就是想我想得生病，得了喘病。

我真的是吃了不识字的亏，本来领导要给我在铁路上找一个看铁路的工作，可是我不识字又想起家里还有七八亩地，于是还是选择回了家。我 1947 年入党，因为是党员，所以在村里还是能说上话的。回家以后，我当了我们村里的生产队副队长，又给家里盖了房子，生活也渐渐好了起来。

现在生活真的不孬，比我们青少年那会儿真的好了不知道多少倍。有吃有喝，还有说话的权利。我有两个儿子，一个女儿，现在和小儿子住在一起，生活虽然算不上富足，但我知足。

抗战老兵周士金口述自传

干革命
我就要跟着共产党

采访地点 | 沭阳县耿圩镇周庙村周庙组 42 号

采访时间 | 2016 年 6 月 26 日、2018 年 10 月 13 日

采访人 | 周士金

撰稿人 | 史伟

拍摄者 | 杨群

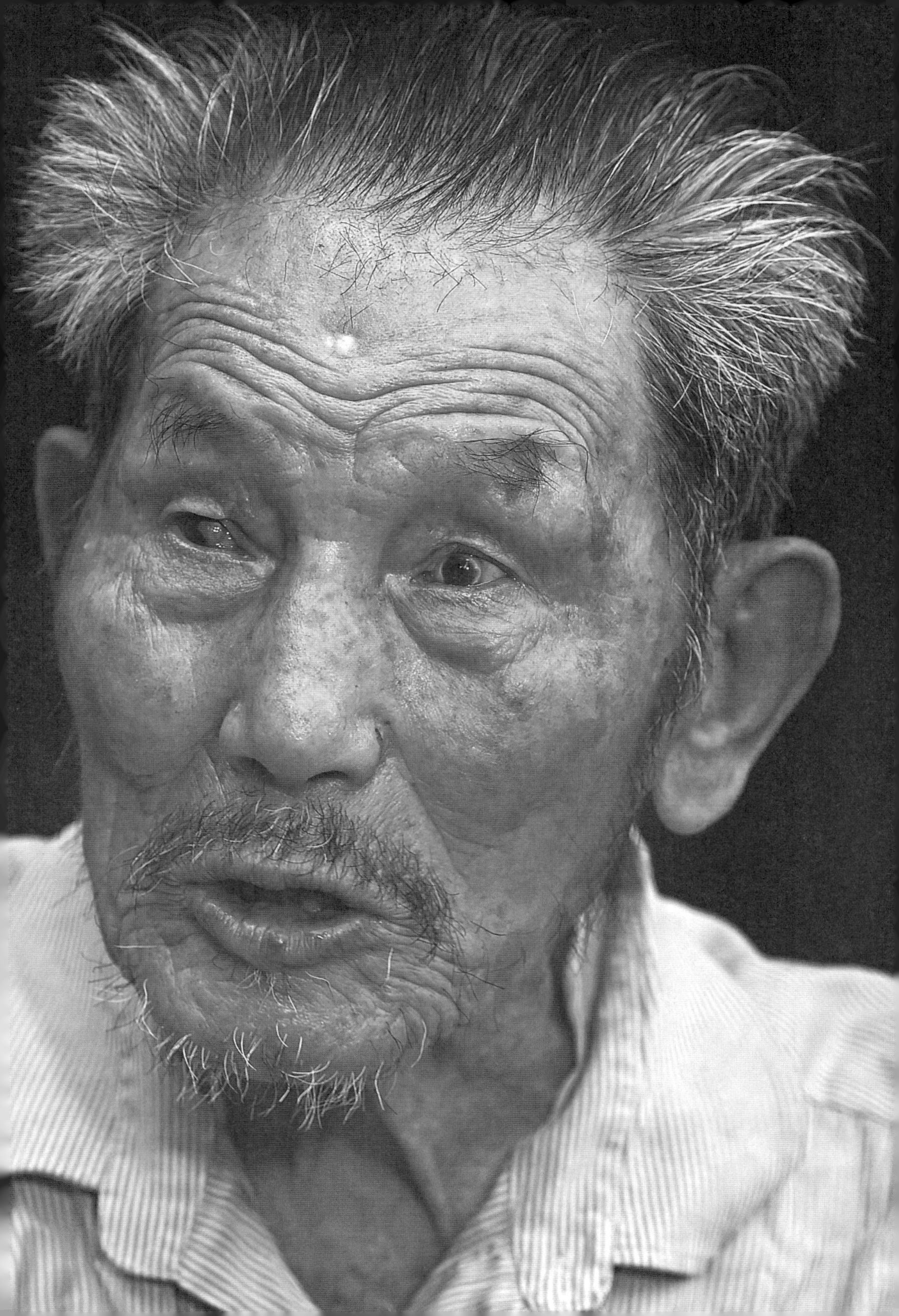

纪念中国人民抗日战争胜利60周年

1945 · 2005

渡江勝利紀念

抗战老兵周士金口述自传

我自己去当八路打鬼子

你们先等一等,我进屋挑件衣服换一下,老了也要拍出好看的照片。

我叫周士金,生于1926年,沭阳耿圩人。我在12岁的时候,去富农家当雇工,当了5年的雇工。给富农家割猪草养猪、推磨、干农活,混口饭吃。给人家做事要勤溜(勤劳),一年富农给我家八块大洋,给我做两条大布裤子,还再给六七斗粮食。

我爹还没死的时候,有人找我去做贼,我爹就说,"小孩啊,你可不能去啊。"我机灵啊,人家去做贼,我不去,去了万一被人打死了怎么办,不能去。

那会子16岁多,还不到17岁,我和家人说,不行,我要去当兵。我家人就说:"小娃啊,你个不高,去当兵不小了吗?"我说:"我小,共产党不要我也要去。"共产党是工人农民出身啊,带领我们贫下中农翻身啊,我要去当八路啊,干革命死了不怕。

我自己跑着要去的,要去当八路,打鬼子。我们村连我去了8个,死了7个,就剩我一个人活着回来了。我们村人都说:"你周士金命大哦!"我说,这是阎王老爷让我多活,不收我啊。今年我都92岁了。

日本鬼子来侵略中国,说中国有"三大法宝",哪"三大法宝"呢?就是金银、铜铁、锡矿,其实就是来掠夺资源啊。

我就跑去找此地的队伍,要当八路。队伍去南边我就跟到南边,队伍去北边,我就跟着跑到北边,队伍不要我也不怕,队伍去哪我跟到哪里。

我跟着队伍里的哥哥们，有半个多月。队长就说："这小孩子怎不去家了的，这怎么办呢？"这时候正好伙房开饭了，队长还没吃饭呢，我拿了块煎饼包刚炒好的豆芽、豆腐吃，煎饼包得鼓鼓囊囊的，跟死小猪（方言，指形状像小猪一样）一样，蹲那里吃。队长就说了："小鬼啊，我们队伍还没开饭你就吃了啊？"我说："嘛，我不饿啊？"然后就蹲在那边吃。队长看我比较机灵，就和班长开会讨论，说要不要把这小鬼收下，我吃饱了，就有人通知我："收下你了。"

缴获的敌人的土铳子给了我一把，这下好喽，我还有把枪。等去打此地的"皇协军"、二鬼子时，我人小，竟然趴在壕沟里等得睡着了，醒来一看，队伍撤退了。我爬起来看看没有人，就跑去找队伍，跑到岗庄村，挨个村找，给找到了。队长问我，你从哪里来的？"你带我去打'皇协军'，你给我撂了工么（干什么）的？""你人怎没了的？你枪呢？""我打盹，睡着了，枪也掉了。"我就这样说，但后来受到了严厉的处罚，因为战士丢枪是非常严重的错误，从那以后我就坚持"枪不离身，枪在我在"。

寒风夜埋葬 360 多名战友

1943年，年三十晚上，宿迁那边的老虎团来到此地打日本鬼子。我们团部的侦查员提前给侦查好了，数好目标据点有32个鬼子，3架小歪把子机枪，还有不少步枪，驻扎在小轴圩子（沭阳地名）。

宿迁来的老虎团团长跟我说，你给我们带去看看地势。村子西南拐子（方言，指角）总共有三四户人家，有个用树枝弄的树枝圩子，有个小圩沟，团长说这里接近要打的路口，就从这里侦查情况。这附近四面八方都是滑滩（陡坡），北边靠近丁庄，东边、西边靠单庄，就从这树枝圩子上、从圩沟上去，等侦查好情况后，团长命令我们先撤退，他们要开打了。

我们接到命令去悦来镇，从圩子里退出来，这还没走多远，没到悦来呢，就听见机枪声"哒哒哒……"老虎团就和日本鬼子干起来了。因为老虎团需要增援，我们就又撤回来参与战斗。

那时候都杀红眼了，根本不晓得撂倒了多少鬼子，身边不断有战友倒下。战斗中，我接到命令负责运送伤员，只记得那晚一直在跑，拼了命地跑，只想着早点将伤员送到后方医院救治。

32个小鬼子，被俘虏了几个，其他都被消灭了。武器实力悬殊太大了，这场战斗中，老虎团牺牲了360多人。俘虏的日本鬼子，被从宿迁来的老虎团带回团部去了。那时候共产党有优待俘虏政策，部队纪律很严明，不打、不骂、不抢、不拿。

这场战斗打过后，老虎团让我们带他们去泗沭县（现在的泗阳）的爱园镇，一夜我来回跑了两趟。路上有一个据点，我看到门口站岗的日本鬼子睡着了，睡得呼呼的。我心想，我让你睡，我拉起地上的水壶撒腿就跑，现在这水壶还在家呢。

我们这里虽然都是泥土路，但是交通要道，从山东运往江苏的炮弹、子弹、衣服等补给，都要从这里走，所以一定要消灭这里驻扎的日本鬼子。日本鬼子要是把路拦着，我们江苏这边就没有子弹、手榴弹这些了，打下来，补给就能运送过来了。

打这小周圩子苦绝（方言，指极度艰苦）了啊，我们部队牺牲了360多人啊。牺牲的战友，都送到爱园镇，送到小乱坑（乱葬岗）啊，我们部队抬着牺牲战友的尸体送了两次过去。从耿圩到爱园，一夜跑了两趟，我跑得衣服湿了，又被冻上，过年那会多冷了，都能冻死人了。有些重伤的战友，走半路就牺牲了，要命啊。没有棺材给他们，一人两丈洋布裹起来，一公尺长二寸厚的木牌上写上"某某某"，再写上是干部、党员，还是群众，360多块木板条子密密麻麻地竖在地上，这就算给他们立了碑。

我被"皇协军"逮去了

1944年，我被此地的"皇协军"的边防队包围逮去了。我们一个连队，七八十人都被逮去了，逮到了沭阳县城。后来，这个协军的坏家伙被回来的共产党给办了，这人名字叫姜至栓（音）。

1945年，日本鬼子被中国人打败了，投降。后来这边的"皇协军"被国民党收编。

我在国民党那里消极抵抗，不做什么事，从那边逃出来也是有故事的。那会6班班长想带他们班投共，哪知道5班班长来查班发现我们异常了便说："你们也想学7班班长投共了是吧？都给我绑起来，捆在大操场里。"

第二天早星子（早晨），上早操看到6班班长捆在那里，我们不知道怎回事啊，别人就告诉我，6班班长要投共。不知道怎的，也把我们班班长抓起来，一起绑操场上，用木板打，打昏死两次啊。昏过去了，5班班长就让人端来凉水给浇醒了，再打！一天打了三顿！

屁股被打成了黑色，黑布似的，怎办呢？我们就偷偷买4瓶白酒，还买了草纸。我们三个人分工，一个贴纸、一个倒酒、一个揭纸，就这样在班长的屁股上来回弄。等到了第二晚，看到班长的屁股由黑色变成紫的了。第三晚呢，屁股颜色由紫变红了一些，肉色变回来些了，这我们也放心了。5班班长被上级奖励了，升官了，升了什么呢？司务长，排级干部。经过这个事，我们班和5班班长就算结下仇来了。

有次几个班外出，乡里的保长就留下司务长，烧了四大盆菜，鸡鱼肉蛋，还有两大瓶白酒，正宗高粱烧。司务长就喝啊，从下午3点喝到下午4点多。司务长带来个连部通信员，我们班班长站东边，7班班长看到了，让人抱住司务长，命令道："小鬼，给我打。"我们班是我"周小鬼"，7班是魏学忠（音）"魏小鬼"，就让我们俩打。一枪打下去，枪子弹从前胸打穿后胸，司务长穿着黄大衣，歪歪倒倒就倒地上了。

连部通信员吓跑回去报信了，说司务长被我们打死了。这次没有退路了，两个班班长就带我们去投共。出来就朝徐州跑，跑到睢宁县，逢沟过沟、逢河过河，跑了100多里，再跑到徐州南半边,离徐州还有里把路。

看到个人家，新盖的三间屋，我们就去烤火。身上的衣服都冻硬了，一动哗哗的。烧火烤火，老头说："同志啊，给我留点草留明早做饭吃啊。"说着出去了，谁都没想到他奔门外朝东北方向跑了，去告密了。

引来了追我们的人，我们都在屋里子，没法打。他们有一个营，扔几颗手榴弹我们就完了。他们让我们把枪、子弹带、手榴弹都先扔到屋外面，数着数盯了，我跑掉了一个手榴弹都问怎少了一个的。他们让我们一个个跪着出去，之后他们用小筷头粗的麻绳，准备了12根来捆我们。

再次被抓住后，给我们带去徐州东北角那块，关进牢里。坐牢，坐了42天。真是"人不为己，天诛地灭"，我遇到了一位查牢的国民党营长，费了我藏在身上的3块大洋和一支金星钢笔，这才放了我出牢，让我去牢房西南角站岗。

一天晚上站岗，看到一个班长，我就问班长口令，班长说，"没有口令。"没有口令就好办，等班长走远了，望不见我了，周边也没有人了，我撒腿就跑啊。跑到一条大河边，水清啊。11月里天，我给全身衣服脱干净，都包在棉袄里。到河边，先用凉水拍身子，下水后举着棉袄游过了河，到河岸上腿都冻硬了，扭捏都没有知觉，先换上衣服跑再说。

我心想，我家在东南，我就一直往东南跑。跑了30多里又跑了一个30多里，最后我也记不清跑了几个30里，也记不得方向了，跑到了郯城那块。到郯城那，我发烧了，不能再跑了，要找个地休息，不然会跑死了。那会子天还没亮，我在沟那边看到一户人家，就敲门。我说我是跑出来的，我想要回家，家在沭阳县，想借宿一下。80来岁的老夫妻俩，人蛮好，说这不安全，你不能在这睡哦，我就睡在门口的草垛里，让他等天黑了叫我起来。老夫妻俩，看我的样子，知道我没有饭吃，给锅里煮的山芋连着汤盛给我吃了3碗。我睡下，大爷还用麦秸秆给我盖好藏好了。天黑了，叫我起来，又煮了山芋给我吃，让我吃饱了再跑。我和大爷说，大爷啊，多亏了你，没有你们，我命都没了啊。

后来，我就奔新沂跑，跑到新沂，我就找到方向了，一口气跑回了

201

沭阳，回到了家。到家才知道我被"皇协军"抓走后，我家中大哥也参加了地方部队。我父母去世早，家里有姊妹9个，我后来又去当了新四军，哥哥就回来照顾弟妹们。我和我哥说："如果我牺牲了，一定要把我的尸首带回来。"

淮海战役，我奋战66天未下火线

1946年6月，我从民兵正式成为一名新四军战士，在陈毅领导的部队。

1946年冬天，我跟随部队参加了华东五大战役揭幕战的宿北大战。一天，我和两位战友正在做工事挖战壕，从西南边过来一枚炮弹落在战壕边爆炸了，等我醒来后看到两位战友不幸牺牲了，我腰部被炮弹片击中受伤。幸好我穿着大腰棉裤，厚厚的裤腰救了我一命啊。

1946年、1947年、1948年，这几年天天和国民党打，江苏打完了，打到河南，再打到安徽。那会打仗，哪有车啊，都是两条腿跑啊。

打淮海战役，吃的饭都是从60里外送来的，要是在战场附近烧饭，万一炮弹扔下来，饭都炸没得吃了。有时候吃的是小米、窝窝头、白菜粉丝，但战斗紧急，吃不上是常有的，一顿顶一天。

淮海战役我们损失也很惨，遍地都是飞机扔炸弹炸的死尸啊，还有很多是残缺的。战场上的枪啊，炮啊都是一摊啊一堆啊，我们捡了不少国民党用的日本制、德制的小钢炮。

1948年12月，在淮海战役中，我火线入党，并荣立三等功。

当时连长说，只要我在一次战斗中能连续冲锋3次，就向上级请示批准我入党。为了能入党，我真是拼了一切去和敌人战斗，自淮海战役一开始直到战斗结束，我66天都在战场上，受了伤也没下火线。

淮海战役结束后，我们部队把我们带到徐州南边，洗洗衣服，整顿整顿，团长就说："同志们，我们要渡江了。"强渡长江后，打国民党军队，解放了崇明岛后就不打了，这个战役前后打了有4个月。

我荣获淮海战役纪念章、渡江战役纪念章，在淮海战役中荣立两次二等功，在上海战役的关键之战浦东战役中荣立三等功。

我在战场上多次负伤，被炮弹片击中受伤，左右手在战斗中都被子弹击伤，我命大活了下来，但我身边的很多战友却为革命壮烈牺牲了。

我借针是假，看人是真啊

1950年，我从部队复员回来。回来后，三四个媒人来我家给我说媒。来的媒人都问："周士金啊，公家给你不少钱啊。"可不，公家给我2725斤小米子，让我去山东去领，我没有车辆啊，没有东西，我就到沭阳粮所去兑，这边粮所会计给我兑了1725斤小麦回来（兑小麦的比例不一样）。

回来了，有粮食了，但本庄10家有8家缺衣少粮，没有吃的，都熬小蒜吃、熬地皮吃，我们家粮食就经常接济他们。

有一次，媒人给我说亲，人家没看上我，我就走了，往东走没有20里，到沭阳县城大桥时，遇到明大爷（一个认识的老头）蹲那抽烟。我们就在那聊天，他说小伙子，我给你介绍一户人家，怎么好怎么好。那家是沭阳县城的，只有娘俩，住在大桥南头。我就想我要去看看，这家人怎样。到了桥头，我想法子啊，怎去呢？我就把灰色大衣纽扣揪掉一个，假装去她家借针缝扣子，然后相看相看。

她家三间瓦房，一个年轻的女子来开门，我就说："小大姐啊，能不能借个针使使啊。"其实，我当时就想去看看这小大姐别是瘸子，或瘫子呢，我一看都不是，小大姐不错，我很高兴。

回到桥上，我就和明大爷说，这小大姐比我小不少啊。明大爷说比我小7岁。我说如果她愿意和我做亲呢，就行；如果她不愿意，就算了，不能强求人家。明大爷说，我去和她母亲问问。之后明大爷告诉我，人家愿意和你做亲啊。我就让明大爷拎2斗粮给她们母女俩吃，这门亲事

203

算是定了。

正月初二那天，我就正式上门提亲了。到那里，大娘说："小伙子啊，你想带我们家闺女走，但没有衣服、鞋帽啊，怎结婚啊。"我从身上掏出 60 块钱给她说："你给闺女买衣裳、买鞋、买袜子，东西买齐了。"初四，我又去了，我那还没过门的媳妇把剩的钱给我，我没要。我对大娘说："大娘啊，我家没有父母，以后也就你一个上人（方言，指长辈），你看初八我来娶人可行？"大娘同意了。初八那天，我找媒人明大爷，带着鸡鱼肉蛋去丈母娘家去娶亲了。找了两个小大姐，陪着她从她家坐小板车来到我家。她穿着一身红棉袄、红棉裤，带着凤冠，实在好看。婚后，我们生了 10 个小孩子，夭折俩。23 年前，我老伴去世了，走时才 62 岁。

听党指挥，为人民服务

1947 年我穿过的草鞋，一直保存至今，这是个用麻搓成线编成的草鞋。夏天，穿了两个月。一个草鞋、一个缴获的日本人的水壶，我都好好的收到现在。

我现在 92 岁了，还像老伴在的时候一样爱干净，经常洗头洗澡，洗洗没有老头味。儿孙在家，都要给我洗衣服，我都不要，我要减轻他们负担。我以前给指导员、团长洗衣服，衣服放河水里浸透，打上胰子，使劲揉揉干净。洗衣服也是讲究的，会洗衣服洗三处，重点洗洗领子、洗洗前襟子、洗洗袖口子，其他地方胰子打好揉揉干净就好。部队领导都夸我，小鬼洗衣服真干净，会洗衣服。

刚回来那会，我就积极投身家乡建设，从不给组织增加负担，对村里各项工作都能积极支持，同时做好带头作用。"党员、士兵就要听指挥，要为人民服务"。

抗战老兵李保中
口述自传

一边要饭一边当兵

采访地点 | 泗阳县穿城镇穿城居委会三组

采访时间 | 2018 年 8 月 21 日

采访人 | 李保中、李军

撰稿人 | 李尚程　仲文路

拍摄者 | 杨群

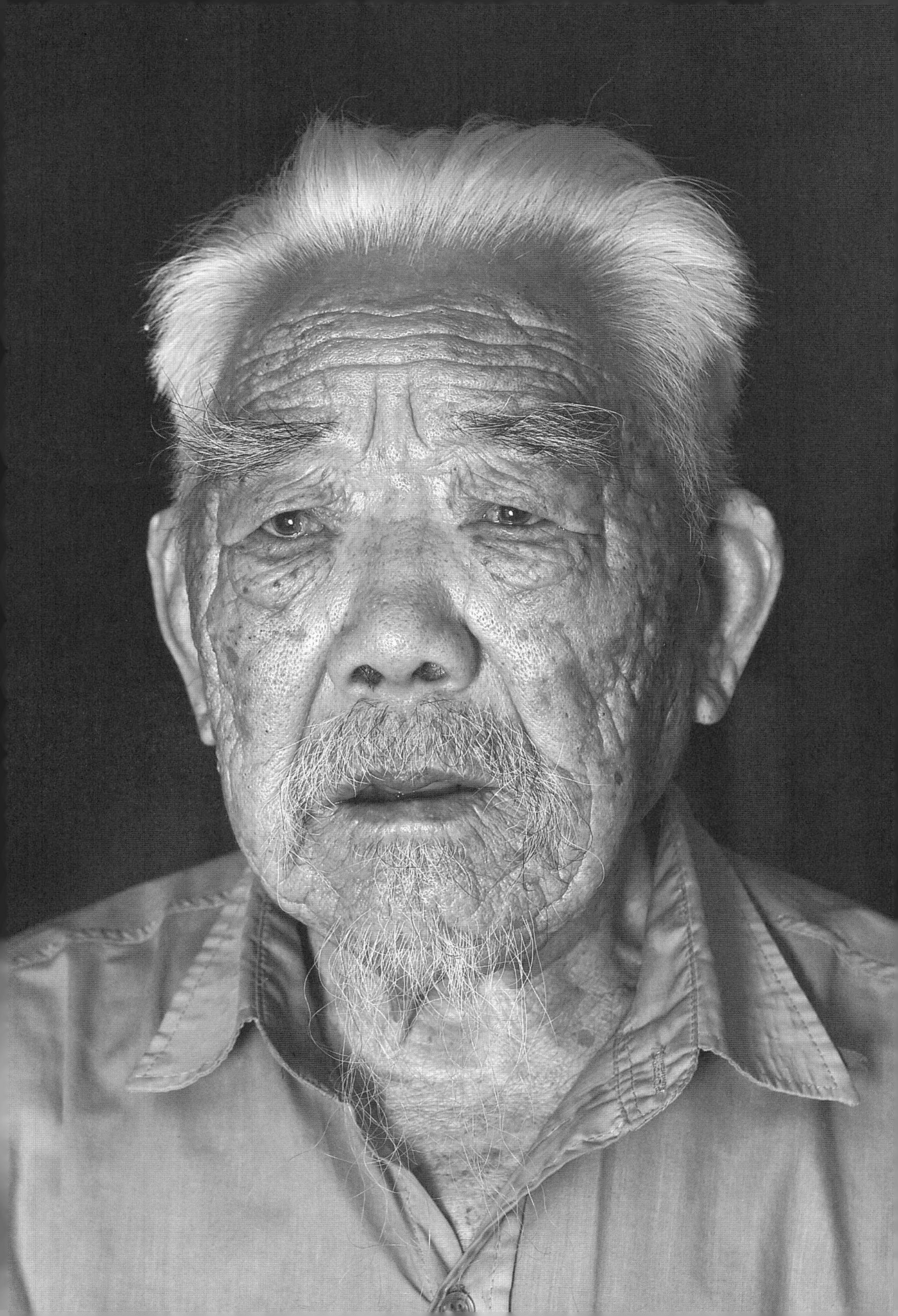

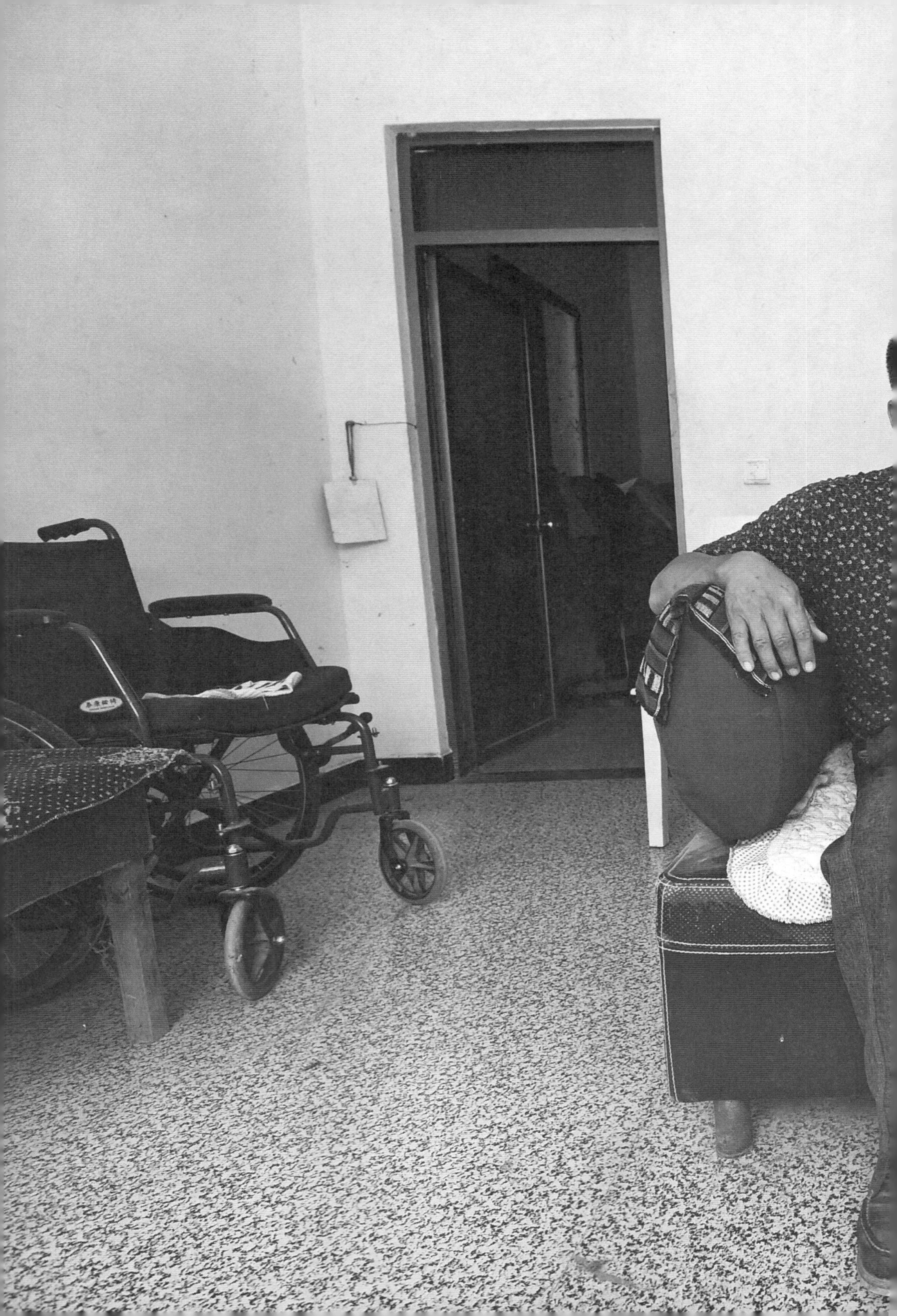

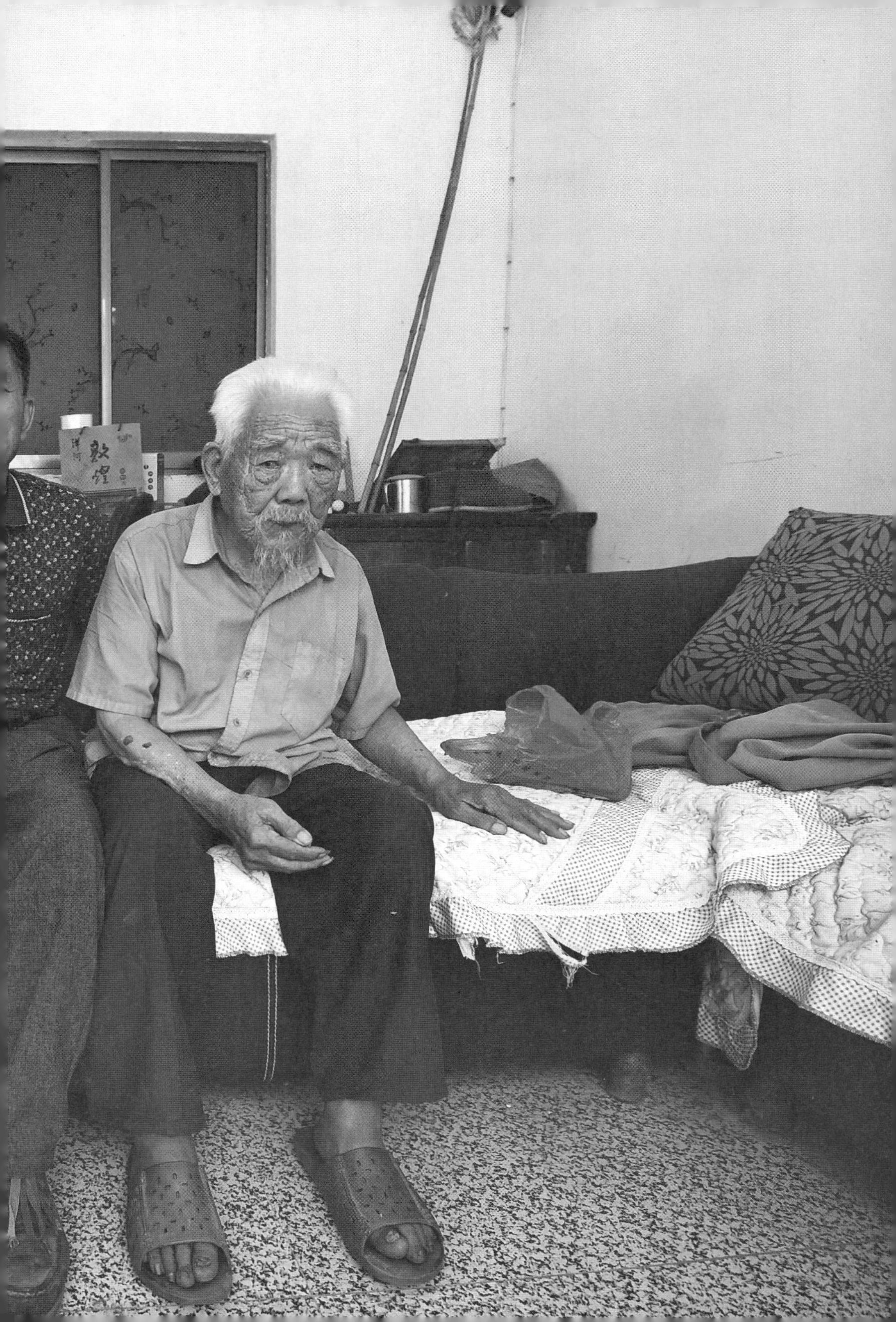
敦煌

抗战老兵李保中口述自传

小时候，一家人从宿豫区讨饭至泗阳县

我叫李保中，出生于1924年3月3日，家住泗阳县穿城镇穿城居委会。我3岁时没了父亲，从小住在宿豫区侍岭镇，为了逃难，我和家人一路讨饭来到泗阳县穿城镇，因为舅奶（外婆）家住在这里，后来在舅奶家的照顾下，我们租了当地人一个小院子。不久后，因为战乱，房东一家也逃离了这里，于是，我们一家人就一直在穿城定居了下来。

我们家有兄弟4个，我是最小的。小时候，我亲眼看着大哥李长荣被国民党抓走了，说是去山西打仗，其间虽然收到过他寄来的一封家书，但后来断了联系，再也没有消息了，我对大哥的印象非常模糊，早已经想不起来他长什么样子了；我二哥是不幸的，因为智力不好，但就是因为智力不好所以没有去当兵，一直在家务农；三哥李长中最勇敢，在他19岁的那个秋天也被国民党带走了，后来他又加入了共产党。其间，跟家里联系过几次，再后来，我跟三哥也没了联系。

因为没有土地种，我们一家都得靠给人做大工来糊口，因为舅奶家在这里，母亲李胡氏还能为别人家帮工赚点口粮，可是母亲做工赚的那点口粮根本养不活家里这么多张嘴。

为了给家里减少两份口粮，我12岁的时候，我和我二哥被送到当地人家做工，我在一户名叫陈家泰（音）的富农家放猪，二哥在陈家友（音）家放猪，他们家有兄弟5个，算是当地的大家族了。平时我和二哥就负责割猪草喂猪，一天要放两次，猪都喜欢吃花生叶子，我们就得割下再喂给它们吃。有时候我们吃的还不比猪强，就是一些黍米、高粱等粗粮

做的炒面，不压饿，还呛人。放了一年多之后，我不乐意干了，主要是因为伙食问题。

我最崇拜我三哥了，他有胆识、有气魄，只要跟着他去讨饭就没人敢欺负我！在我们那个年代，家里只要兄弟多就不会挨欺负。当时村里还有恶霸，我记得最深刻的一件事：我们村有一个恶霸因为和一家人没处好，他竟拿枪把人一家六口都杀了，我们听说后，既气愤又害怕！我们家兄弟4个，男丁多，出门都是雄赳赳气昂昂的，再加上3个舅舅家也住在附近，所以没人敢欺负我们家。可是，随着仗打得越来越厉害，大哥和三哥都当兵走了，家里人丁越来越少。

印象最深的是，那年秋天，三哥被抓去当兵，我跟着他一起走到村口的土地庙前，当时天阴沉沉的，好像要下雨的样子，后来三哥望望我，让我回去，自己就走了，大家也慢慢散了，只有我一个人站在土地庙的大树旁一直看着三哥离开的方向，我舍不得三哥，一直哭，一直哭。说真的，我当时也想和三哥一起去当兵，可人家不要我，嫌我太小了。

自那之后，我时常因为想念三哥而大哭，天天在家闹着要去参军，可是失去了两个儿子后，我的母亲死活不同意我去当兵。她常说，家里就我一个顶梁柱了，怎么也得守在家里。

16岁参军成了一名侦察兵

1939年6月，日军从泗阳众兴街（泗阳县城）出动，向王集、张家圩穿城扫荡，沿途烧毁房屋1600余间，杀死了30多个老百姓。我们听说后既害怕又恨他们，但我们老百姓手无寸铁，根本无法反抗，就在那种情况下，我们只能东躲西藏。那时候因为要躲避鬼子，产生了一个词——跑反。

那时我们一听说有鬼子要来，就跟着大人开始跑反。大人带着孩子，一手拿着小包袱，包袱里有提前做好的一点杂面饼做干粮，匆匆忙忙，一点顺序都没有。有时大家就蹲在一条大河的坡地上一整天，听枪声，听动静，有时候一蹲就是一两天，许多孩子饿得哇哇哭，又不能大声哭，会被大人训斥。等到没有动静的时候，再浩浩荡荡地回到村里各家，有时刚到家，传言鬼子又要来了，大家又开始跑。我那个时候年岁稍微大一点，记得最深的就是：躲在河边的时候都不敢大声说话，那个时间太难熬了，每个人都很紧张、害怕。

我是见到过鬼子的，穿着土黄色衣服，头上带着大钢盔，个子都差不多高。他们一到村子里就抢东西，鸡、牛、猪……什么都抢，有时候就连鸡窝里的鸡蛋也不放过。

我一直想当兵，可是我母亲不让，有一次我偷偷跑出镇里去当兵，我母亲还跑去找我，把我拽回来。可我最后还是顺利当了一名侦察兵，因为我个子不高，不引人注意，地方部队的人就特意培养我的侦察能力。第一次接到任务是送信到距离我家十几里地的槐树庄村东头第一家那里。槐树庄有我家亲戚，我姑奶家就在那庄上，当时我就立即想到要走姑奶家过一下，就能不引人怀疑。

当天，吃完早饭后我就出发了，我提着一只篮子，里面装榆树叶饼，天气有点热，但我还是一直走，不敢歇，也不敢东张西望，有人来还要装作小孩瞎晃荡的样子。我把信就藏在我鞋里面，所以一直觉得那只脚热乎乎的。

到晌午的时候，我终于把篮子送到姑奶家，因为紧张和天热，我一头一脸的汗。然后，我再借口到村里玩，悄悄地绕到村东头第一家。当时，门里坐着一个纳鞋底的妇女，看到我之后就把带我到屋里，虚掩上门。这时，我已经知道了她就是接我信的人，于是，我立即脱下鞋取出信，然后递给她。她拿到信后立即装进口袋，没有看，小声嘱咐我到姑奶家吃过午饭后再来。

那天，姑奶家煮青菜汤，有一点高粱团子，我吃过午饭后，又悄悄摸回到村东头第一家。一进门，还是上午接下了信的那位妇女，她也没有多说话，就是给我一封信，还是让我藏在鞋里，我依旧不知道信的内容。我后来猜想，这个地方应该是一个联络站，她也是传递消息的人，上午给人看过信后，又回了一封信。

下午，我原路返回，把信带回来再转交给让我送信的人。

那是我第一次执行任务，圆满完成任务后，部队领导表扬了我，说我机灵、能沉得住气，就让我加入了地方模范队。自那以后的一年多时间里，我都是干这个差事，神秘、兴奋、紧张。

后来，我从一些战士口中得知，我们部队有许多很厉害的侦查员，像李又臣、裴大成等，他们经常装成乞丐、算命先生、盐贩子等模样，在洪泽湖西一带搜集军情，制造一些假消息，组织逃亡。我暗暗决定要像他们学习，做一个优秀的侦察兵。

一边要饭一边当兵，混在老百姓里刺探军情

我参加了地方模范队后，成了一名真正的侦察兵。由于部队不断地开拔，经常是一个地方才住到半夜，突然就接到通知要接着开拔，我们的两条腿不停地跑。那时年轻，经常看到有人牺牲，但是不害怕，我虽然说不上来什么道理，但那时我就知道，打日本鬼子，没有错。我们与日本鬼子多次交过手，我们部队是策应，没有正面交锋过。

那时候，我虽然是一个侦察兵，但没有军服也没有枪，穿的还是老百姓的衣服。为了刺探军情，部队驻扎在一个地方后，我们这些侦察兵就与老百姓混到一起，白天跟他们生活在一起，帮他们踩水车、栽稻。结束后，有的老百姓就会给我们一点吃食，不给的话，我们就去讨饭；晚上我们就回部队睡觉，虽然是在老百姓的农田里干活，但我不会误了侦察的任务，一般对方有多少兵力、枪支，我都能查个大概。

1941年春夏之交，日军向盐阜区扫荡，国民党在盐阜趁火打劫，在淮海区的程道口、仰化集、史家集等处构筑坚固据点，他们想要切断我

们苏北抗日根据地与皖东北根据地的联系。程道口是淮南、淮北、淮海、盐阜四大抗日民主根据地往来联系的要道，后来，他们侵占了程道口，集中了3000多名民工经营程道口据点。据点由大小三个土圩组成，东西是两个小圩子，中间是个大圩子，南面还有一条六塘河作天然防线，大伙都知道，程道口据点不拔除，后患无穷。

为了集中兵力攻克程道口，大约是秋天的时候，在陈毅军长的指挥下，地方武装迅速扫清六塘河两岸土匪，正规部队扫清外围据点，先后攻克史家集、邱圩等据点，迫使敌方将领退守程道口。也从这天开始，在我方将领的动员下，泗阳各乡干部群众轰轰烈烈地开展了战前准备工作，一下子就发展起一个4000余人的地方组织。

当时正值秋收秋种时节，满地的山芋、花生、黄豆，都亟待收割，麦子要抢种，可是，老百姓都说，宁可迟收迟种几天，也要把这些敌特分子除掉！在决战临近的日子里，一支支工程队、运输队、担架队，通过第二运输站，沿着六塘河畔，悄悄地向程道口前线包围上去。当时，他们全是自带干粮和担架。最后那场战役，我们整整打了七天七夜，当

得知敌方将领已经逃跑，我方部队缴获大量物资，程道口战役胜利后，我们都高兴地抱在一起。

参军整 17 年，33 岁才回家

1943 年，部队扩招了，在当了两年的侦察兵后，我们部队就被编入了县大队。当时，招兵要"三不四要"（即：不强迫，不收费，不欺骗；成分要好，年纪要轻，身体要强，来历要明）。当时群众还编了一首小调："吃菜要吃白菜心，当兵要当新四军，快去参加新四军，家中事情有我们，你在前线放宽心……"

我当侦察兵的时候没有枪，后来从地方模范队编入了县大队才发的枪。18岁的时候，我和村里一位比我小一岁的姑娘结了婚。人家知道我的当兵的，不但不怕，还很支持我。那个时候，我很少回家，家里都是她一个人在操持。

那时候除了打鬼子，还打土匪。记得有一次，我们碰到了一帮土匪，他们抢了老百姓不少东西，见到我们后，有些胆小的就投降了，不投降反抗的就被我们打死了。当时感觉当兵真好，不被土匪欺负，还能为老百姓出气。

1942年年底，日伪军对淮海区发动了空前规模的大扫荡，我们接到命令力保江苏，火线拉了200多里啊，我们走兴化、泰州、龙门、高邮等地，一边跑一边不停地打。有一段时间，日本鬼子占领淮阴城，我们部队在盱眙，接到通知后就往淮阴赶，联合其他部队对抗日本鬼子。我们扛着枪，背着背包、水壶，有战士伤病了，我就背上两个人的东西继续跑。

有一次，日本鬼子派了三架飞机来，我们双方都死了很多人。在打淮阴顺集的时候，担架队都忙不过来，死的、伤的，不断地进进出出，满地都是日本鬼子的钢盔。

我们那时候也没有练过枪法，基本是逮着就打，打没打到也不知道。看着旁边有人不断地躺下，心里一点也不怕，就知道打，拼命打。打淮阴宋集的时候，打了六天六夜，到处都是枪击声、炮火声，我被炮弹炸伤了，但是没有伤到骨头。我们一起从穿城出去参军的人，活着回来的没几个。

当时我就想回家看看，可是领导不同意，让我必须把伤养好了才能回去。等我伤好回家的时候，我的二女儿都会走路了。抗战胜利后，内战又爆发了，为了支援江南，我们部队开拔到江阴，不断辗转，一场一场战斗，当了17年兵，我已经不记得那些战斗过的地点了，只是记得枪声与炮声，夜晚跑步声。

从未想过还能过上这么美好的生活

33 岁那年,我复员返乡,当时领导问我有什么要求,我只想着我要回家,啥也不要,有地种就行了。领导看我很执着,于是就同意我回家务农。

回到家,我才知道母亲和二哥都已经不在了,房子也都朽了,破破烂烂,几乎就是几个土墙垛子。幸运的是我的家属和孩子们都很好,看到我回来,一家人高兴得不得了,家属更是一边笑一边淌眼泪。我一共有 8 个孩子:2 个儿子,6 个女儿,可惜的是,有两个孩子已经没了,老伴也去世有 25 年了。现在,我跟着小儿子李仰正生活在一起,他很孝顺我。

相比较那些死去的战友,我是幸福的:不愁吃、不愁穿,还有地种。4 年前,我得上了脑梗,去医院治疗了一段时间。现在身体还不错,算不上耳聪目明,但也能听得清、看得见。

我们国家这些年大好了:农民都进城生活了,孩子们也都有书念了。每当我跟孙子们讲述那些年扛枪打鬼子的故事,他们都会觉得很惊讶,也为有我这么一个爷爷感到自豪。穿越过火线、多少次死里逃生……这些事我从不后悔,如果再有侵略者来,即使我不能上战场,我的子孙们也肯定会毫不犹豫地保家卫国。

抗战老兵唐斯才
口述自传

跟共产党干
穷人翻身做主人

采访地点 | 宿迁市宿城区城北新村

采访时间 | 2017 年 9 月 29 日、2018 年 10 月 17 日

采访人 | 唐斯才

撰稿人 | 史伟

拍摄者 | 杨群

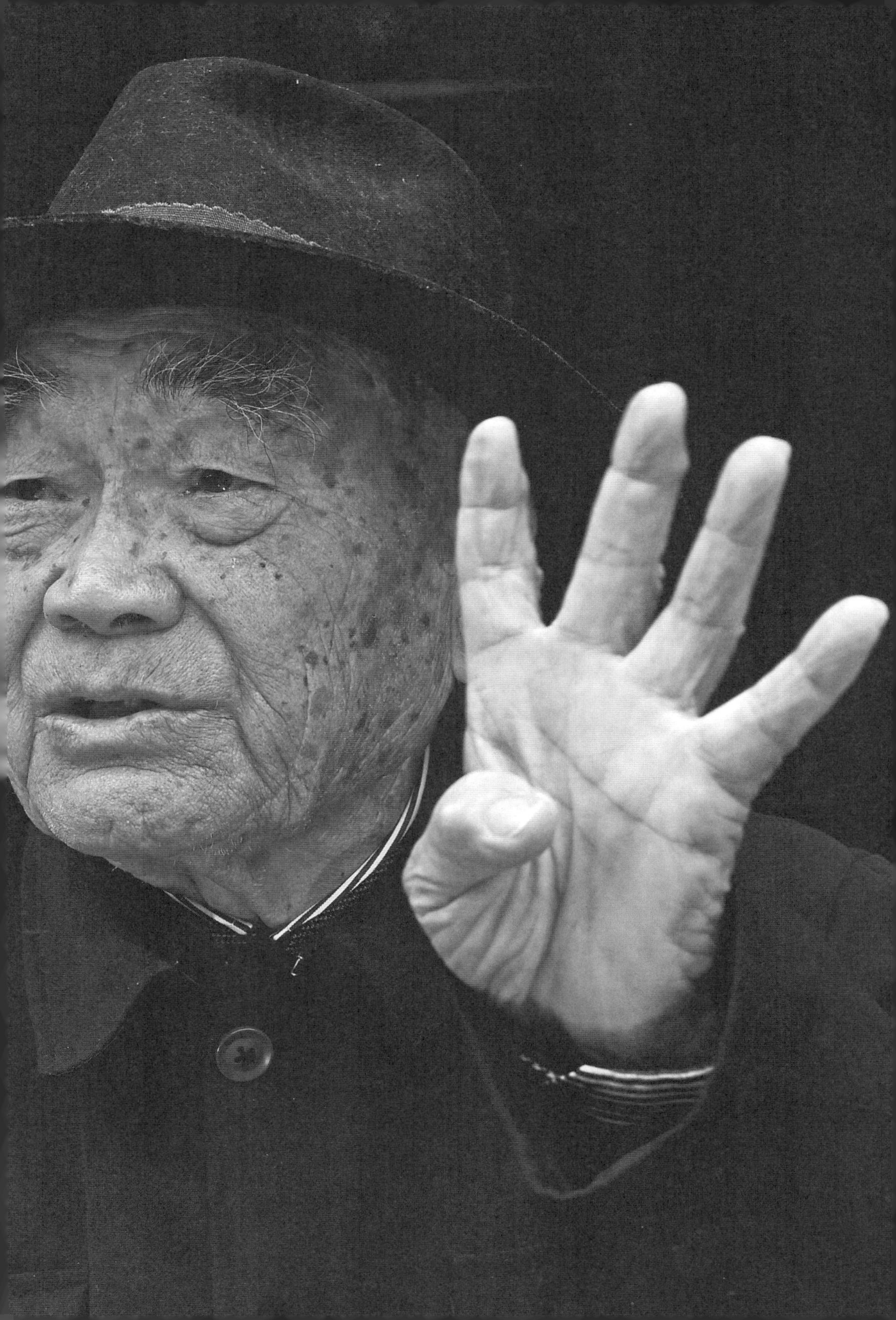

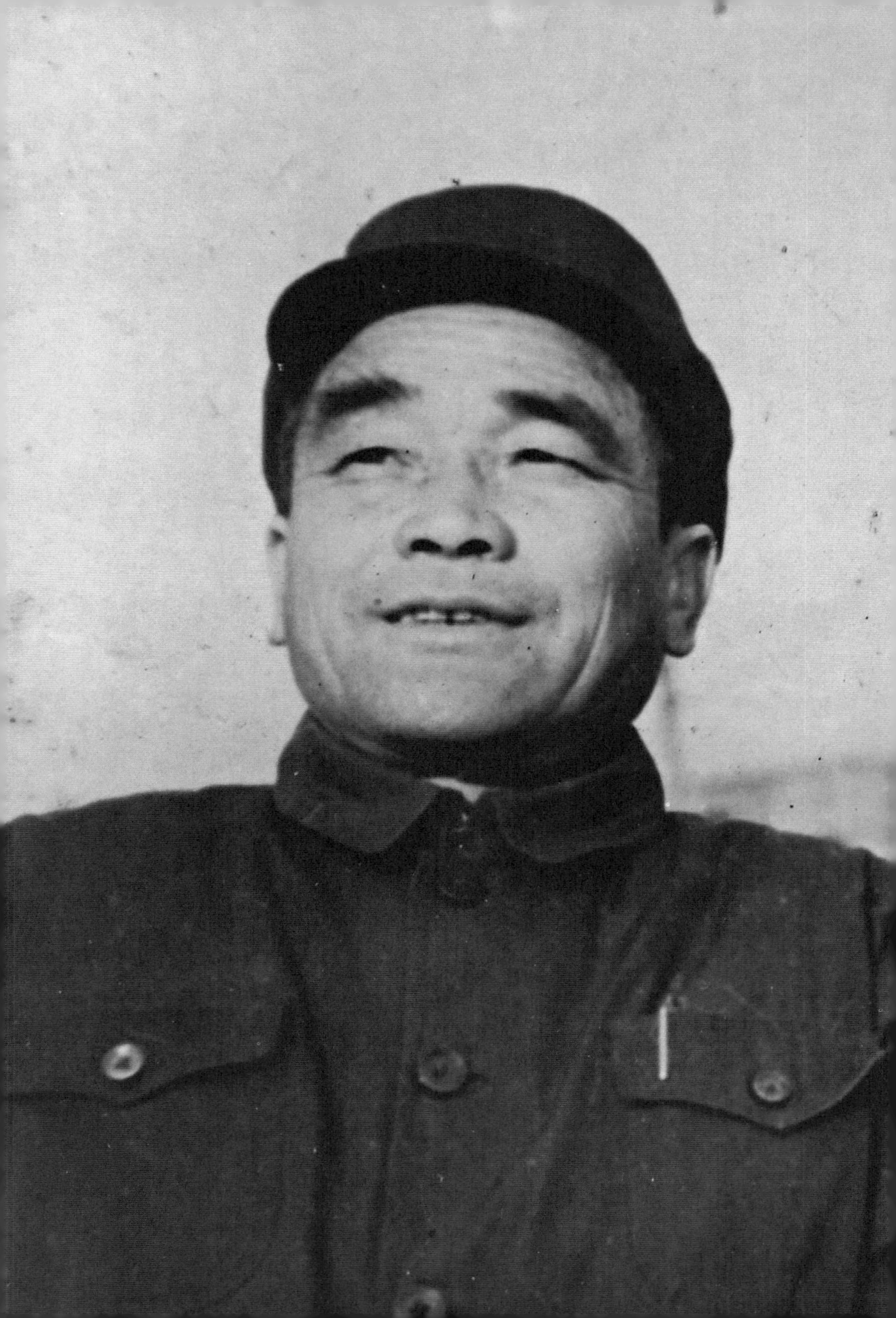

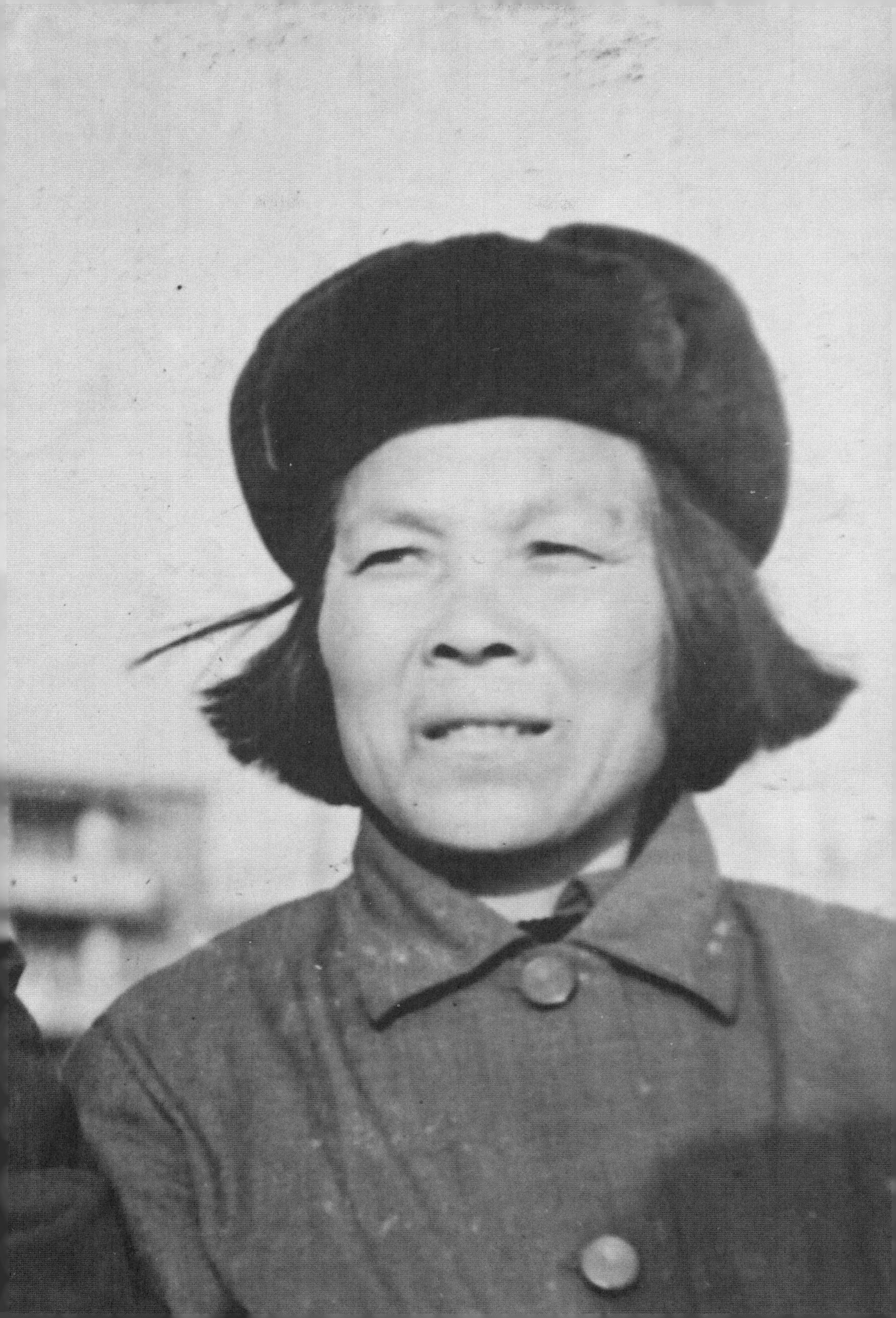

抗战老兵唐斯才口述自传

穷人想当家，就要能吃苦、能拼命

俺叫唐斯才，俺是 1924 年出生的，小时候家住在邵店区（新沂市的窑湾）邵东乡，村子在河的南边。邵店区曾划入到宿迁一段时间，成为宿迁的一个区，叫作上岭区。俺妈死得早，俺父亲被日本鬼子打死了，俺没有哥没有妹，家里就俺一个人。

为什么俺参加革命早呢？穷，没东西吃，俺就知道穷人想当家，就要能吃苦、能拼命。

俺生长的小村庄，一条南北走向的路把村子分为两部分。那会子，农村的路都是土路，周围村里的路也几乎都是土路，再好点就是比土路稍好一点的砂礓路。那些路也都是此地老百姓在沟、河、水塘边扒的砂礓铺的。砂礓路用的砂礓子是石头风化的，那种不透水的石头粒子，俺们这里修路一般用砂礓来铺。

过去从宿迁到沭阳老百姓走的都是土路和砂礓路，下雨天路面上走人都和薄泥啊。农村的路，难走，下雨天都是薄泥，雨停了路上的泥巴会更黏，鞋底沾了厚厚一层。手里都要带上一根树枝，走几步停一下，找棵树靠着，或金鸡独立站着，把鞋底的泥巴刮掉。

俺成为一名地下党

说实话最开始，俺不知道共产党是什么。蒋介石部队宣传共产党是"红头鬼子"，是这样宣传的。

俺记得在6月6日那天，共产党把那些平时和日本鬼子勾结，欺负村里百姓、有罪恶的地主、富农、保长都抓起来，那一天枪毙了24个人。枪毙了那些欺凌霸主的人，地方上就管了，太平了。老百姓都相信共产党是护着老百姓的，是为了老百姓打仗的。穷人确实都齐心，一心想要翻身当家做主。俺也就知道了，共产党不是"红头鬼子"，是为穷人的好队伍。

俺家门口不远处有条河，河边那里有个梨树园。1942年秋天，七八月份，俺记得梨树上挂的梨长得很大了，差不多成熟了，俺就在梨树林

里写的入党申请书，入的党。

1943年3月，预备期间经过组织的考察，俺转正成为共产党员了。成为党员后，俺的工作转入地下，成为一名地下党。那时候地下党，不能公开，白天乔装打扮，私下打听消息，夜里向组织汇报情况。家里老少亲戚朋友都瞒着，不能让他们知道。

村里的街坊邻居只知道俺参加了地方游击队去打鬼子，但都不知道俺是共产党员。那时候当共产党是有风险的，怕反革命分子通敌告密，一旦告密就可能全家遭难。隐瞒身份一是为了家人和组织的安全，二也是为了潜伏好开展地下工作。俺曾经到过宿豫来龙、沭阳等地搜集敌方情报，俺拐个粪箕子，里面放把镰刀，伪装成干农活、捡牛粪的样子，四下了解情况。

那时日子很穷，没吃没穿，但老百姓都齐心赶外敌。俺家穷，没有鞋穿，怎弄呢？春夏天时，俺赤脚打仗。到了冬天，就穿用麻绳和芦苇花扎在木头底子做成的"毛翁子"。那时实在穷，吃穿都缺，武器也落后，但俺们坚信只有赶跑日本鬼子，才能过上安稳日子。

家里虽然穷，但俺有思想觉悟。那时日本鬼子四处烧杀抢掠，若别人知道俺是共产党员是有生命危险的，那时候当地下党，全家老少、亲朋好友都不能让他们知道。俺的入党介绍人是南方人，叫李坚（音），他说话有口音，L和N不分，女人都叫"吕人"，刚开始不懂，后来才明白他说的是什么。新中国成立后，他到了北方当了县委书记。李坚（音）推荐俺入党时，俺丝毫没犹豫。后来，李坚还经常来信来电，和平以后对俺们家都有联系，关系是很好的。

那时候穷，穷人多，都吃没有吃、穿没有穿，就发动穷苦老百姓参加地方民兵组织，思想进步、积极进取的组织考察好后，发展入党。那会子地主、富农一般不给申请的，成分不好。

打游击斗鬼子

　　日本鬼子进中国，一到此地，地方上的地痞流氓这些"好佬"贪生怕死，都投了日本鬼子，成了伪军，替日本鬼子做坏事。日本鬼子在从沭阳到宿迁的路上一共设置了4个据点。

　　日本鬼子来老百姓家抢了、夺了、杀了、烧了，见到姑娘和妇女都走不动路了，侮辱妇女啊，太坏了，什么坏事都做尽了。

　　日本鬼子打砸抢烧、奸淫掳掠，作恶多端。那时候老百姓一看到日本鬼子来了就跑，各个庄子都没有人，都跑反去了。日本鬼子到哪都要烧人家老百姓的房子，俺一大家子的3间堂屋、2间偏屋，5间房就被日本鬼子烧了，烧成了灰烬。想想当初的场景，这心中就来气啊，好好的家就给烧没了，一个人看着被烧毁的家抱头痛哭啊。

　　杀人放火这事，日本鬼子是头牌子（第一）。老百姓都不能见他们，遇见了说不定就给杀了、糟蹋了，日本鬼子只要遇见一个长得俊的姑娘或妇女，那这姑娘和妇女肯定是跑不掉了，连拽带抱给弄走糟蹋。俺们村里好几个女孩子都被糟蹋了，着急也没有法子，打不过人家（日本鬼子）。老百姓为了活命都跑到河底子、路沟里藏着，脸上都用锅底灰和薄泥画得是胡七八道（乱七八糟）。那时候战壕多，两人宽的公路两边都挖成了战壕，老百姓就从战壕里跑。

　　俺恨得牙痒痒，1943年，俺19岁，俺怀着满腔热血，扛着俺家老太的红缨枪和大刀参加了游击队。游击队有35人，都是穷人凑成的队伍，能扛起枪的、能扛刀来的，就组织成队伍。

　　那时候队伍主要在村里和乡镇打游击战，目的是扰乱敌人的视线。日本鬼子在哪，俺们就在哪，俺们在公路两边挖战壕，游击队就藏在里面偷袭。俺们要干扰他们，缠住他们。那时打游击没有先进武器，俺们多是晚上出门骚扰鬼子，袭击日伪军据点和炮楼。

　　那会子看着村民被杀被欺负只能干着急，俺们游击队武器差，硬碰硬打不过日本鬼子。他们还有据点，想攻打不易打。日本鬼子的据点有四道圩子，一道铁丝圩子、一道水圩子、一道墙头圩子，还有一道树圩子，最里面就是日本鬼子的炮楼。

那时候路两边的水沟里经常有死猫死狗扔在里面，俺们就把死狗拖着、拽着，深夜趁天黑，日本鬼子看不清不注意时，给死狗往据点里撂（扔），或扔上风口臭他们。日本鬼子在据点里被臭得咦哩哇啦的鬼喊鬼叫，他们追出来，俺们游击队就撤退。日本鬼子回到据点，俺们再去骚扰，打扰他们的布防，分散他们的兵力，想尽办法不能让日本鬼子好过。

俺们要是想靠近日本鬼子的据点，只能偷摸着把铁丝圩子弄个口子，人悄悄爬进去，把死狗死猫拖拽着、扛在肩上弄进去。

俺们游击队武器差只能偷偷干人家（日本鬼子），有次和日伪军打了一场遭遇战，俺们游击队给打散了，俺就落了单，被一小队日伪军追杀。怎弄呢？俺就跑到乱坟岗里头躲着，有芦苇荡子，利用坟茔和树丛躲过一劫，日本鬼子也怕啊，不敢进来。死人的骷髅头就在俺躲的坟头边上，那会子没有法子了，也不讲怕不怕了，能安全躲过去就行。

夜里面黑天就是俺们游击队进攻日本鬼子的时间，日本鬼子也被俺们游击队打得着急，有时候他们也跑。白天打不过人家（日本鬼子），人家武器好，有枪有炮的，俺们游击队都是夜里偷袭人家的多。日本鬼子要是少呢，三四个落单的鬼子俺们游击队就是追他们打，要是鬼子多呢，二三十人呢，俺们都拿着大刀去砍，看俺们拿刀砍，他们日本鬼子也是害怕的。

日本鬼子和维持会被俺们游击队干扰和偷袭，也死了不少人。以后呢，慢慢的俺们游击队的力量强大了，正规部队也来到了此地，小日本鬼子也软了，不敢出来了，就躲在据点里，让维持会替他们干坏事。

俺还打中过一个日本鬼子，他的枪在逃跑中掉地上了，缴获的那把枪好啊，是三八式步枪，好枪啊。俺们地方游击队就这样靠偷袭日本鬼子和维持会，缴获一些武器，手里就慢慢有枪了。原先都用大刀，那时候俺扛着俺老太的红缨枪和七星大刀进的民兵队伍，后来俺成为游击队队长。

在游击队组建之前，鬼子经常进村抓人抢东西，老百姓只能跑，躲到庄稼地、坟地里去。游击队队员打日本鬼子要机动灵活，让小日本鬼子不敢随便进村。

日本鬼子白天多躲在驻点里，缺吃缺喝了就经常集结队伍到村里来打劫。为了能早日把鬼子赶走，俺们游击队员发动群众一起围攻进村的鬼子。后来因为有了游击队，日本鬼子进村的次数越来越少。

结婚路上遇到国民党飞机轰炸了

日本鬼子来侵略中国，烧杀抢掠，太残酷了，那会子中国穷人多，富人很少的，没有吃没有喝。等日本鬼子投降之后了，共产党和国民党打。蒋介石的部队武器很强的，都是现代化的美式装备。共产党的武器一开始也比较落后，大多是土枪。穿的衣服都是黑灰、灰蓝的衣服，腰带都是用布条绑起来，很多穿的都是旧衣服。

日本鬼子投降后，村里40岁朝里（以下）的人，都加入了共产党队伍，去打解放战争了。俺们游击队加入革命队伍，留在区里重新掌握政权。俺也就到村里当了村长，继续和国民党作斗争。

俺从小没爹没妈，姑家舅家也都没有人了，找不到啥亲戚，俺家属也在打仗中去世了，俺就独身一个人。部队上领导和兄弟们就关心俺，劝俺说，你也不能一直一个人啊，该再找个人一起过日子。

1945年，就经过媒人介绍，说了高维明做老婆。结婚那天，俺和战士们去接新娘，每人背条枪，一共带着15条枪，去高维明娘家去带她。

抬着花轿子，扛着旗子，吹着喇叭去，地方上的干部也帮俺去接亲。接到新娘子，接亲的队伍便启程回去，走到俺们村的南边，国民党的飞机就飞来了，来轰炸了，在南边圩子那里绕来绕去，抬轿子的人给轿子扔在了路上，都跑去躲在路边的草地里、壕沟里了。新娘子一个人被扔在路上的轿子里了。掩护新娘子躲好，等国民党飞机飞走了，才又继续给新娘子接回家。

俺结婚的酒席，都是革命战士们用凑的钱请几桌人喝的喜酒。区长给了一块大洋，鞭炮、酒水都是别人给的。俺家之前有20多亩地，都交公了，结婚时基本上啥都没有。

说起来，俺怪对不起她（高维明）的，结婚第二天晚上，俺就带着游击队队员们上山打游击了，留她一个人在家中。结婚后，俺两人一个在外打鬼子，一个在家做军鞋，整个游击队的鞋都是俺家属带领着群众给做的。

俺的人头值500块大洋

1945年或1946年的时候，俺带领游击队从陈圩乡到朱岭乡的第二晚上，是个雨天，一伙国民党士兵和当地的土匪去抓俺们游击队。俺那会手里有三杆枪，一个盒子枪，一个三八式步枪，一个土枪，还有4个手榴弹。

国民党士兵想来抢俺们的仓库，俺在院子里头远看着北边仓库的西边墙头上黑压压都是人头，心想坏了！俺立马拿着三杆枪和4个手榴弹就冲向仓库那边，"哒哒哒……"俺先打了6发子弹出去，国民党士兵一看来势汹汹就跑了，都跑到仓库外。后来，为了报复游击队，当地的乡长和部队指导员都被抓住了，都被杀了，剁成小块。

俺在当地比较有名，国民党悬赏谁要能逮到唐斯才，赏500块大洋。当时俺是村长，临时村长，俺这人头值500块大洋呢，怎可能逮到俺呢？俺干了这么多年游击战。

俺家属就说，共产党好，一定要跟着共产党干。后来，地方地主豪绅和土匪都服了软，支持共产党，跟着共产党干。

抗战胜利后，俺转到地方工作。1949年，家里的第一个孩子唐丽华出生。1950年，俺转业回乡，其他5个孩子也相继出生。1984年，俺才退休。

你们来之前，俺和老伴刚刚在电视上看的那部《挺进大别山》故事片，讲的就是解放战争的故事，说的是1947年，人民解放军刘邓大军向国民党统治地区大别山进攻的战略性行动。刘伯承和邓小平指挥作战那是相当厉害啊，当时进攻大别山，采用无后方千里跃进的进攻方式，直捣国民党军统治的大别山区，成功创建了革命根据地。

"浏阳河，弯过了几道弯，几十里水路到湘江，江边有个什么县哪，出了个什么人，领导人民得解放，啊依呀依子哟。浏阳河，弯过了九道弯，五十里水路到湘江，江边有个湘潭县哪，出了个毛主席，领导人民得解放……"那会老百姓的思想都很正，记得当时俺们家吃饭前要唱《浏阳河》，儿子闺女还会在饭桌旁边伴舞，一家人在一起连吃饭都是一件幸福的事。

现在，俺们家四世同堂，一共有51口人。俺和俺家属生活得很幸福，尽享天伦之乐。

每一场战斗都是血雨腥风和炮火硝烟，战友们身上的伤痕和斑斑血迹都是历史的见证，战斗中牺牲的烈士都是现在国泰民安的功臣。如果再让俺选择一次，俺还是会去打鬼子。

抗战老兵王兆清
口述自传

打仗要用计谋
打鬼子更是

采访地点 ｜沭阳县新河镇新槐居委会

采访时间 ｜2015 年 6 月 22 日、2018 年 9 月 14 日

采访人　 ｜王兆清

撰稿人　 ｜仲文路

拍摄者　 ｜杨群

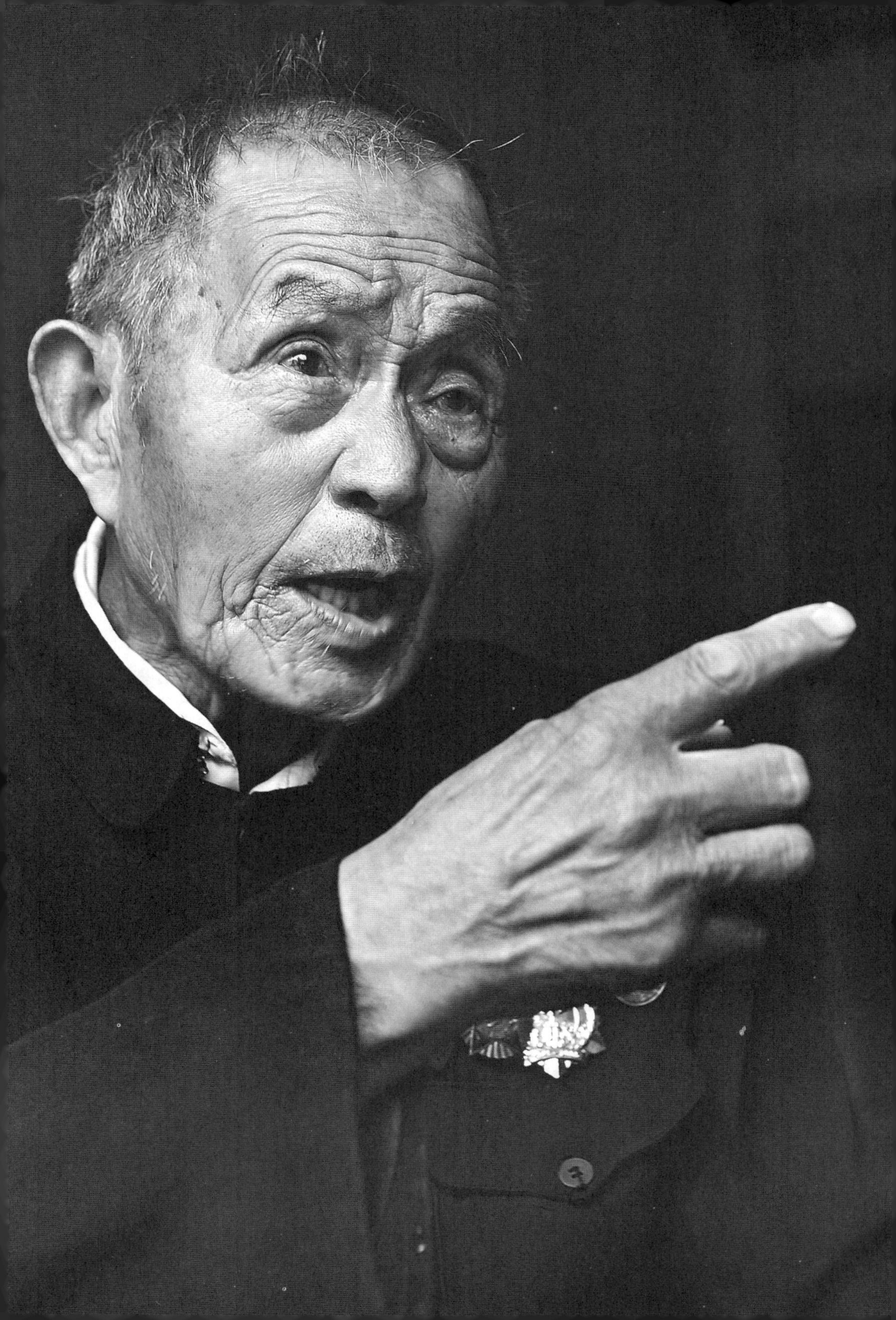

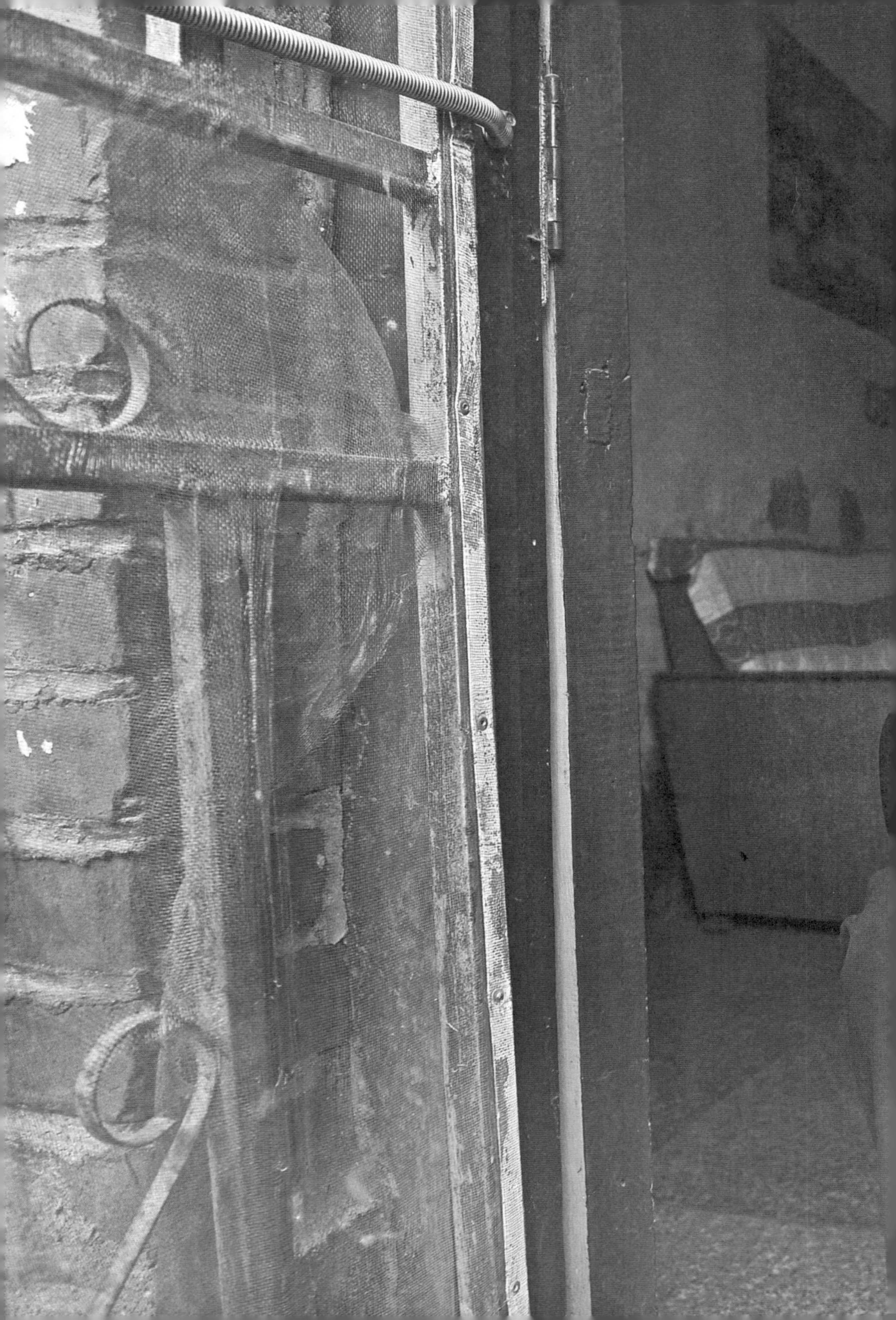

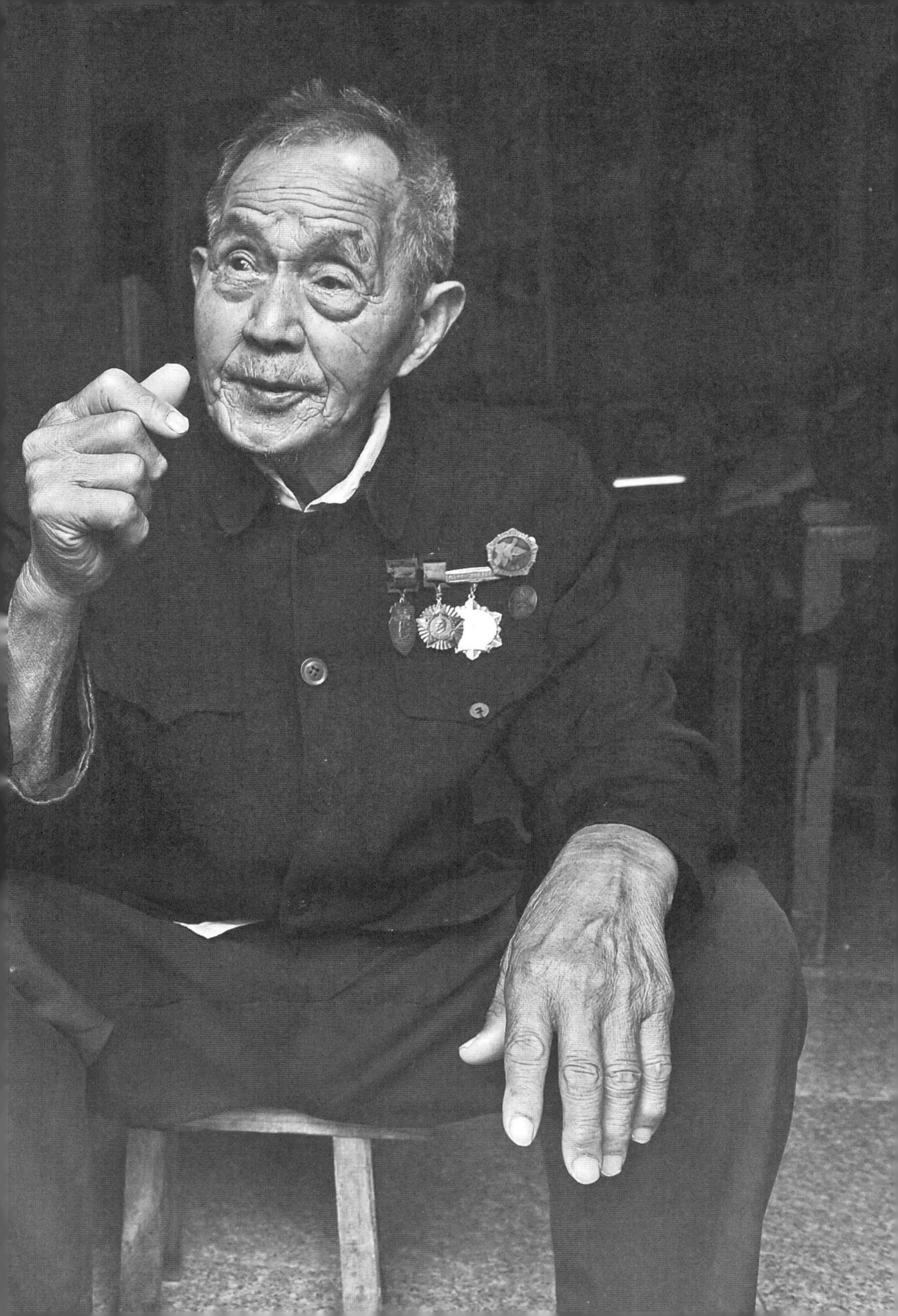

抗战老兵王兆清口述自传

穷人孩子早当家，立志当兵去杀敌

我叫王兆清，我出生于1928年，今年91了。我家弟兄4人，我是家里的老三。记忆中，祖辈没有出过念书人，家里一直很穷。穷成啥样呢？很多时候，兄弟4人衣服要轮着穿，谁出门谁就穿衣服，特别是棉袄棉裤。大冬天的时候，我们家也就两件补满了补丁的棉袄，一件大的，一件小的。

1939年初，鬼子从宿迁来龙镇向沭阳开炮。正月初九进入沭阳，不久便占领了沭阳。他们不时地下来扫荡，当时走我家门口，扛着大钢枪，穿着大皮鞋，戴着大钢盔。我记得当时鬼子和国民党部队开火了，双方各有死伤。国民党部队死伤了十几人，鬼子也死伤了十几人，那是我第一次见到鬼子，见到真刀真枪，见到血淋淋的尸体。

我对鬼子的印象一开始是害怕，大人都说，小鬼子会烧杀抢掠，还会强奸妇女。每当听到鬼子来了，我们就跟着大人跑反，从新河街跑到阴平街（现潼阳镇）。一开始鬼子都是抢些东西就走了，直到有一次不知道是因为找不到老百姓还是找不到当兵的，竟然一把火烧光了我们整个村。当我们一家人回来后看到自家的房子都烧成了灰，全都哭了。不止我们家，整个村都烧成了灰烬，花了好长时间才又重新建起茅草房。那段时间，我们是躲没处躲，藏没处藏。看见如此凶残的鬼子，我当时虽然才10岁，但是我没哭，我很恨，很愤怒，很想去当兵杀光那些无恶不作的坏蛋，可是，当时我才10岁，人家不会要我一个小孩的。

日子就在不断地跑反中度过，后来好多人生病了，我父亲也病倒了，得了杂病——疟疾病。因为穷，也因为战乱，看病变得特别贵，我们普通老百姓请不起大夫,也买不起药,只能看着我父亲活生生地病死了。我记得那天天阴沉沉的,我父亲咽下最后一口气时,他终于不喊疼了。我的小弟吓得嚎啕大哭,我母亲紧紧搂着他不让他看我父亲的尸体。我们弟兄3个都围在床边呜呜地哭。我父亲死得实在是太痛苦了,走的时候瘦得只剩下一把骨头了,眼睛还一直睁着,好像是在担心我们母子5人受罪。

1942年,我14岁。新四军驻扎在扎埠荡。当时,谭震林任新四军第二师政委,动员百姓参军。我家有弟兄4个,理应要出一个人去当兵,当然了,独子是不需要去参军的。我大哥是家里的顶梁柱,家里吃穿都靠他,他不能走;我二哥是乡队长,他走不掉;小弟又太小,人事不懂,种种情况综合下来,只能是我去了。

我去当兵的时候,其他战士都嫌弃我年纪小、个头矮。还用枪对我比划了一下,说我就跟一支步枪差不多高,还问我能不能扛动枪?当时,和我一般年纪的孩子有20多个。大伙儿都不愿意回家,想去打鬼子。

幸运的是,谭震林政委收下了我们。至今,我都记得他说过的话,"你们不要,我都收了!"他给了我们三个选择:司号员、剃头匠、卫生员。我学了一个礼拜吹号,嗓子都吹干了,觉得不适合我,便不干了。后来,我又跟着一位师傅学习剃头,可是没多久把人头给剃坏了,便又不干了。再后来,连队的领导发现我很机灵,身手也很灵活,便让我当一名侦察员。

打鬼子巧用计:臭狗阵、辣椒阵一齐上

侦察员其实跟联络员差不多,主要工作就是在沭阳一些鬼子的据点周围探听消息。看他们有什么行动,或是来什么人了等等,特别是每次我们有行动前,就要提前分析鬼子据点里的火力、人数、车辆等情况。因为我年纪小、个头矮,鬼子也不拿我当回事。我还会做一些伪装,比如伪装成卖花生的、卖香烟的……按上级规定,我们每个星期要去联络处汇报一次情况。

就这样干了一段时间，我在常去的据点附近混成了熟面孔，容易暴露，而且我也长大了一点，领导便让我下了连队。我记得我是10旅103团的，但是，是新四军哪个师的不记得了。在连队里，我一名侦察兵（骑兵），专门负责送信。

下连队后，旅长刘震率领我们在苏北一带与日伪军进行游击战。鬼子在我们周围安的据点很多，附近的庙头、桑墟、周沟等地都有据点，靠我们很近。跟鬼子打仗，我们装备上差距太大，如果是正面打，我们处于劣势，所以经常是夜里突袭，扰得他们不得安宁。

我记得那是1943年，我们攻打小木庄的一个有着百余名鬼子和伪军的据点。打了一天后，我们突破了鬼子的三道屏障，把他们围在了据点里，但他们负隅顽抗不投降，而我们的弹药也快耗尽了。僵持中，我们营长林志高就想出了一个主意：用辣椒熏。林志高特别聪明，他召集大伙儿从老百姓家买来几百斤干红辣椒，在据点入口，找了一个下风口点燃木柴把辣椒再放上去熏，呛人的烟雾随风进入鬼子据点。最后，鬼子和伪军硬是被熏得受不了啦，跌跌爬爬地举着白旗出来缴械投降。

同一年，攻打桑墟据点的时候，我们通过侦察掌握了敌人的活动规律。他们白天出动或操练，晚上龟缩于据点里。因此，我军就白天休整，夜间行动。可是，每到夜晚，村子里的家犬闻风乱吠，极容易暴露我军行踪。有一天晚上，我出门打探情报，刚来到据点附近侦察敌情时，因一阵狗叫惊动了敌人。

这狗实在是太碍事了，于是，我就把情况汇报给了领导。后来，在大家的一致同意下，部队首长便动员老百姓打狗，待村庄里没有狗叫，部队行动就方便了，更有利于打击敌人。

老百姓知晓原因后，都动手打狗，自家的狗自家打死。那几天村庄上死狗无数，又正值高温酷暑季节，小小村落里，处处飘散着死狗的腥臭味。就在这时候，营长林志高又灵机一动：为何不给敌人摆个"臭狗阵"呢？

于是，我们号召村民将打死的狗集中起来，并组织民兵到周边乡村动员百姓打狗。一时间，新沂、东海等方圆四五十里的村民纷纷把狗送到桑墟。几天后，桑墟的死狗已堆积如山。战士们把这些死狗开膛破肚，然后趁着黑夜，把死狗肉、内脏一块块扔到敌据点四周的水边、路旁、铁丝网上、墙头上。由于当时正值酷暑高温天，死狗腐烂后，臭气熏天，蛆虫遍地，苍蝇乱飞。

当时那些死狗发出的冲天臭气熏得敌人吃不下、睡不着，甚至头疼、恶心、拉稀，搅得鬼子们不得安宁，又束手无策。因为他们刚清理完死狗，晚上我们就又扔新的过来了，他们只能不时地对着据点外嗷嗷直叫，有的还用白布遮住鼻孔，估计也没多大用。我们担心敌人跑了，还派出多名机枪射手埋伏在敌据点出口处。敌人一露头，我们就开枪打。鬼子被打怕了，被困在据点整整29天后，他们自己出来投降了。

桑墟据点就这样被拔掉了，老百姓和我们都开心不已。"臭狗阵"也在当地被传为了佳话。

战斗中，不忘记学习

那个时候，我们天天到处打游击，不打仗也不时转移。行军的时候，我们有时候一边跑一边唱抗日歌曲，唱得很有士气。到现在还记得这么几句歌词：枪杆子留情，眼睛看得清；谁敢侵犯我们，就叫他死亡，死亡……

除了唱歌，部队还让我们学习识字，方便情报工作。那时候参加战斗的一般都是劳苦大众，没有几个识字的。为了让我们也能学习识字，部队领导便想出了这么一个主意：行军的时候，在每个人的背包后面写上三个字，例如：枪杆子、新四军、共产党等等，大家一边行军一边默默记前面人背包上的这些字，在心里念，在心里写。

1945年8月，日本鬼子投降了。鬼子投降的消息是由上级召集我们所有人后宣布的。听说后，我们整个团都高兴坏了。当时，我已经被编入了华东军区新四军3师35旅105团。当时，我们部队正准备开庆祝会，突然接到陈毅老总的命令，让我们把碗丢下，不许带背包，带上手榴弹、刺刀，立即集合，跑到房山西边石榴树那边去打埋伏。这时我们才明白有叛军要搞叛变，把军队拉到海州，岂料，这个叛军头子的参谋是一名地下党，他通知了陈毅老总，把具体时间、地点都告诉了我们。当时，我们摆了一个口袋阵，把叛军包围了，一枪没开他们就投降了。后来，这支部队又被编入了我们部队里。

日本投降后，我们3师在淮阴休整。因为我们105团是最强的一个团，整整一个团都去了陇海铁路当路警。我们团部安在新安镇（现在的新沂市窑湾镇）。我们部队37000人都被抽调去其他地方参战了，但我们部没有去，他们一直到解放东北后才回来。

立功战报寄到了家里，母亲还以为是送烈属证回来的

新中国成立后，我们部被编入第九兵团。1950年11月7日，朱德老总来到我部，那天，我和战友一起去迎接朱德的。也就是在那天，我们营级以下的战士又开拔了，来到了山东曲阜。上了火车，都是闷罐子，一个连队一节车厢，士兵们一进入车厢，外面就被上锁了，当时大家都不知道要去哪里。

夜里在济南停了两分钟，后来又一直开，一直到了山海关，火车才停了下来。一下火车，我一看太阳都出来了。随后，就听见广播里传来：雄赳赳气昂昂跨过鸭绿江……许多人招呼我们去吃饼干、喝开水。饼干随便装，装满为止。后来又上火车，一直到抚顺才下火车。当时我们还穿着上海小棉袄、单鞋。

本来给我们三天时间换衣服的，可就在11月25日，我们接到命令，要求我们立即入朝。我们连背包都没带，每人只带着一袋炒面就入朝了。有的领到了鞋子没有领到棉袄，有的领到棉袄却没有领到棉裤，许多战士还带着大盔帽就立刻出发了。

243

刚过鸭绿江便看见漫天的大火,一眼都看不到边。随后,我们停留了一宿,换上了衣服。我们每支部队都分摊到了任务,我们军上盖马高原(朝鲜地名),当兵的一个挽着一个上山。那山上全是雪,冷!特别的冷!幸亏山上松树高大,为我们挡住了大部分的风雪,可就是那样还是冻死了许多人。其中许多是我的战友,每回想起这些事,我都想掉眼泪。我很想在有生之年能再去一次朝鲜,为他们扫墓。

后来,我回到家才知道,因为我在朝鲜获得过一次二等功,战报曾寄到我的家乡。当时有很多人随着战报来看热闹,但是却把我母亲吓坏了,她还以为是给我家送烈属证回来的,哭着接过了喜报才知道我没死,是立功了,这才破涕为笑。

带13万元(苏联币)转业费回家,都用于地方建设

1954年,我已经当排长了,但我不想干,打了这么多年仗,好多战友牺牲了,我却好好的,我啥也不想干,就想回家。这一年,我转业了,部队给了我13万多的苏联币转业费(10元相当于1元),回来后,我干了新河村的支部书记,我把这些钱全部捐给了农业社(农业生产合作社,中国农业社会主义改造的一种形式,是劳动农民为共同发展生产自愿联合组成的集体经济组织),给他们买耕牛、建澡堂子、建房子……

回来后,我母亲王杨氏还健在,她一直在家务农。那时,我26岁了,正当年(正值壮年),我母亲找了一个媒人帮我说了一门亲事。后来,我有了3儿2女,生活很幸福,国家每个月还在经济上给我们一些补助。

我现在还能自己种菜、种花、洗衣做饭。想起那些牺牲的战友,我如今的生活就像是偷来的,只要能清清淡淡、平平安安地生活就是最大的幸福了。

等以后我死了,我还想把自己的遗体捐赠给国家,供他们研究。我就是想力所能及地为我的祖国做一些事,到死为止。

抗战老兵时兴华口述自传

胳肢窝里藏枪
随时准备战斗

采访地点 ｜ 宿迁市泗洪县朱湖镇

采访时间 ｜ 2017 年 8 月、2018 年 11 月 14 日

采访人　 ｜ 时兴华

撰稿人　 ｜ 裴凌曼

拍摄者　 ｜ 杨群

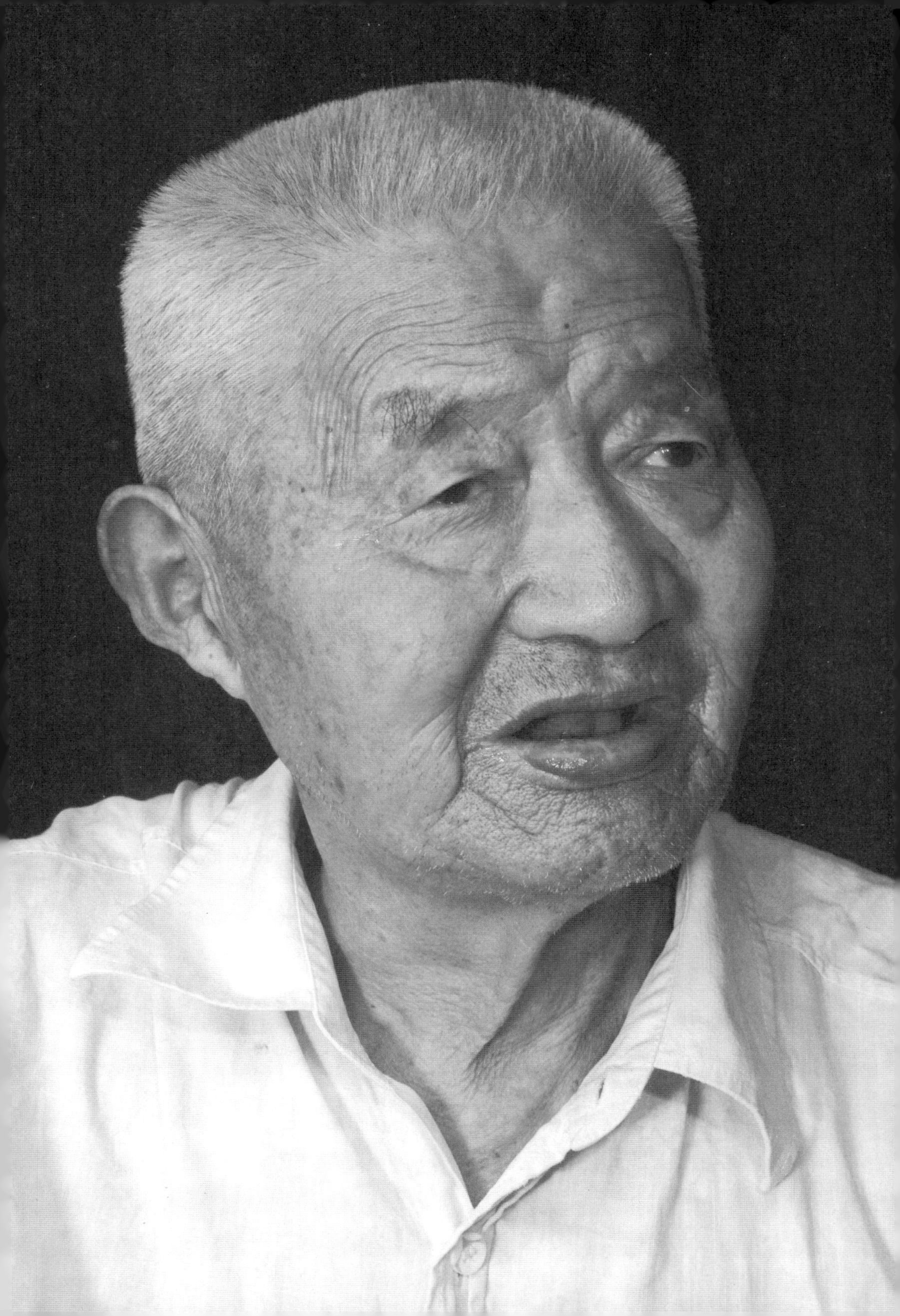

中国人民抗日战争胜利70周年纪念

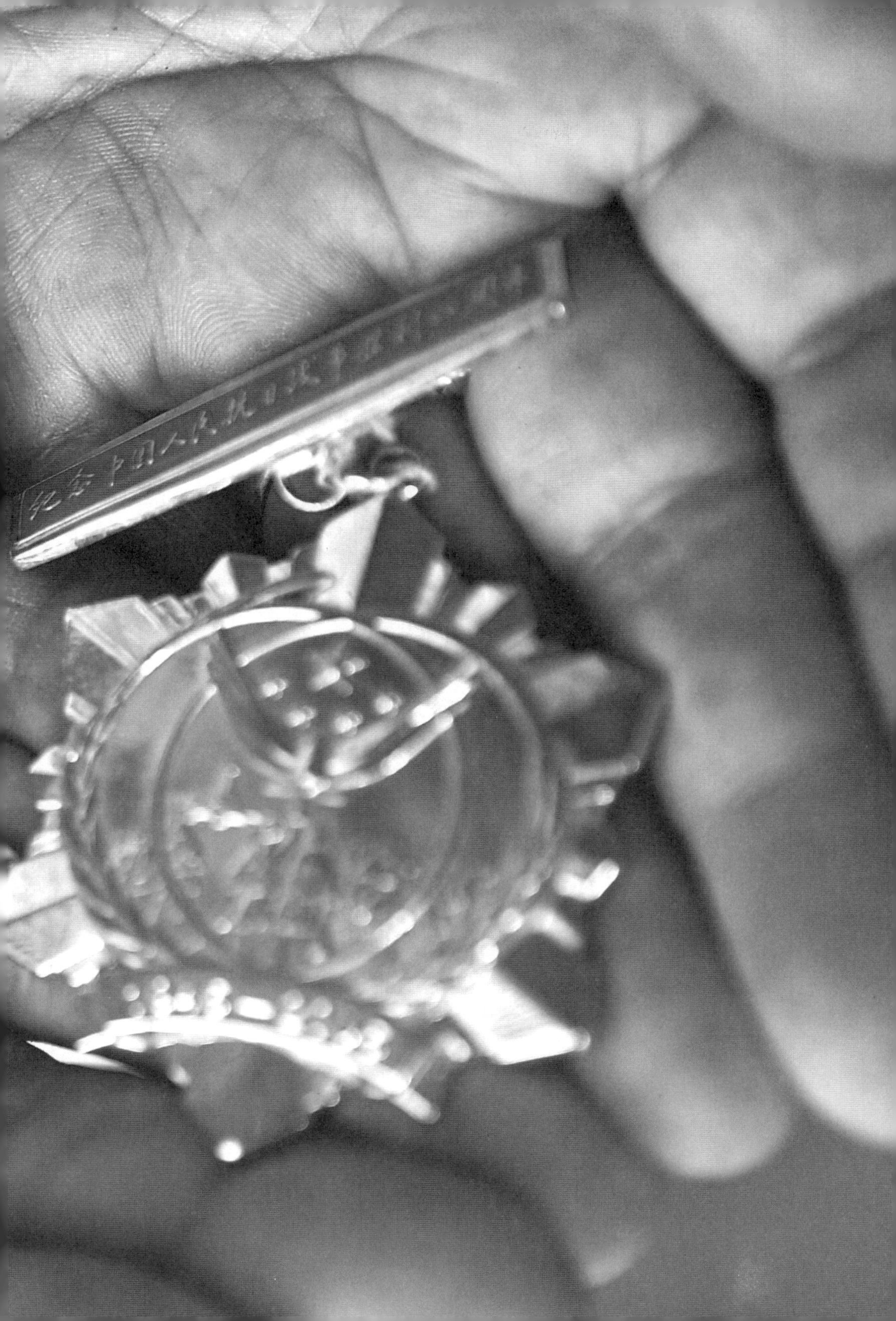
纪念中国人民抗日

抗战老兵时兴华口述自传

主动参军上战场打鬼子

我叫时兴华，今年92岁，家住泗洪县朱湖镇。我的父母是从沭阳逃荒逃到这个地方的，后来就在朱湖这个地方扎下了根，再也没离开过这里，一家人一直靠种点地养家糊口。我们这个地方是革命老区，老一辈无产阶级革命家刘少奇、陈毅、韦国清曾在我们镇的新行圩战斗、工作、生活过，新四军四师九旅是在臧桥村成立，泗宿县（朱湖及周边几个乡镇在1949年4月29日前称泗宿县，后与泗南县等区域合并设立泗洪县）政府也设在这里。

从我记事起我就在朱湖了，从小生活在洪泽湖附近，那个地方叫岔河。我兄弟姊妹5个，家里很穷，过着吃这顿少那顿的生活，很难吃上一顿饱饭。

1944年我18岁，村上的人有的被动员去当兵，而我是主动要去当兵。我和同村3个热血青年主动要求到部队参军打鬼子。我后来被安排到便衣队为首长做情报传递。便衣队里的人基本上是当地人，熟知当地的民情、地形，打仗的时候就是兵，平常都扮成老百姓打探敌情，这样不易被敌军发现，却很容易发现敌军。当时在洋河、宿迁、睢宁到处是鬼子，为了搜集情报，我就扮成老百姓和人攀谈，有时递上一根烟，就能和人套上近乎。给首长搜集情报一点都不能错，敌方有多少人，一定要报实数，不能虚报。如果情报不准确，很有可能影响首长对战事的准确判断，所以搜集情报很重要，有时也很危险，但是，首长交代的任务一定要完成。在便衣队我们筹粮筹款，搜集敌人情报，偷袭敌人的据点，炸碉楼，捕捉反动分子这些都太常见了，首长叫干什么干什么。

一碰到鬼子就打，不知道怕是什么

鬼子干尽了坏事，不问老少，奸淫烧杀，无恶不作，让国人痛恨，我们只要一碰到鬼子就打。有一次，在宿迁附近，我们在集市上遇到了日本鬼子出来赶集。看到以后我心想，既然遇到了，肯定不准他们走了。我跟战友们隔着人群看见鬼子在买菜，就将藏在胳肢窝里的枪推上了膛。枪一响，集市上人群就乱了，鬼子也中弹倒下了。我们赶紧把枪藏起来，迅速离开。在便衣队的那两年，我根本不知道怕，胆子很大的，即使跟鬼子走对面也不怕，时不时地就和鬼子打游击战。别看我现在老了，年轻的时候胳肢窝里藏三把枪，都没人能看出来。

有一次，天刚亮，我接到上级命令要到管集执行任务，却误入了敌人的"怀里"。敌人有三道岗，我却误闯了两道，就在此时敌人发现了我。就当鬼子把枪对准我，准备开枪时，一个挖芋头的老汉突然走到我身后说："怎么睡到现在才起来，赶快一起去挖白芋……"在老汉的掩护下，小车一推，钊钩一扛，我就跑了出来，要不是有人掩护，那天不是我死就是敌人先死，还好最终得以脱险。后来，我又当上了通信员、机枪手。

机枪手是敌人的眼中钉

战场上，没有白天黑夜，也没有固定休息时间，吃的都是大秫饼、炒面，好一点的就是豆子，但是只要一有敌人，就随时准备战斗。每一场亲身经历的战斗都让我刻骨铭心。到了正式部队后我就做了机枪手，20多斤的机枪，三个人一组，战斗时，机枪似雨点一样发射子弹，打到人就是死，当时敌人的武器装备远比咱们精良。我们是小米加步枪，敌人是坦克、汽车，而我们连汽车都没有，子弹都少。

当年，在泗洪罗不李街发生的一场增援战中，打得非常惨烈。敌人一个炮兵连，带了4架重机枪、8架轻机枪、6架小钢炮从泗县来攻打泗洪，双方在一座桥上碰到，就开战了。下午4点钟左右，我所在部队赶到增援，可爆破员却牺牲了，结果排长、连长接过爆破任务，轮流扛炸药包。不久，大家的子弹都打光了，只能一手拿着大刀，一手拿着手榴弹硬拼。

机枪子弹打光了怎么办？我就滚到死去的战士身边，解开他们身上的枪，拿起来继续打，失去战友的仇恨淹没了我所有的悲痛，我端起机枪顶上去，向鬼子狂射。也是在这场战斗中，一颗子弹从我的后背穿过，留下了伤疤。就这样，我们忘死拼搏，在这场战斗中，敌人被全部消灭，可是那些跟我并肩作战的战友再也回不来了。

机枪手也不是什么人都能当的。在战斗中，机枪手是最强有力的攻击手。对敌人来说，机枪手也是敌人最想拔掉的眼中钉，也意味着机枪手是最危险的。我们做机枪手的经常和日军狙击手在战斗中进行生死对决。

打仗，情愿打守备战，不打攻击战。敌我双方一开战，整个战场就是枪林弹雨，无数人中弹身亡，而我能活下来是运气好。其实，我年轻的时候还是比较灵活的，我老伴都说我走路麻溜的，这也与我当机枪手和当过一段时间侦察兵有关系吧。在部队除了机枪以外，步枪、盒子枪、手枪我都用过的。战争年代条件很艰苦，饥一天饱一天的，吃不好，穿不暖，但是轮到饿你就得饿，轮到你苦就得苦，这些只有默默忍受着。1945 年 8 月 15 日，日本投降那天，我通过无线电知道这个消息，食堂还多弄了菜，老百姓也欢喜，我心里也是非常激动的。在部队，领导动员我入党，可我认为，入党是为人民服务，不入党也同样能为人民服务，就没有入党。

渡运北，机枪掉河里，113 个战友被冻死

1946 年 6 月底，蒋介石撕毁《双十协定》，调动重兵，向中原解放区大举进攻，内战全面爆发。敌军向淮南解放区进攻，不久，淮南解放区被国民党军占领；国民党又向淮北解放区大举进攻。我们的部队坚持敌后斗争 3 个月，因形势急剧恶化，被迫仓促撤到运（河）东，导致淮北解放区丢失，广大干群遭受重大损失。在宿北战役胜利的形势下，华中分局和华中军区决定，由华野九纵抽出部队组成淮北挺进支队，重返淮北敌后开展游击战争，恢复淮北解放区，以牵制敌人，配合主力作战。

1947 年 1 月的时候，我在 81 团，团长是吴忠泰。我随淮北挺进支队重返淮北敌后作战，淮北挺进支队司令员是饶子健。我还能想起来一个领导名字叫李任之，77 团团长叫叶道友。

支队组成后，经过动员和准备，大家斗志昂扬，对打回淮北坚持敌后斗争充满了信心。我们出发前大家个个表决心，人人立誓言，决心重返淮北。当时接到上级首长指示："打回淮北，以洪泽湖为依托，坚持

敌后斗争，重建淮北解放区。"

我所在的81团也是斗志昂扬，我们补充弹药，每人带三天干粮，下定决心，战胜敌人。1947年1月18日晚上，淮北支队决定在宿迁北部的皂河与窑湾之间强渡运河。侦察队与77团先头部队首先抢占运河对岸村庄，控制了渡口。紧接着，挺进支队到达睢宁东北袁圩、朱海子、孙马楼一带宿营，开始了全部强渡运河。那时候天气是特别的冷。挺进支队冒雪踏冰，以急行军速度向洪泽湖进发，夜行40公里，到达泗宿县双蔡圩子以南。先头部队包围了朱湖，40多名还乡团无一漏网。此役对敌震动很大，驻管镇、临淮头、高嘴、半城的国民党军队撤回泗城，地方还乡团纷纷躲进半城、管镇、双沟、青阳等据点。

挺进支队乘胜插入洪泽湖。两名联络员化装成国军军官，进入洪泽湖，报告淮北支队打回来的喜讯，洪泽湖上一片欢腾，好多人流下热泪。1月24日，淮北挺进支队与洪泽湖武装胜利会师。可挺进支队打回淮北初期，仍处于被敌人四面包围的态势中。淮北挺进支队以洪泽湖为依托，在淮北平原上，采取避强打弱、避实击虚、与敌周旋、趁机消灭敌人有生力量的战略方针，恢复和重建淮北根据地。

18日晚，夜降大雪，饶子健带领支队3000多名干部战士强渡运河。此时，正是农历年关前夕，地主的"还乡团"正在忙着过年。饶子健和将士们站在一户地主的门前，很仔细地看着一副对联。这副对联的上联为：放三千爆竹，把穷鬼轰开，几年来被小牲畜弄得我一双空手；下联是：点几炷清香，将财神请来，从今后望老人家保佑我十万缠腰。将士们一脚踹开大门，地主们吓得抱头鼠窜，留下一桌桌丰盛的宴席。

打回淮北的日子是艰难的，因为国民党不断地在苏北各地清剿，将士们基本上都处于行军、打仗状态，吃不上一顿安稳饭，睡不上一次舒坦觉。

进入淮北地区的骑兵一、三大队，在团参谋长程朝先率领下，进入淮北的第二天，即血战泗洪县朱湖镇，歼灭全部顽敌。骑兵大队坚持敌后，度过了极其艰苦困难的103天。1947年3月，饶子健司令指挥步兵77团、81团和骑兵团的两个大队，歼灭了泗洪县东南高圩子等地的守敌一个团和两个保安大队，局面开始改观。这两个骑兵大队奉命东渡运河，在淮阴益林地区进行休整，不久奉命西返归建。

到了1947年9月底，77团和81团包围了青阳镇。10月1日又向守敌泗县保安二大队3个中队及还乡团800余人发起总攻，战士们英勇顽强，在扫清青阳外围据点后，从镇东沿滩河堤攻入镇内，至2日拂晓，战斗胜利结束，毙伤国民党乡长以下30余人，俘半城区长苏渭川、青阳区长侯独秀、保安二大队长邓少伯以下800余人，缴轻机枪14挺，步枪600余支，子弹近万发。我军伤亡21人。此次战斗也使泗宿、泗洪、泗灵睢三大地区联成一片，为坚持洪泽湖西部地区斗争打下了基础。

我所在的81团，也是经历了很多次的战役。81团的前身是华中7分区独立第3团，撤至运东后于1946年11月末编入9纵。该纵队原有一个第81团，前身是淮北军区1分区独立1团，1945年11月编入华中野战军第9纵队。1946年6月以后，在灵璧地区保卫战、泗县战役、两淮保卫战、涟水守备战等战役战斗中损失严重，11月末予以撤销，除一部编为9纵79团第1营外，其余补充9纵73团。

过运东的时候我们一个连只有9顶机枪，其中就有一顶是我扛着的，我们背着枪过运东，但是河水太冰冷，都是游过河的，结果枪都掉水里了，还有不少人都冻死了，4连、5连、6连打算过去的，但是6连没过去，最终被冻死了113个人，其中有一个人还是朱湖街上的，出发前他去剪头发，遇到我还送一个玉牌给我，连上他是113个人。

在那艰苦的岁月里，不论怎样苦、怎样累，都动摇不了挺进支队与淮北人民生死与共的决心，广大指战员都表现出大无畏的革命精神和顽强战斗的崇高品质。由于行军和频繁的战斗，挺进支队和地方干部伤病员增多。支队与地方干部重返淮北时3000多人，算上牺牲的，人就越来越少。

1947年1月25日，敌六十旅和孙良诚部3个团跟踪尾随挺进支队，在朱湖新河头发生激战，毙伤敌80多人。当晚，挺进支队向西进发。28日，在灵北四山头横扫还乡团后东返，行至张扬和桂系五十八师的一个团遭遇包围，战斗一天，毙伤敌200多人，支队回到盛圩。2月5日，孙良诚部来犯，支队再次挥戈西进。在睢宁大李集附近，77团一营遭敌两个团的包围，发生激战。团长叶道友率一营突围，又与尾追之敌激战3小时，杀敌百余人，回到青阳东北面朝西一带。2月8日，泗宿县委书记柏瑞秀随81团由湖边转向泗宿，敌军紧追不舍，发生张店、赤山战斗，歼敌近400人。81团继续兜圈子，夜行80里。不久，李任之召开会议，决定成立东、西工委。东工委由周济任书记，臧庆甫任副书记。活动于朱湖、金镇、闸塘、苏圩等地；西工委由陈建喜任书记，孟广法任副书记。活动于归仁、潘山、重岗等地。县委书记柏瑞秀和总队长傅茂如负责东工委，县委副书记田古和总队副队长黄华斋负责西工委。李任之从81团抽五连配上教导员博荣阶，随西工委活动。

　　2月18日，挺进支队电台截获敌台讯号，敌三路来围。支队迅速向东转移，日行百余里，到达朱湖北面。饶子健连夜召集赵汇川、王学武、吴忠泰、程朝先一起研究，决定攻打崔集、半城。3月1日，挺进支队收复崔集。4日，攻克半城。5日，围歼援敌于高圩。3月17日，淮北党政军委员会在香城召开扩大会议，分析形势，总结经验，明确斗争任务。4月底，李任之率一个营配合华东野战军一个营开辟淮宝县。5月中旬，泗阳全境陆地被敌占领，县武装以及区武工队被迫转入成子湖。挺进支队骑兵团临时转入苏北，饶子健率81团至淮泗、淮宝坚持作战；赵汇川率77团再次到外线作战。此外，还在谢嘴、周嘴、太平集、应山集、田集、袁庄、韩庄、吕集、勒东等地建立地下情报网，派出王理云等8人与地下党组织联系。开展统战，国民党滨湖乡乡长裴焕光和6个保长、一大批开明绅士送粮、送弹药、送情报，成为两面政权。20日，挺进支队回到朱家岗，尾随的敌人连续炮击。团长叶道友率部出击，饶子健掩护，歼敌60余人。22日，敌桂系两个营到山子头，孙良诚部两个团从曹庙向东进犯。挺进支队除留下一部分在淮泗坚持外，其余化整为零，全部分散活动。

1947年7月，在刘邓、陈粟两支大军的威慑下，驻淮北国民党正规军全部撤到津浦沿线，泗城、青阳一带仅剩下地方保安队。从7月30日到9月中旬，连克香城、新行、曹庙、吕集等据点，乘胜发起管镇、青阳、泗城战役，连战连捷。

1948年2月，敌人两个团突然袭击界集，77团向西北转移，81团和骑兵团向西南转移。77团在途中，消灭敌1个交警大队；81团转移中踏冰过湖，冻死68人，冻伤160多人，损失惨重。3月，泗东战役后，挺进支队配合泗宿武工队歼灭泗宿南部国民党3个保安中队，收复臧桥、新行圩、归仁、重岗、金镇、青阳等7个区政权，发展区武装400多人。不久，支队又向泗宿北部出击，歼敌1000人，缴获机枪5挺，步枪500余支，子弹9000余发，泗宿全部恢复政权。泗阳、龙集、界集、成湖

三区武工队，配合81团，组织应山集、田集、界集、大东庄、香城、曹庙战斗，龙集、界集、曹庙3个区全部恢复政权。5月15日，泗城第三绥靖区冯治安部全部逃离，泗南全境解放。

支队在淮北战斗1年零4个月，大小战斗649次，累计歼敌1.1万人，恢复了10个县的人民政权，经常牵制敌正规军10多个团，直接威胁徐州、淮阴等战略要地和津浦、陇海铁路敌交通命脉，有力地配合了我军正面作战。战斗至此告一段落。在你死我活的尖锐斗争中，地区失而复得，政权失而又建。根据形势的发展，终于恢复和发展了各个地区和建立的政权组织，取得了胜利。

天天打仗、夜夜行军不放弃

天天打仗、夜夜行军，真的很难熬，但是无论条件多艰苦，我并没有放弃，经过这次战役，淮北支队得到很大的补充，作战水平和部队战斗力进一步增强。要说条件好一点的时候，那就是在安庆宿县人民银行警卫队的时候，那时候我是警卫班长，负责银行运钞的安全，有时还负责侦查案子、把守铁路等。年轻时我经常不在家，常年在南京、上海、合肥这三个地方跑。1952年2月，我退伍回乡，一直务农。

我退伍回来后也到了适婚年龄，找了小我7岁的老伴，现在都是她床前床后照顾着我，生病了更是忙前忙后，我很感激她。我和老伴很少交流，但是她很懂我，我也懂她。我的身体也大不如从前了，住了半个月的院才回来，脸和腿都是肿的。老伴在生活上无微不至地照顾着我，我还想多陪陪她。

"文化大革命"时期，我当过生产队队长，组织老百姓种地、干活、修水利。我这一辈子平平凡凡，也没让老伴享福，结婚时候连盖被都没有。我有2个儿子3个女儿，他们都在外打工，有儿女的时候我们家的条件也没有改善，没有吃也没穿的，小孩子都饿得直哭。

我很少对孩子们说我的经历，他们大概知道我的经历，我也不愿讲太多，更不愿意夸张什么，好像我吹牛皮似的。我只会给他们讲讲怎么做人，怎么过日子，我对5个小孩从来不打骂，都是靠他们自觉。因为穷，我从小就养成勤俭节约的习惯，也要求他们不要浪费东西，他们也不浪费。我兄弟姊妹5个，1个哥哥3个妹妹现在都活着，这世上我还有亲人，我也很知足了。

我一直珍藏着我的退伍证、还有国家发给我的纪念章。看着这个纪念章，我感觉很是自豪。国家没有忘记我们呀，打仗的日子每每回想起来都让我难忘，虽然经历过那么艰苦的岁月，但觉得现在的生活很好，自己挺满足，不知苦中苦，哪知甜中甜呢。我一点都不后悔去当兵，当初如果没去当兵，现在还不知道死活呢。和我一起参军的差不多大的人都不在了。

现在想想，曾经我们都是风华正茂的少年，如今成了白发苍苍的耄耋老人。战场上，我曾数次突破敌人的枪林弹雨，出生入死，历险无数。多年过去，那"哒哒哒"的机枪声，仍时常萦绕在我的耳畔，久久不能忘怀。

抗战老兵赵光荣
口述自传

我的名字曾在阵亡官兵名册里

采访地点 ｜宿迁市宿豫区来龙镇龙西居委会

采访时间 ｜2015年7月16日、2018年10月8日

采访人　｜赵光荣

撰稿人　｜徐其崇

拍摄者　｜徐其崇

抗战老兵口述实录

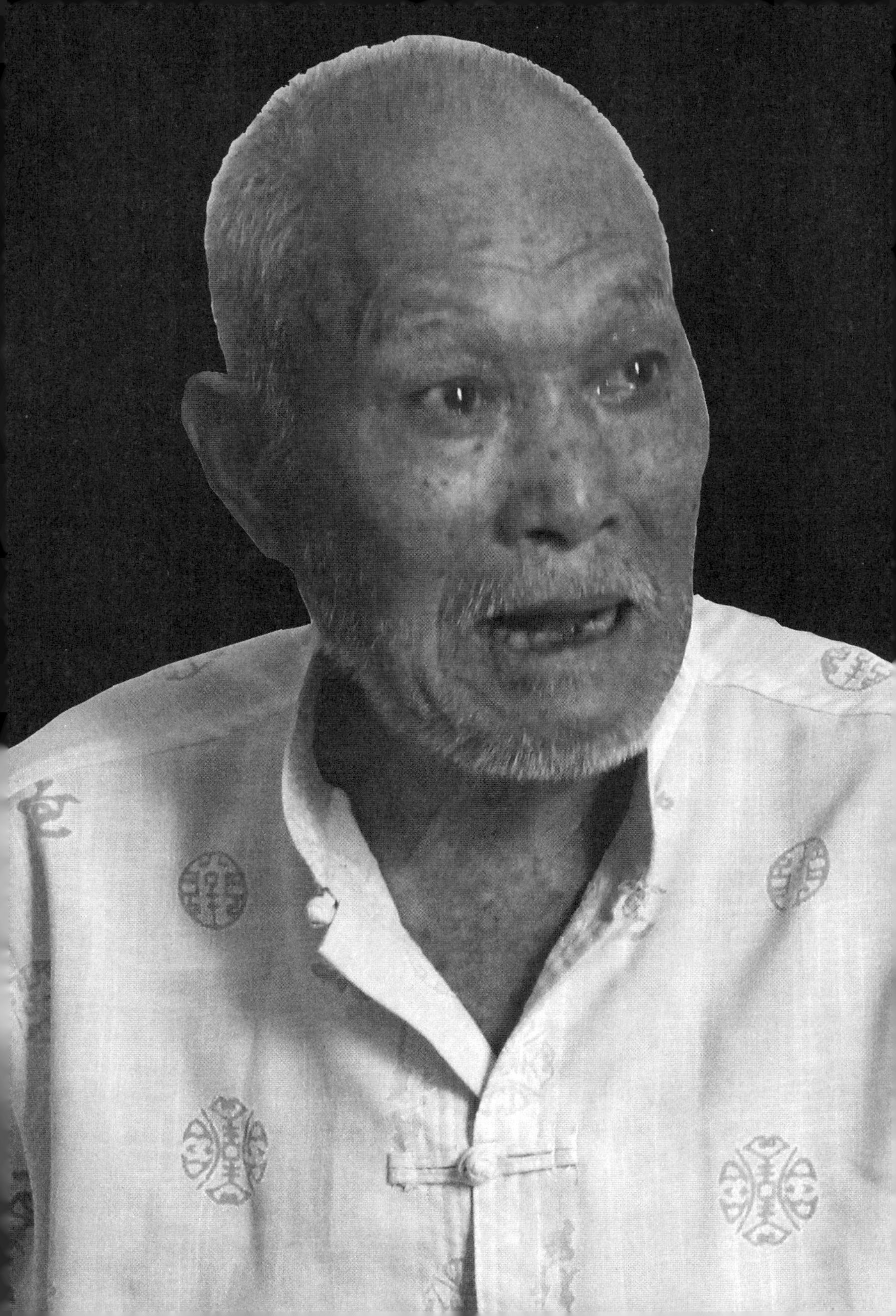

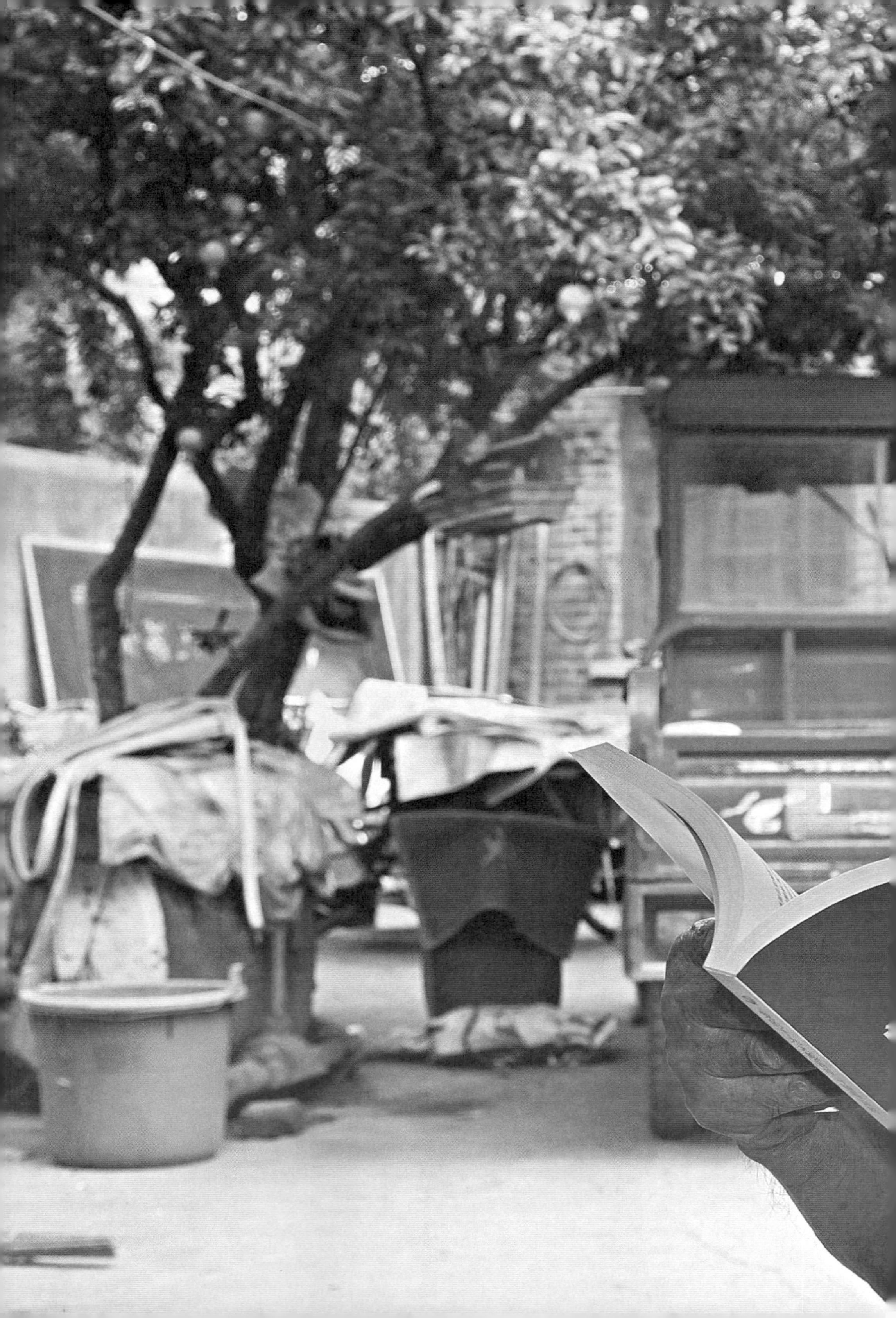

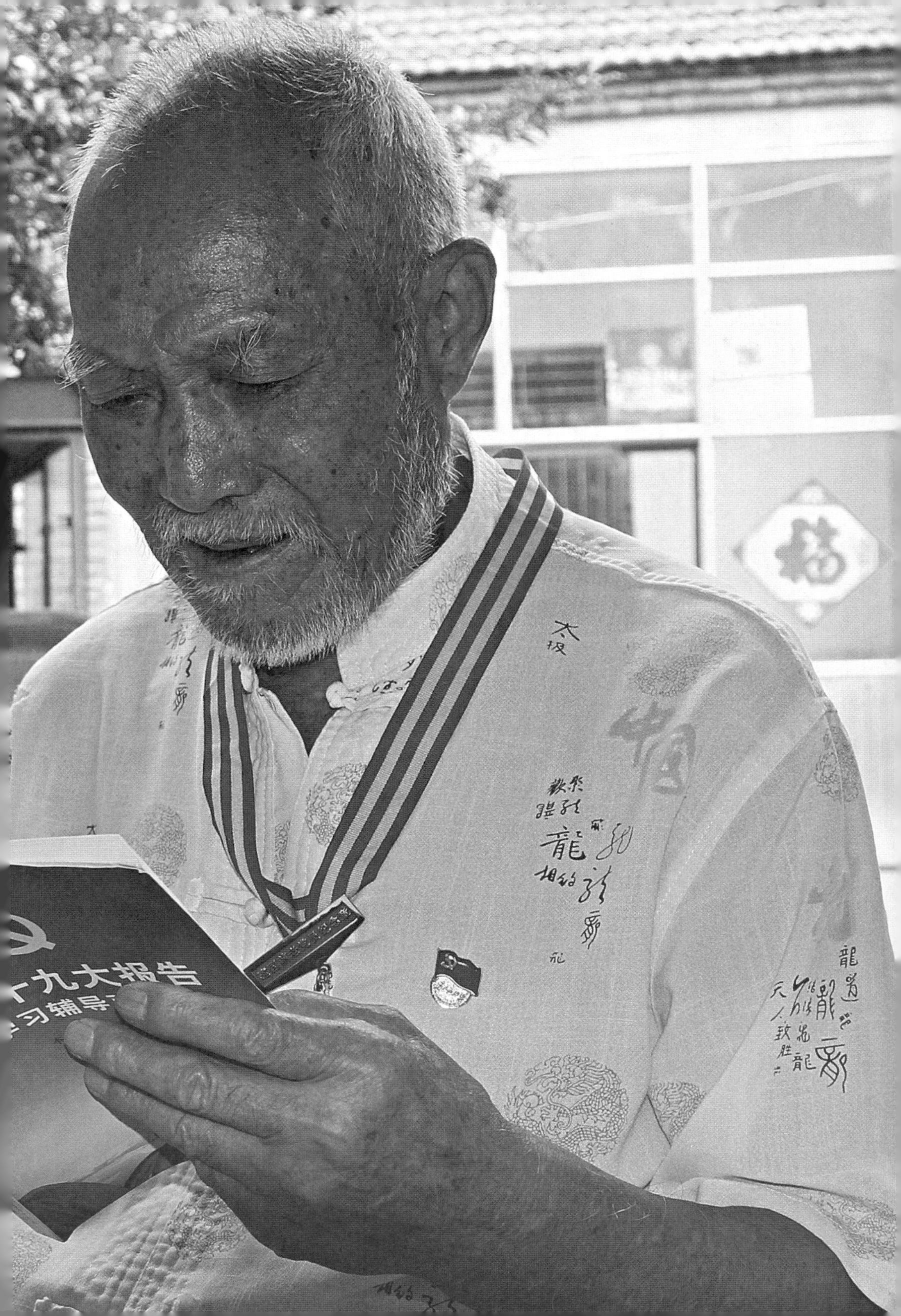
九大报告
福

抗战老兵赵光荣口述自传

15岁参加游击队

我叫赵光荣，原先用过赵华美这个名字，家住宿迁市宿豫区来龙镇龙西居委会。我1928年3月出生，1943年6月参加革命，1947年3月加入了中国共产党。

别看我今年已经91岁了，但我的身体还很硬朗，邻居们都说我精神矍铄，也许自己听力差，说话时生怕别人听不清，所以讲话时声音很大。我是一名老党员，每月一次不落地参加"两学一做"学习教育，按时交纳党费。如果不是当年被子弹震穿耳膜听力不佳，你根本不会想到我是一个残疾人，你更不会想到我是60年前被部队开过追悼会并追授为"战斗英雄"的人。

我从15岁那年起就参加地方游击队，17岁参军。年轻时，我的命运就和抗日战争紧紧地联系在一起。我参加过抗日战争，后来还参加过解放战争中的淮海战役、渡江战役、上海战役等，先后多次身负重伤，被敌人的皮鞭打得皮开肉绽，被刺刀扎入过胸膛，被子弹打穿过头盖骨。

我命大，经历那么多枪林弹雨，我还是坚强地活了下来。大家都说我福大命大，我说我自己有九条命，九死一生。年迈的时候，很多学校请我去讲战斗故事，全镇内外，我成了一个名人。

我听力不好，有时候别人和我闲聊，我听不清别人说什么，但在家人的比划下，我就知道别人想问我什么。不过我说话声音大，你能听得明白。

回忆起抗日战争那段令人难忘的岁月，我一直十分清晰地记得每一个不能忘却的战斗场景。那是在 1938 年 11 月中旬，日军约 3000 人由徐州沿着海郑公路东犯侵占宿迁，次年 2 月 25 日，因国民党军移防淮阴，宿迁全境沦陷。沦陷后的宿迁成了日军肆虐杀人的游戏场，日军所到之处都烧杀抢掠，尸骸遍地。

到 1943 年，我 15 岁了，就加入了地方游击队，那时候我聪明灵活，巧妙地掩护过新四军战士逃离鬼子的虎口，还一时被传为佳话。

装哑巴保护八路军

那年的冬天，正是宿迁人民抗日战争最困难的时候，位于来龙庵附近几个村庄的男女老幼，都被日本鬼子和伪军用枪和刺刀逼到村头西边的打谷场上去了。日本鬼子戴着驴屎蛋一样的眼镜，站在那里不作声，身穿一身黄皮的汉奸挥舞着手中的大盒子枪，叫嚣着："快把皇军要找的人给我交出来，不然的话今天就要砍几个人的脑袋！"一群狼狗一般的二狗子也"汪汪"地狂叫起来。

原来，有一名送情报的新四军战士途经宿迁时被日军发现了，引起日军在全境进行大搜捕。其实，这位新四军战士赶在敌人搜捕前，已被村大队秘密藏在来龙庵干木老祖神位的小阁子下。日伪军问了半天，也没一个人应声，于是便在人群中左瞅瞅，右看看，似乎在辨认哪个是胆小怕事的人，他们想利用恐吓的方式，获取我新四军战士隐藏地点的信息。

过了一会儿，日军的目光落到当时还身材矮小的我的身上。气急败坏的日军硬把我从人群中揪了出来，把我绑在一棵老槐树上。"哟西，小孩，这把手枪非常的好玩，你的说出来新四军的来，皇军赏给你打鸟玩，大大的好。"此时，我头脑中浮现出很多日军惨无人道的暴行画面，心里暗暗发誓，今天我就是死了，也不能说出那个战士隐藏的地点。

为了迷惑小鬼子，我忽然灵机一动——装哑巴。"啊，啊，啊……""妈的，是个哑巴，给我打，往死里打！"日伪军劈头盖脸地一阵皮鞭子抽下来，殷红的血染红了我单薄的冬衣。又一阵皮鞭抽下来，我被打得皮开肉绽，遍体鳞伤。就那样，鬼子也没有从我的口中得到任何消息。

接着，鬼子又绑了一个老人和一个妇女进行逼问，他们最终都没有得到想要的信息。眼看天色已晚，鬼子兵只好作罢，撤回了县城。

鬼子走后，大家把我从老槐树上松绑后，放到地上，发现我已经昏了过去，急忙把我抬到家里取暖医治。两天后，我才从鬼门关口捡回来一条命。当时就有老百姓这样夸我：小小年纪机智勇敢对敌，经受住了拷打，真是个爱国爱家的好少年。

激战俘虏一个运输排

亲身经历了抗日战争，我就想跟着共产党闹革命。1945年8月，日本鬼子投降后，解放战争打响了。1945年9月，未满17岁的我毅然参军，这时候，在入伍的名册上，我把自己的名字赵美华改成了赵光荣。当时改名字，就是要立志做一名光荣的人民好战士。

1947年，部队转战连云港、涟水之后，驻扎在新沂的新安古镇（原属宿迁）附近，接下来要攻打新安镇。新安镇北连鲁南，南接苏北，东西是连云港和徐州。别看那里只是一个镇子，历来都是兵家必争之地。

3月份一天的晚9点多，华野主攻部队进入了阵地，并向敌军发起了猛烈攻击。深夜，我所在的突击队，悄悄越过圩河，进入镇内，并构筑临时工事。拂晓后，主攻部队用山炮摧毁了新安镇北圩门碉堡。上午8时，攻城部队发起强攻，在炮火的掩护下，突击队顺利通过外壕，突破街北大圩子，进入了大街，并向纵深发展，乘势发起攻击，夺取了南门、西门，进入大街，和敌人守城部队展开巷战。

在攻城部队的南北夹击下，敌人守城部队全部龟缩进核心据点及火星庙、东桥口两个卫星据点中，死守等待援兵。徐州国民党军"剿总"

派来战斗机增援，见华野已进入战区，飞机战斗力无法施展，只得在盘旋数圈后离去。

晚11时许，敌人突围，总攻提前打响了。经过一个多小时激战，攻克了敌人最后的据点，俘虏敌人一个运输排及还乡团200余人。逃向张湾方向的一股残敌，刚到镇东就被围歼，全部缴械投降。

在此次战斗中，我一个人歼敌3名，并在巷战中和敌人展开肉搏战，在我身上挨了敌军一刺刀情况下，抢先一步把敌人击毙了。侥幸的是，伤口虽然离心脏很近，但没有触及要害，我又捡回来一条命。

因战功卓著，我被提升为副排长，并在一间简陋的茅屋里，面对鲜艳的党旗宣誓，光荣地加入了中国共产党。

攻克新安镇后，部队一路南下。我所在的部队从浦口强渡长江。当时我们的小木船离对岸还有百把米，敌人就开火了，子弹从耳边嗖嗖地飞过，我就躲在船舱里，把头压得很低。一个炮弹连着一个炮弹落在船边，我亲眼看见我们的连长从船上倒下去了，有一个战友被大浪卷走。突然一个大浪，把我们的船打翻了，我就一手抓住船帮，一手划水。也不知坚持了多久，就听见有人说"快到岸了，大家准备冲锋"，我就随着部队一起往上冲，等我们冲到阵地前，发现敌人都逃跑了。

那一次，我们这条船上有12个人牺牲了。说起那些逝去的战友，我这辈子心里都有伤痛，回想起那一幕，我就会不由自主地掉眼泪。

昏死过去险被埋葬

随后，我又投入到上海月浦战役之中。那是1949年5月13日凌晨，解放上海战役在月浦打响了第一枪。作为解放上海的重要实物见证，2002年5月，宝山区月浦镇人民政府在月浦公园兴建了纪念碑。上海战役月浦攻坚战纪念碑，坐北朝南，碑座采用红褐色的大理石，庄重肃穆。碑的主体是两位高擎红旗、手持钢枪、充满怒火的解放军战士雕像，战士的身边是被攻克的敌碉堡残垣，这是对难忘岁月的永久性纪念。

月浦战役打得非常惨烈，战斗进行了两天两夜，国民党军据守苏州河北，以高大楼房和工厂、仓库等建筑物为掩护，用密集火力封锁河面，一波波部队冲上去，又一波波倒在了对岸射来的火力网前，对岸的一座子母碉堡成了阻碍进攻的一颗钉子。

为了不破坏上海市区文物古迹，作战前，司令部命令部队不能使用重炮攻城，也不能用炸药爆破，只能用轻武器进攻，因而进展十分艰难。许多在淮海战役、渡江战役中的英雄都在苏州河边倒下了。我所在的连队担任主攻任务只剩30多人，战况正烈，连长牺牲了，杀红了眼的我主动向代理连长请战，要带领爆破小组，去炸毁对岸的子母碉堡。得到允许后，我挑出3名水性好的战士组成爆破小组，让大家把腿上的绑带解下来，将手榴弹4个一起捆扎起来，用防水布密封后，扎在腰间。

爆破小组潜入水中偷偷摸上对岸，将手榴弹塞进敌军的碉堡内，炸毁了敌军的一座子母碉堡。爆破成功了，但一起冲上去的3位战友也献出了年轻的生命。当时，我就感觉头脑一震，好像被子弹打中了，眼前一片金光又一片黑暗，一下子倒了下来。战友把身负重伤的我送到战地医院抢救，当时由于医疗条件限制，不能进行开颅手术，只是做了简单的包扎。第二天，我还没有醒来，战友就弄来一副棺材，扯来几尺白布，让当地群众代替战友们，等我断气后把我安葬，战友们便继续投入了下一场战斗。我没死，在当地老百姓家养了3个月，只能喝点白糖水。我算是死里逃生，这一次硬是挺过来了。昏迷中，听说要把我装进棺材时，我才睁开眼，要是不睁眼，我就被埋了。

死里逃生成了"烈士"

从那时起，我的耳朵听力就不如从前了，医生说，我的耳膜被炮弹震穿了。养好身体后，我得知部队开往浙江一带去了，当地干部要留下我在上海工作，我考虑到自己听力不好，不能做什么事，不能麻烦人家，所以就悄悄地打上背包回家了。

说来也巧，就在我到家的两天后，部队寄来了我的烈属证和80斤粮票。同村的战友葛斯同告诉我，部队以为我已经牺牲了，在追悼会上，首长还介绍了我的英勇事迹，给我记二等功，我的名字写在了阵亡官兵的烈士名册里，追授我为"战斗英雄"。

岁月已经久远，终生不会忘记。青少年时代，我目睹了日本侵略者的罪恶行径，我就怀有一颗报国之心，跟日本鬼子作斗争。抗战胜利后，国民党反动派与共产党作对，老百姓没有出头之日，我就投入到地方革命武装宿迁县大队来龙区队，为中国的解放事业贡献青春。我在白鹿湖边参加过白村阻击战，在曹家集西的蔡小岭和唐家湖边的民便河一带，和国民党反动派展开过拉锯战，又在曹家集邹家庄和道方村参与全歼国民党顽匪。淮海战役胜利后，我积极响应毛泽东主席的伟大号召，渡过长江去解放全中国，将革命进行到底。我所在的地方县大队晋升为中国人民解放军第三野战军第九旅第五团，整休后的任务是从靖江八圩与瓜洲口之间横渡长江，解放沿线城镇进驻常州，直至渡江战役胜利结束。

解放战争胜利结束后，我响应毛主席的伟大号召，投入到地方建设工作中。作为一名参加过抗日战争的老兵，在家乡建设中不能居功傲民，应该更加勤勤恳恳，任劳任怨。只有这样，才配得上一位英勇无畏革命军人的称号。我伤残回乡几十年来，从不向组织多提一分照顾的要求，带领全家发家致富，默默无闻地为家乡父老乡亲做实事，办好事，要体现出一名老党员、老军人的高风亮节，让满头银发昭示着无悔壮丽的人生。

抗战老兵项桂生
口述自传

我把鬼子
撳到河里淹死了

采访地点 | 宿迁市湖滨新区皂河镇金庄村三组

采访时间 | 2015 年 8 月 4 日、2018 年 10 月 9 日

采访人　 | 项桂生、许夫英

撰稿人　 | 徐其崇

拍摄者　 | 徐其崇

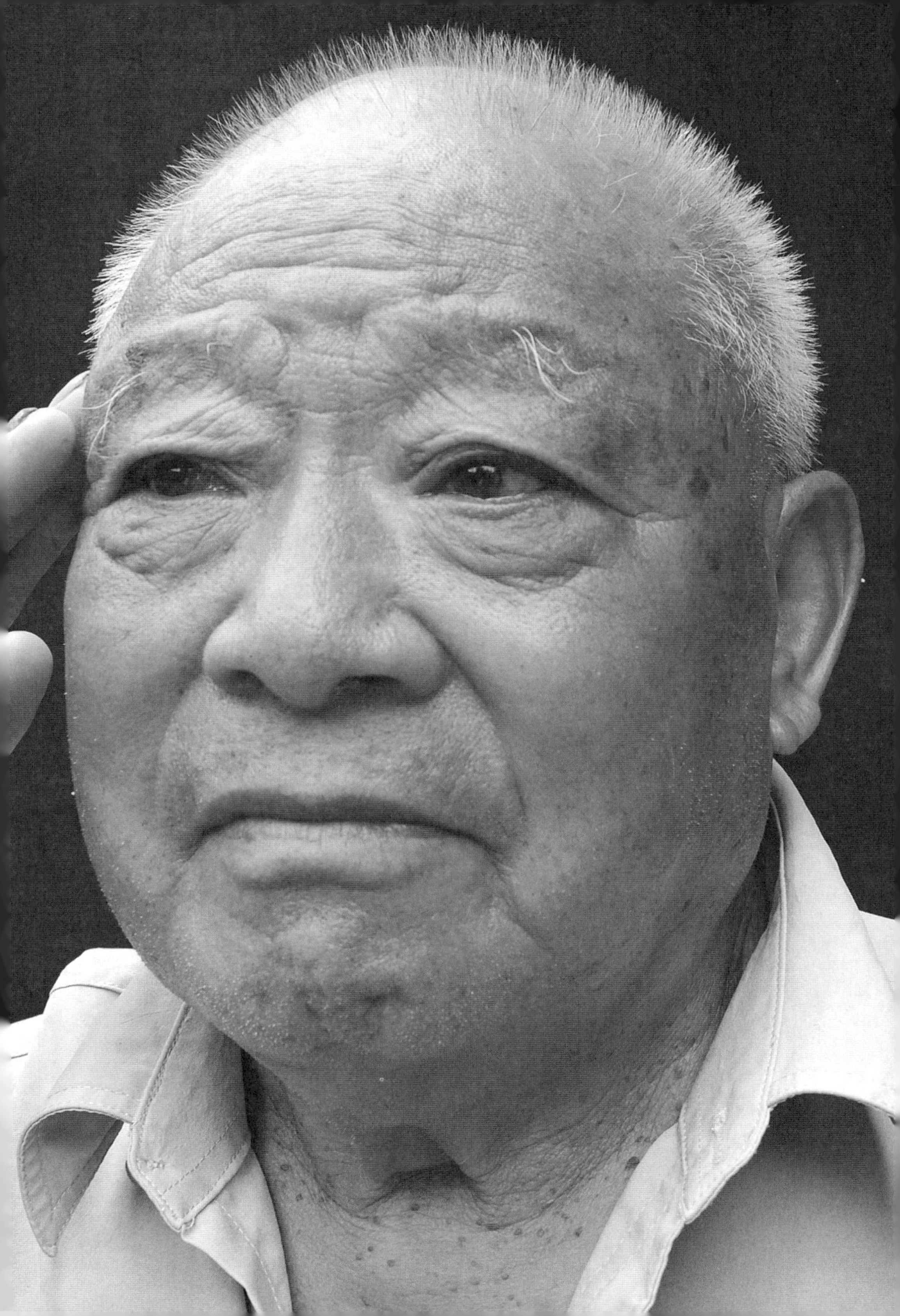

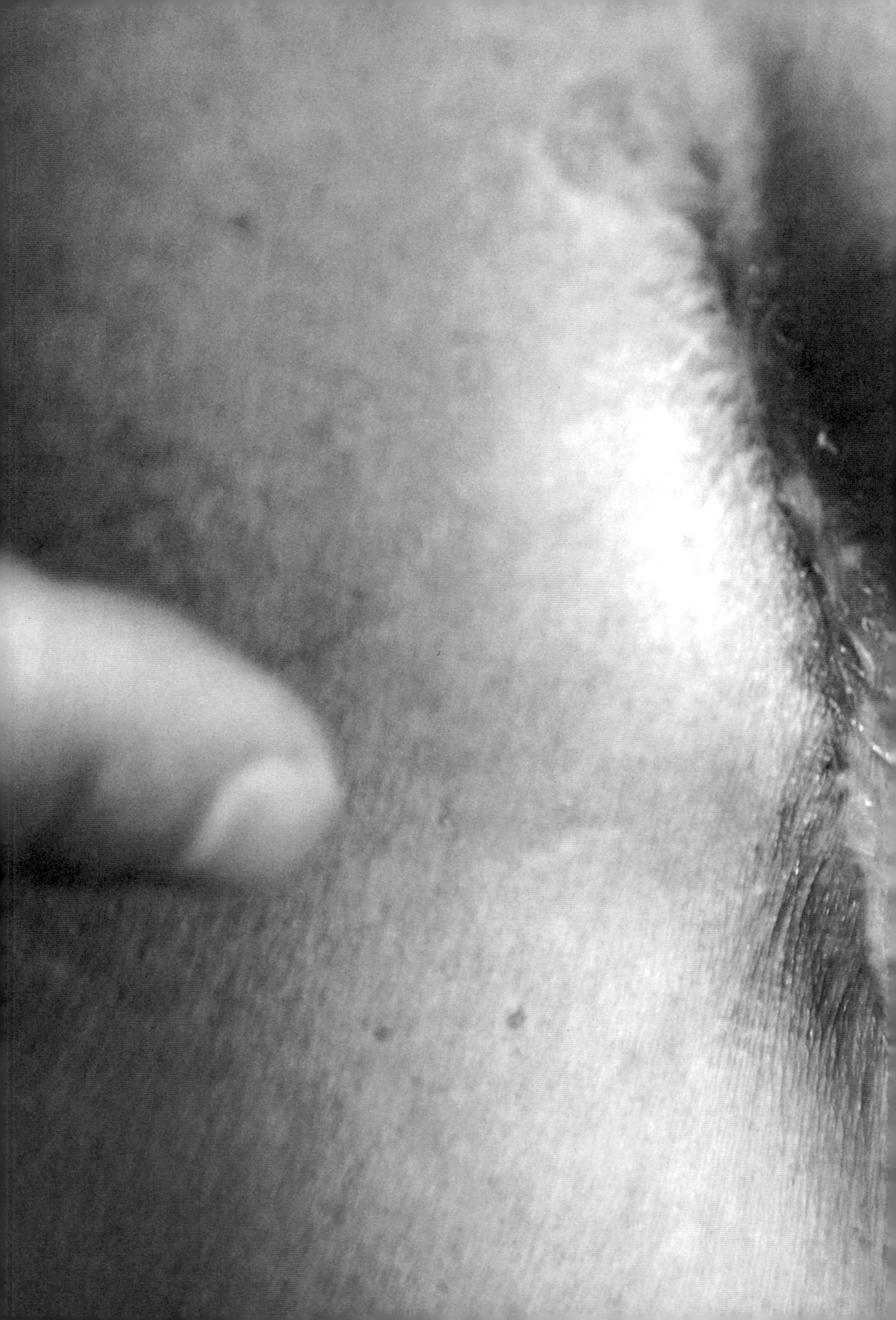

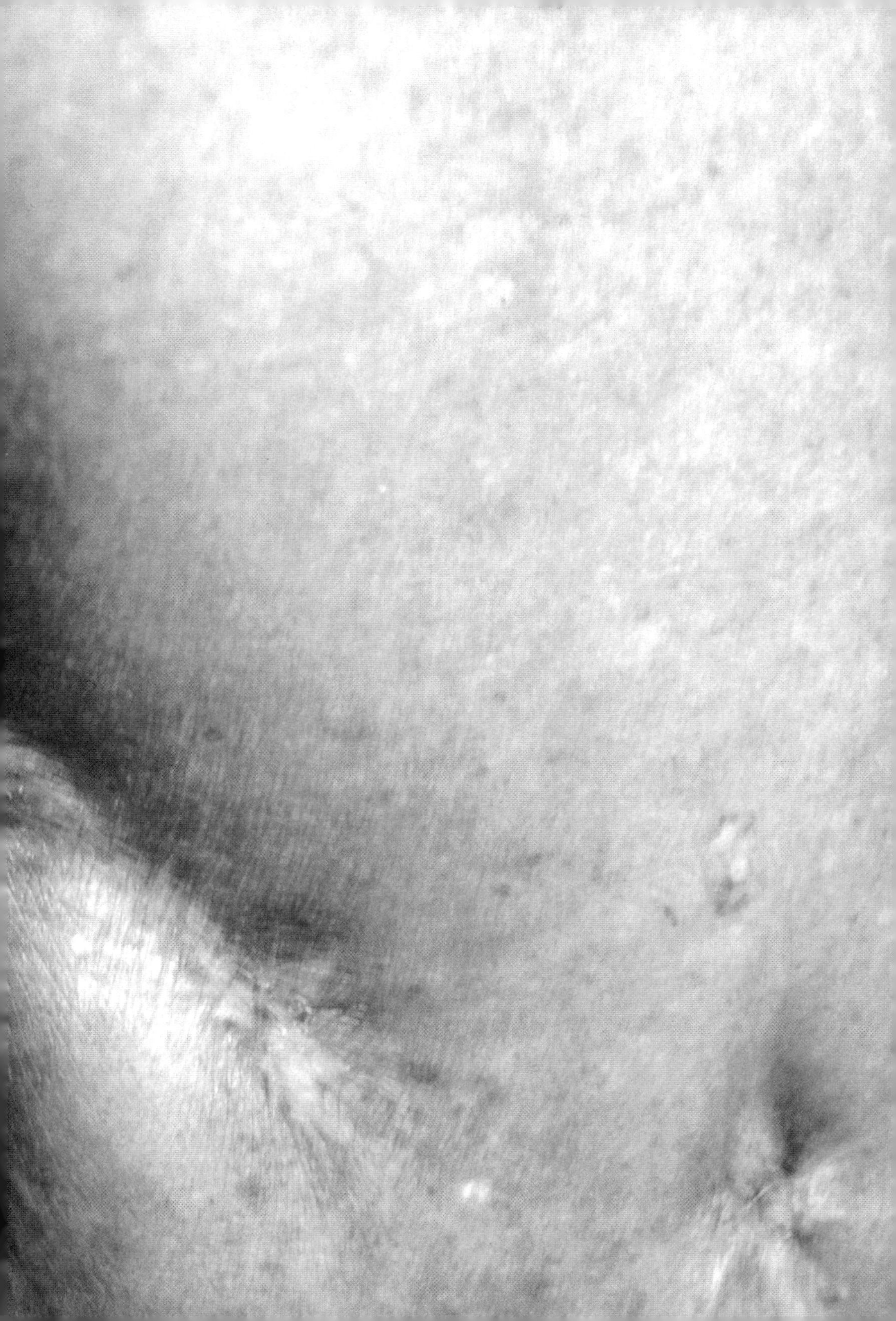

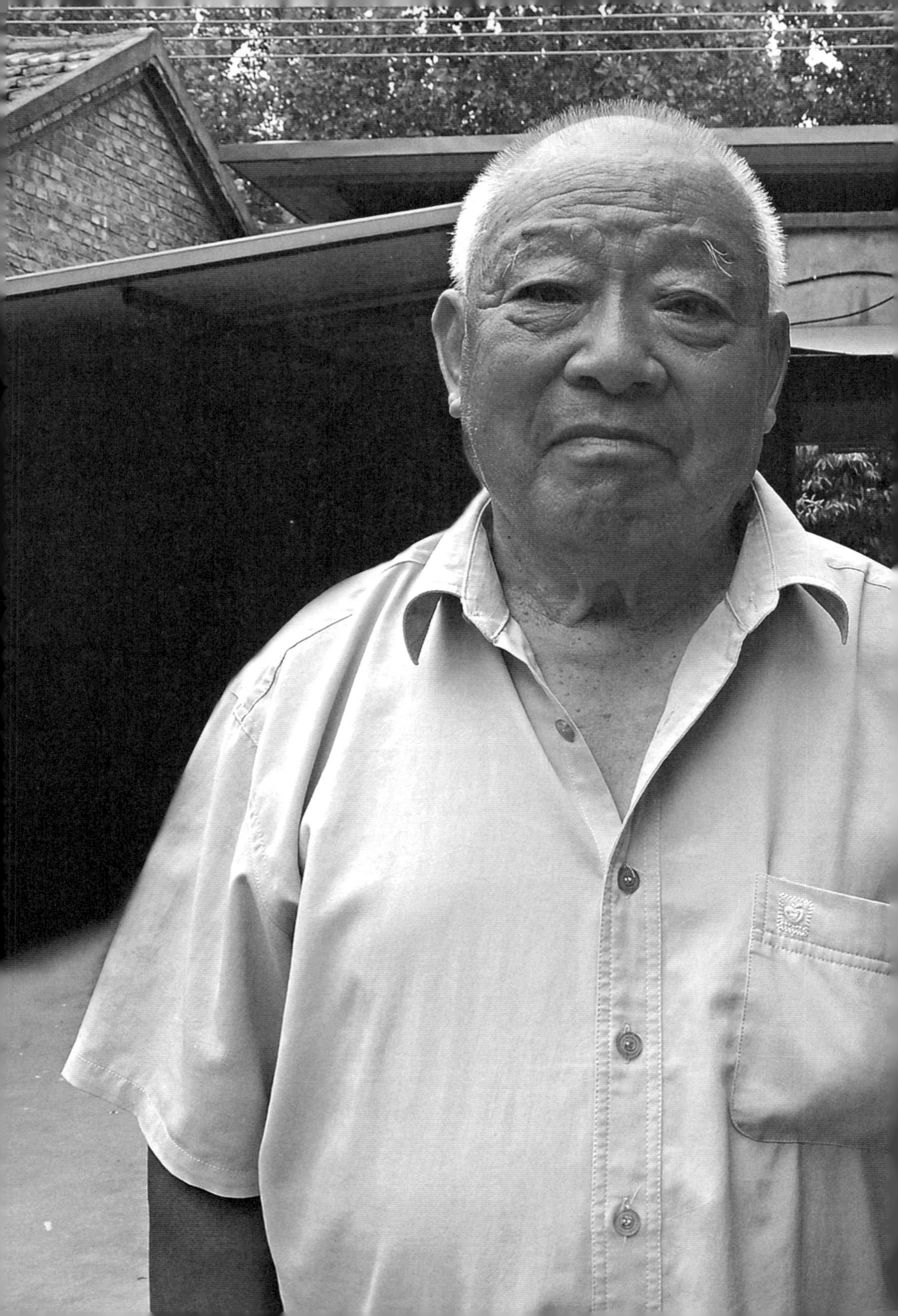

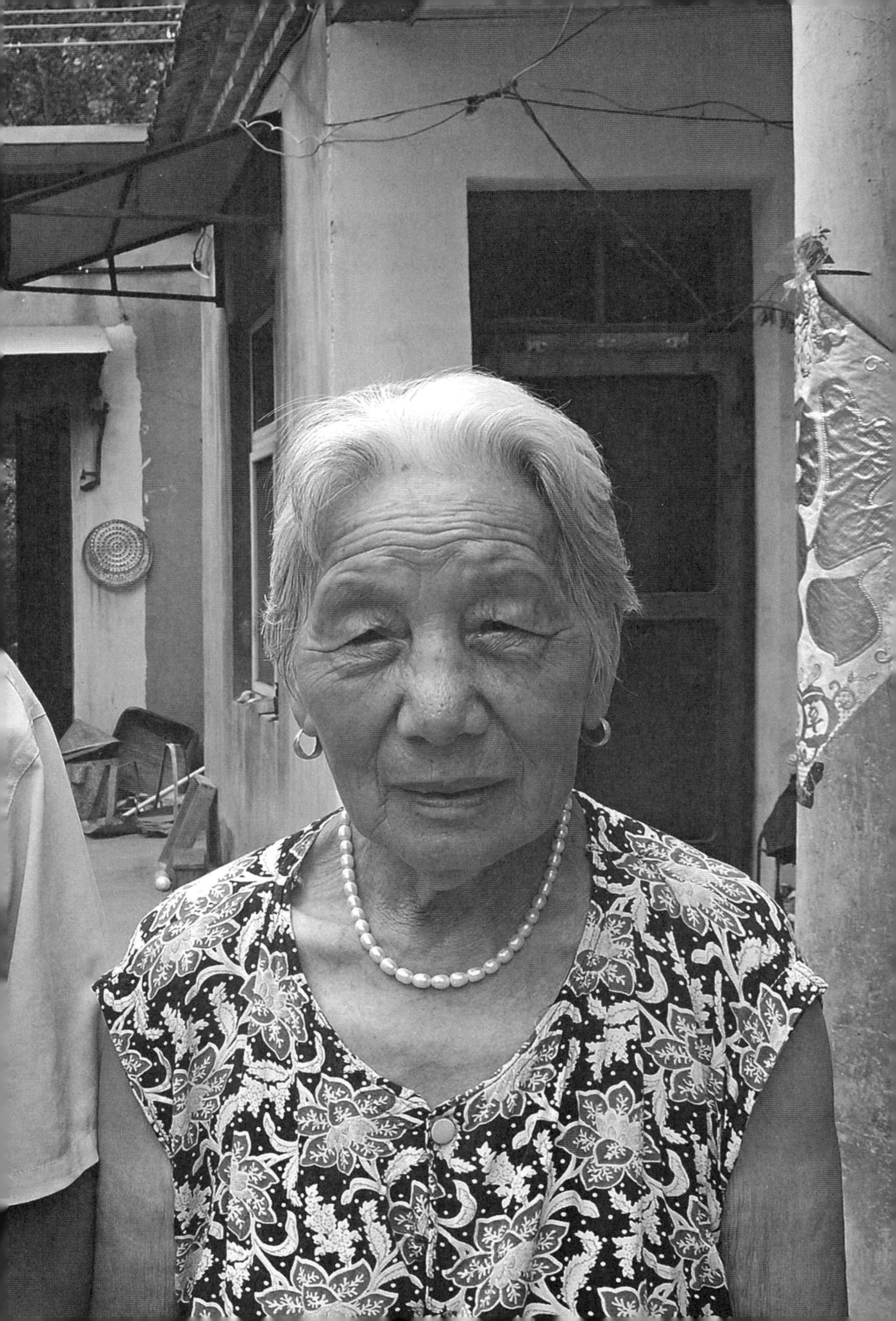

抗战老兵项桂生口述自传

老百姓对侵略者恨之入骨

我家现住在宿迁市湖滨新区皂河镇金庄村三组，今年91岁了。老伴名叫许夫英，今年87岁。我们老两口过去都经历过枪林弹雨，我参加过抗日战争打鬼子，她年轻时当过姊妹团的团长。

小的时候，我的家庭条件还算不错，曾经读过几年私塾。过去的孩子读私塾也不容易，被先生用戒尺打，一些恨铁不成钢的家长们也希望私塾先生严厉一些。因此，教鞭与戒尺，是私塾先生维持教学秩序、震慑顽皮孩童最有效的工具，也是维护师道尊严的有力手段。还好，我当时不调皮，学习也认真，很少挨私塾先生打。

年轻时代，我就受到抗日救国思想的熏陶。抗战爆发后，北路日军已打到山东，南路日军已渡江北上，徐州会战迫在眉睫，徐海地区危急。在这生死存亡的严重关头，晁福祥、王子鲁、胡振球等抗日勇士挺身而出，投入到抗日救国的洪流之中。他们一面在群众中广泛宣传党的抗日主张，一面动员青年人起来抗日。在他们的宣传鼓动下，广大青年积极报名参加青年救国团组织，保家卫国的热情高涨。

我们都不会忘记，那是在1939年2月，日军数架飞机轮番轰炸新沂的新安镇，随后日军占领了草桥、瓦窑车站、新安镇、窑湾镇等地。这些地方都在我老家附近。日军占领后，便开始疯狂扫荡，人民生活在水深火热之中。那时候，老百姓对日本侵略者恨之入骨。

1944年，因为抗日战争的需要，政府动员我们年轻人参军，我感到报效国家的时候到了。我家有兄弟3个人，我排行老二，那年我17岁。

考虑到我大哥在家是个壮劳力，我弟弟年龄还小，我主动提出来去报名参军。到部队以后，我就成了陈毅司令员领导的华东军区的一名战士。

我把一个小鬼子撵到河里淹死了

由于当时受到部队条件限制，虽然身上的粗布军装和伙食没有想象中的那么好，但是能够来到部队里面当小鬼，已经是内心最满足的事情了。

抗战胜利70多年过去了，当年抗日战争的烽火硝烟，就像放电影一样经常在脑海里浮现。没事的时候，孩子们也都会让我讲当年的抗战故事。现在想想，那时候当兵打鬼子，真是很精彩。

我当时在三团当兵，当时大家都把我们三团称之为"侉子团"，因为我们那个团里的"侉子"比较多。过去，很多人都把鲁南和苏北口音的人称之为"侉子"。

第一次与鬼子兵较量是在盐城，那是我有生以来第一次真枪实弹上战场。我们部队在与日本鬼子战斗的时候，常常吃不饱肚子，即便这样艰苦，也没有向身边的百姓要过一口干粮。因为向老百姓索取物品，就是在违反部队的纪律。

记得那次战斗叫盐城阻击战，夜间，部队进行战斗动员时，我心里真有点害怕，大家都不知道在战斗中能否生存下来。可是到了战场上，谁都不会害怕，都希望在战斗中多消灭几个鬼子。那次战斗从夜晚9点打到拂晓，我们所在的"侉子团"取得了战斗的胜利。

那次战斗，我们埋伏在水沟边上，看到日本鬼子从公路开过来，我们部队一直不动，等日本鬼子到眼前以后，冲锋号一吹，一阵手榴弹扔过去后爆炸，敌人转头就跑，我们随后跟着追赶。每个战友决心都很大，当时有些战友鞋子都追掉了，就光着脚追。脚都破了，血流不少，但没有一个喊疼的，还是继续追敌人。

我们是三排八班，作战地点四面环水。副连长王树生在左膀子被打断的情况下，亲手俘虏了一名鬼子兵。副连长的伤势很重，就在将俘虏带回驻地途中，那个鬼子兵挣脱了。副连长看到我和八班的汪明显在一起，当即命令我们去追赶那个俘虏。因为陆路很难找，也不敢走，那个鬼子兵连命也不要了就往水里扑，我和汪明显当时就跟着跳进水里去追。

我的同班战友汪明显比我大3岁，我们两个人是一起来当兵的，因为我们从小都在骆马湖边长大，自然都有好水性。那个小鬼子为了逃命，身上的军装和靴子都没来得及脱，就跳下去了，到了深水处一直往下沉。等我们两个游过去之后，那个小鬼子已经淹死了。

记得当时正处在初春，河水刺骨寒冷，即便如此，我和战友汪明显还是将那个鬼子兵的尸体拖到了岸边。

第一次参加战斗，又把一个小鬼子撵到河里淹死了，我感觉自己的胆子也练大了。在接下来的战斗中，我不知不觉就变得更加沉稳，即便是战前动员，我也没有任何恐惧感。

我差一点被小鬼子用刺刀挑死了

在盐城打完阻击战后，没过几天，我们所在的部队就接到上级新的命令，开赴到泗阳东部进行抗日保卫战。这是我当兵以后参加的第二次战斗，在这次战斗中，我的命差点丢了，因为在这次保卫战中，一枚炮弹就落在我的身旁爆炸了，我当时就被炸得站不起来了。我的两条腿被炸伤12处，右大腿伤势最重，先后做了3次手术才把弹片取完。你看看我腿上留着这个很大的伤疤，就是我与日本侵略者殊死搏斗的终生证明，永远也抹不掉。

我负伤后，被战友们用担架抬到附近老百姓的家里养伤。记得我落脚的那一家主人姓张，当时50多岁，家中有一个孙女，只有两间小屋。我被安顿在张家后，因为伤势过重，全身衣服都被脱下来垫在身下。为了防止鬼子扫荡时发现，张家主人将稻草掩盖在我身上。

我当时浑身疼痛难忍，没想到维持会的人带着日本兵来扫荡了。一个小鬼子用刺刀撩开稻草，看到我躺在下面，小鬼子想用刺刀来挑我，幸亏那个维持会的人说我害大病了，会传染人，这样打了个岔，小鬼子才慌忙撤退。

我被炸弹炸伤时，满脸被烟火熏得黢黑，维持会的人见我满脸看不到肉色，以为是害病了，为了防止被传染，这才拉着那位鬼子兵仓皇离开，也因此保住了我的命。

日本鬼子投降后，我又参加了解放战争。在蚌埠作战时，我被一枚子弹打穿了左膀子，留下了终生残疾。

我至今还保留着1949年10月的《华东军区退休军人证明书》。我复员回地方后，当时作为二等乙级伤残军人，地方政府奖励5担粮食，后来我都捐献出去了，用于支援抗美援朝。我复员回老家后，先后担任皂河初级社、高级社主任以及大队书记、乡镇商业总社负责人。退休后在家安享晚年，没事的时候，总会和子孙们讲讲我过去参加抗日战争的事情，也会和老伴共同回忆这辈子度过的不平凡的岁月。

岳父被装进麻袋扔进骆马湖

我老伴也是一名共产党员，她是在村妇女主任岗位上退下来的。我老伴感受最深的是，只有共产党才有她这一条命，只有共产党才会有我们的今天。说起自己的人生经历，老伴总会潸然泪下。她说自己苦大仇深，要不是全国解放，共产党让她当家做主人，她会死在还乡团的手里。

我老伴出生于1931年，她的娘家当年在骆马湖中的吴甸，如今的吴甸早已淹没在骆马湖的湖水中了。

骆马湖在明代以前，只是沂水入泗潴于直河口以东、泗水以北、马陵山西侧的一片洼地上，形成的4个互不相连的小湖。位居中间的叫大江湖，西北部的叫禹头湖，东北部的叫埝头湖，南部的叫骆马湖。至明代后期，原入泗水的沂水严重受阻，被迫滞潴于此，致使4个小湖连成一片，统称骆马湖。新中国成立后，导沂工程为解决沂沭泗流域的洪水出路，将骆马湖建成临时水库。汛期盛水，汛后种麦。1958年1月，国家水利部批准将骆马湖改为常年蓄水库，骆马湖才演变成现在的样子。

那是在1947年，还乡团在国民党的支持下，随国民党军队进攻解放区。到处反攻倒算，烧杀抢掠，无恶不作。那时我老伴只有16岁，参与抵制还乡团的罪恶行径。因为她善于搞宣传，当时就被推选为姊妹团的团长。姊妹团在当地宣传演讲，还乡团头目吴某某对她恨之入骨，四处扬言要把她弄死。

那个姓吴的坏蛋到处抓她，最后没抓到，就抓到我的岳父。他们让我岳父把女儿交出来，我岳父坚决不肯。那个姓吴的就把我岳父捆绑起来装进麻袋，又在麻袋里装进大石头，把麻袋口扎起来后，就把我岳父扔进骆马湖的深水里。我岳父大人就是这样被害的。岳父许景科命丧骆马湖那年，年仅54岁。

我岳父被沉到骆马湖深水里淹死后，家人连他的尸首都没能找到。岳父一辈子只生两个女儿，姐姐比我老伴大3岁。姐姐后来嫁到骆马湖的袁甸，姐夫名叫陈保平。陈保平当时也是个进步青年，跟还乡团作坚决斗争。正因为如此，还乡团对姐夫同样恨之入骨，多次曾扬言要杀掉他。

在那饥寒交迫的年代，姐姐和姐夫眼看在家中待不住了，就逃荒远走他乡，最后定居在南京。姐姐和姐夫都还健在，目前定居南京大厂，我们一直保持来往。

抗战历史展现伟大的民族精神

许夫英在19岁那年，经人介绍和我认识了。她听说我参加过抗日战争，身上多处负伤，又是共产党员，她说我是靠得住的人，所以就答应嫁给了我。在我们双方谈婚论嫁的时候,她提出了唯一的要求,就是结婚那天,必须带着单身母亲一起出嫁,她要赡养母亲一辈子。我深知她母女俩相依为命的苦衷,当时不假思索就答应了。我承诺在结婚后,要像对待自己亲生母亲一样对待岳母。就这样,她带着母亲嫁到了我们项家。

我家堂屋正中央摆放着一张遗像,这就是我岳母的遗像。老人家于1968年去世,这张遗像已经摆放在我家中50年了。

全国解放了,我们才算过上太平的日子。1951年,我老伴参加农业互助组表现突出,当时一位名叫王正林的人当介绍人,她光荣地加入了中国共产党。后来,她一直在村里担任妇女主任,直到退休。老伴常说,旧社会老百姓没有好日子过,亲人被害死了都无处说理。新中国成立后,大家过上太平的日子,普通老百姓当家做主人,挺直了腰杆过日子,这都是共产党领导的结果。对于老伴来说,父亲惨死的悲剧,是她永远都抹不掉的痛。

你知道那时候受的艰苦,就能感觉到现在的社会幸福。说实实在在的话,现在跟那时候相比简直就是一天一地,别说吃不饱穿不暖,当年在战场上子弹不长眼睛,不知道什么时候就会送命,哪像现在和平年代,丰衣足食啊。

我和老伴都幸运地活到了今天,我要向牺牲了的抗战老兵致敬,向光荣的岁月敬礼。抗战历史展现了伟大的民族精神,无论什么时候提及这种精神,都不应该过时。

我们夫妻俩都是老党员,我们一共生了5个孩子,除了小儿子患有唐氏综合征没有入党,其他4个孩子全部是党员。我夫妻俩经常对儿孙们说,今天的幸福生活来之不易,大家都应该好好珍惜,不能忘本。

抗战老兵江斌
口述自传

掩护一个区队撤退
只有一个人、五发子弹

采访地点 | 宿迁市泗洪县曹庙乡梨园小区　洪泽湖湿地公园

采访时间 | 2016年6月、2016年10月、2018年11月14日

采访人　 | 江斌

撰稿人　 | 裴凌曼

拍摄者　 | 杨群

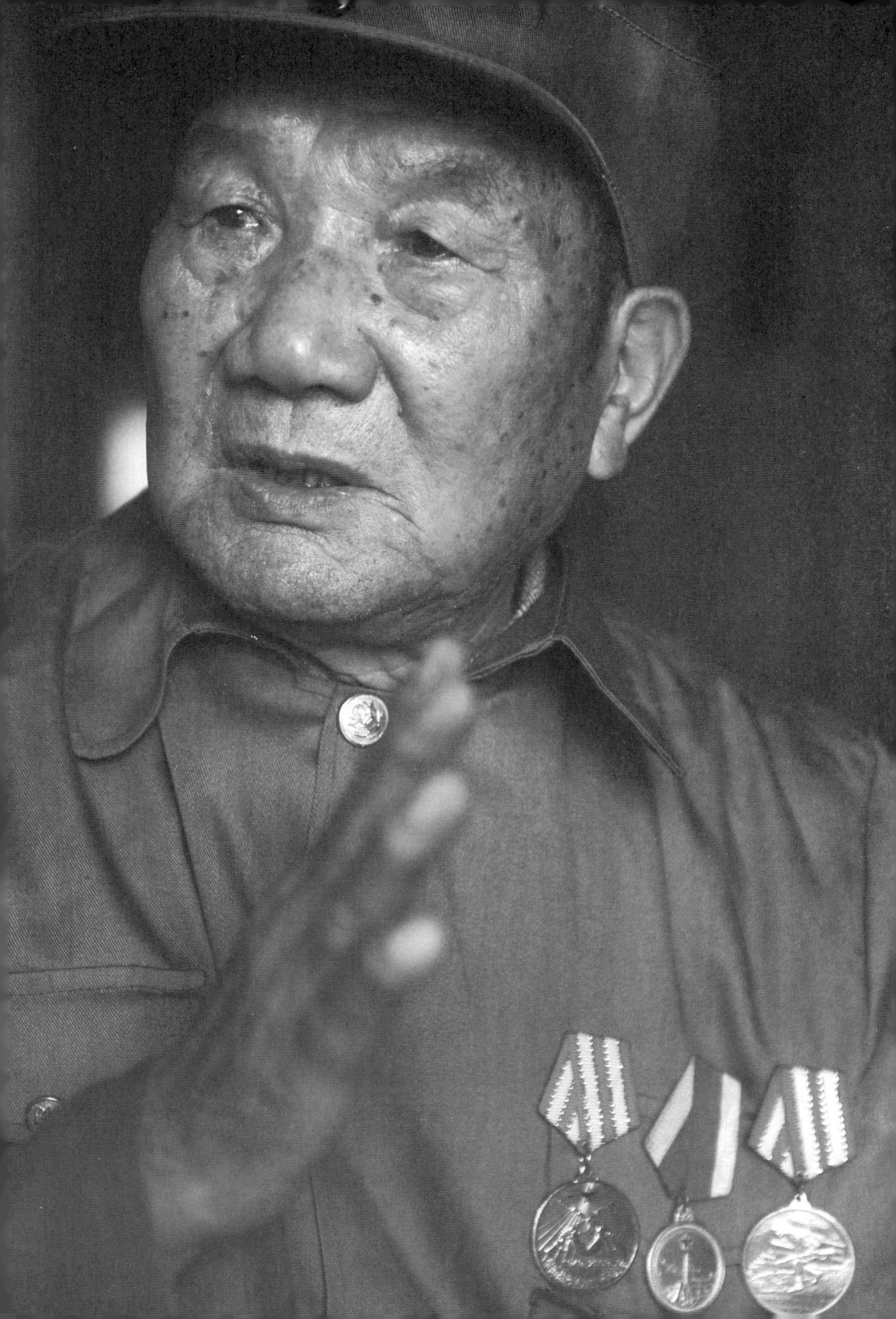

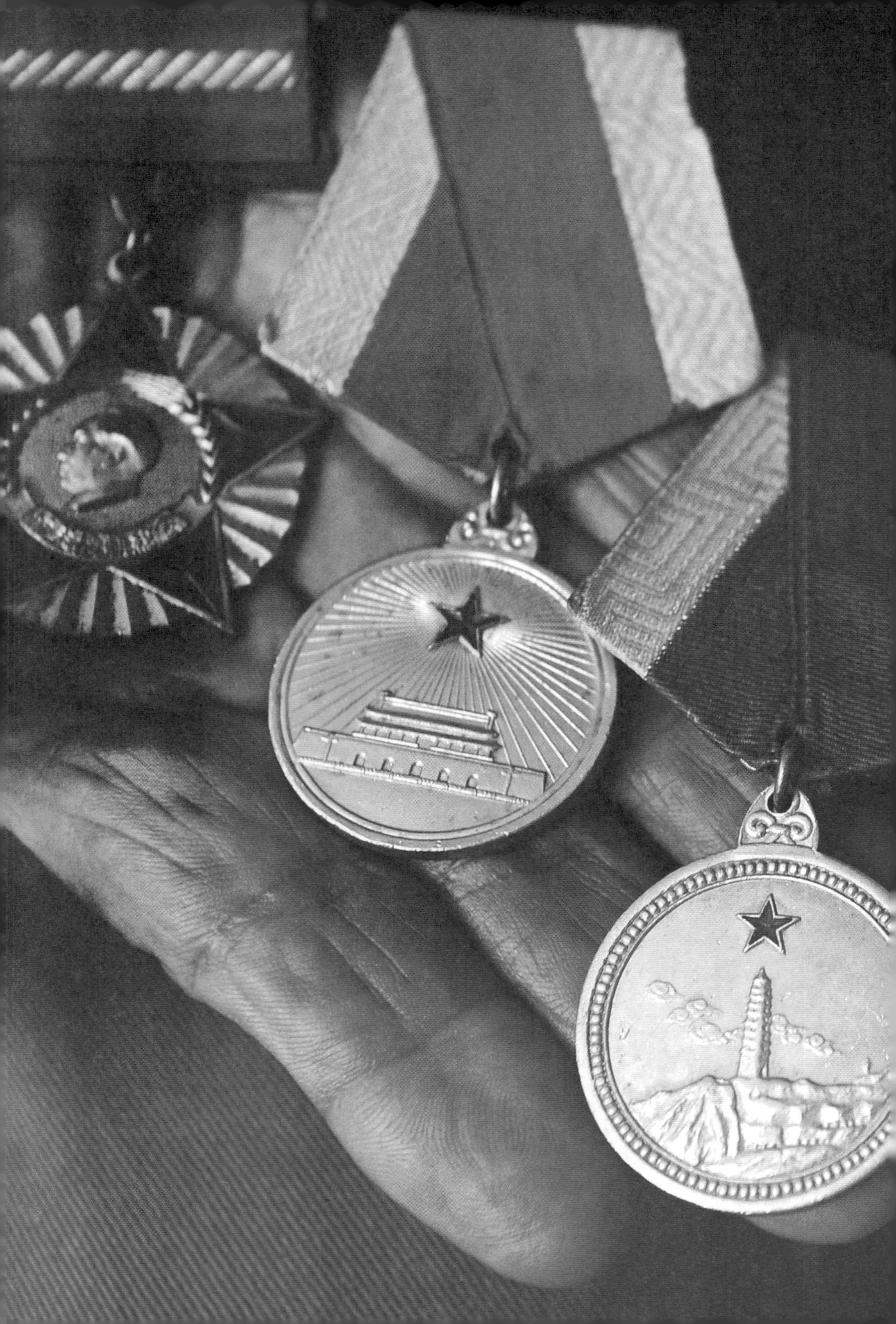

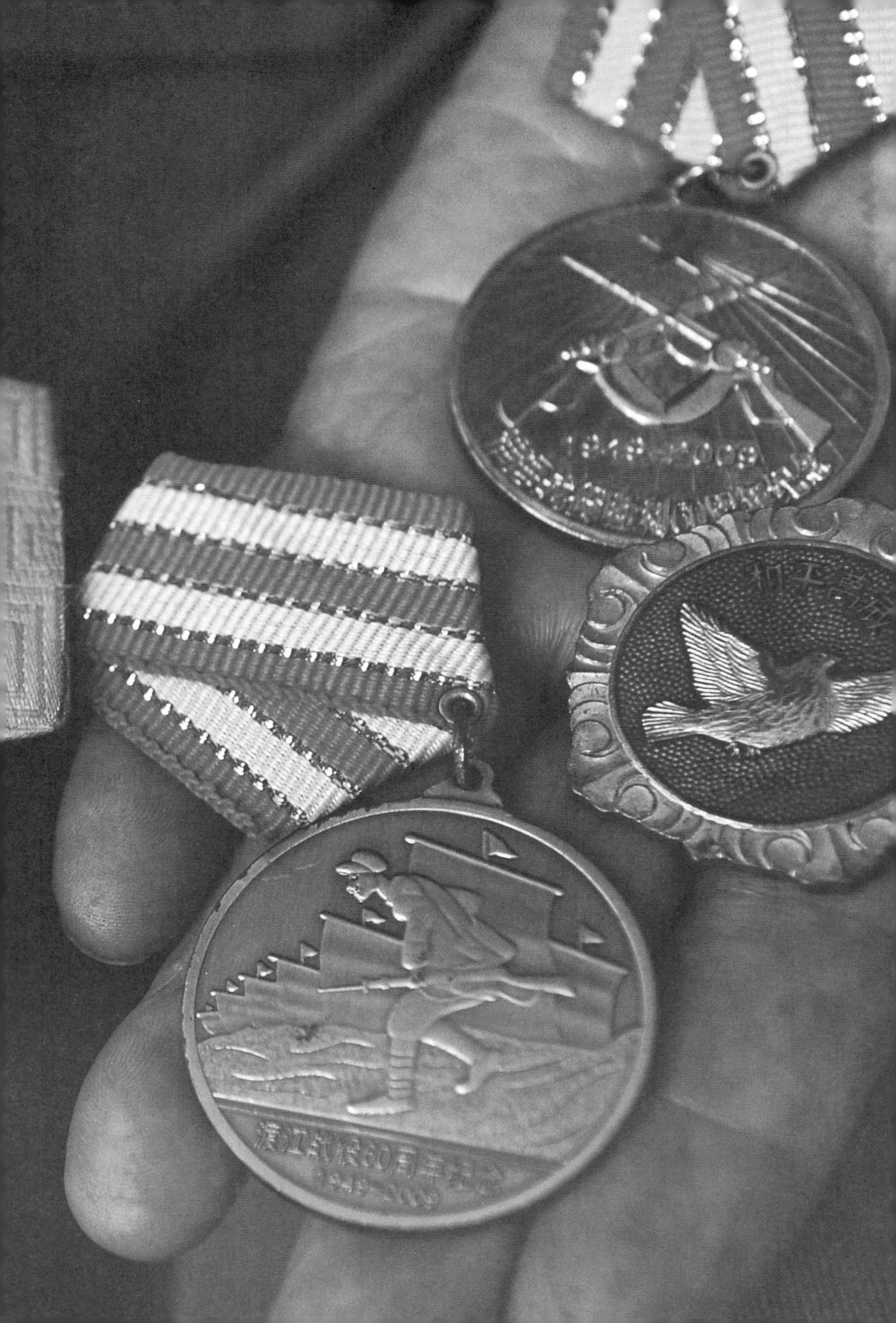

抗战老兵江斌口述自传

与虱子臭虫同睡，吃的饭也是"要"的

我叫江斌，今年93岁，我的老家在泗洪重岗，我现在居住的地方是孙河社区。我小时候家里很穷，兄弟姊妹多，土地少，常吃不饱饭，于是从小就当雇工。雇工就是雇给人家当小伙计，主家每年会给我们家3斗小麦。年幼时我甚至连一个属于自己的大名都没有。有一次在街上，我看到陈集乡公所在动员参军的告示后，我立即就报名参加了"小鬼班"。当别人问我的名字时，我只能告诉他我的小名，我甚至没有一个大名。这时，从新四军26团来的一位姓袁的首长就给我起名为"江来"。那一年我14岁，这个名字一直跟我到24岁。

那时候的生活真叫一个苦呀。我参军以后，打了6年的日本鬼子，前3年是最苦的。我是先到区里当通信员，后又到区里当通信员。就拿吃饭来说吧，一个是派饭吃，另一个是找保长要吃的。要饭吃就像今天的"要饭"一样，今天到这个庄上要点面，明天再到另外一个庄里要一点。有时候有点豆面、大黍面、小麦面，有时候也要不到什么。住的地方就更差了，能有个盖的就不错了。经常和虱子、臭虫一起睡觉，连衣服都不敢脱，都是连身合衣睡，防止维持会来袭击，随时准备出发战斗。

吃苦在前，打仗冲锋在前，处处带头冲在前

我们这个地区当时是游击区，要建立抗日根据地。白天睡觉，晚上跟着领导搞宣传。我们积极发动群众，组织农会、民兵、儿童团、妇女

进行活动，天天如此。那时候的生活可以用"头顶月亮，脚踩霜"来形容。就这样，根据地不断扩大，群众基础打得好，都来拥护共产党。群众处处、事事倾向共产党说话。

如果老百姓发现维持会的人或者发现了特务，就过来报告。如果从鬼子那里听到要扫荡的消息，也会立马报告。根据地的不断扩大，群众基础的稳定和我们组织的比较严密分不开，可以说遍地是我们的人。

从1939年到1941年的这3年，是日寇最猖狂的时候，也是新四军最困难的时候。战士们常常吃不上饭，尽管这样我们还经常要夜里奔袭几十里攻打敌人据点，那种苦是现在的人体会不到的。1941年秋，我们共产党的势力范围扩大，区大队也开始往敌占区进攻。

大概是在1941年的下半年，我从区里面调到区中队当班长。那个时候当班长也不容易，吃苦在前，打仗冲锋要在前，处处带头冲在前。具体时间我记不清了，我们区中队在1941年底到1942年初这段时间，几乎天天夜里到维持会那里伏击鬼子。

独自掩护大队人马撤退

重岗西面的一个王圩子，有一个维持会大队长叫王正连。他有一个特征就是只有一个膀子，但是他打枪特别厉害。他用的驳壳枪能自己装子弹，驳壳枪就是一种半自动军用手枪。我们区队队长叫马帮国，个子高，也很厉害。他们两个人在当时很出名。有一句话是这么说的："河东有个王正连，河西有个马帮国。"

1942年3月份的一天夜里10点多钟，我们区大队出发到王圩南打埋伏，要往梅花赵庄走。第二天早上吃过早饭，八九点钟，刚翻过一个山坡，山坡上面有个大坑，北面不远处还有一座坟头。我们准备在山坡附近休息一会，就在这时，一个当地二三十岁的小年幼（青年）就来报告我们说，四五里外有鬼子维持会的人，都在我们庄子（村）上了，你们赶紧过去。他说鬼子维持会都来了,我们也非常紧张的,因为当时我们打了一夜仗,子弹都消耗差不多了,不能和鬼子硬拼,队长就组织全队往东南撤退。可能因为我当时比较灵活吧,于是队长命令我一人带着枪和五发子弹掩护一个区队撤退。这五发子弹还是土大漏。土大漏是什么呢?就是打一枪搬一枪,五发子弹我打了两发,敌人动也没动。我从坟堆上爬起来,一个愣登起来顺着沟边,从大坑北往南去。因为我在重岗打过游击,对地形路况比较了解。结果我刚到山涧沟,鬼子一梭子机枪从坟堆扫过来,周围满是尘土,但幸运的是我没有被击中。后来我一路向东,设法甩开鬼子,最终追上了大部队。跑到区队里时,大队长对我猛夸,表扬说:"小鬼你真桑(厉害),真行。"

那时候县里有教导大队,专门对部队人员进行训练。一方面训练干部,另一方面训练士兵。比如训练怎么打仗、怎么扔手榴弹、打枪等等。我灵活勇敢,表现突出,被送进县里教导大队三四次。这期间我一直在连队里,也是我不断进步的时候。

打了很多次埋伏,枪支弹药十分紧缺

1943年这一年我打了不少埋伏仗。1943年10月,攻打洋河据点可以说是赢得最漂亮的一战。当时区队的主力因为暗号对错了被鬼子和伪军发现,然后就被敌军主要火力压在据点外。在这种情况下,我带着"小鬼班",从炮楼后侧闯进去,用石灰袋套住维持会会长夫妻俩,然后就往炮楼里扔了手榴弹,将炮楼烧了。维持会会长在这一战中被打死了,这一仗打得很痛快。第二天,我们从洋河到了金镇,当地老百姓就把我们围了起来,还送来了鸡、羊、猪肉、白面粉等食物。仗打赢了,得到了老百姓的拥护,心里想想还是很好的。现在想想,以前打仗就跟"好玩"一样,但那也是拿命拼回来的胜利。

说到这里,我还想讲讲我独自掩护区队撤退的事情。因为这是我印象最深的一次。队长给我五发子弹让我引开敌人，最后我不仅没受伤，还顺利回到了区队。回想起来，有时候连自己都不敢相信。平日里我喜欢一个人在家看电视，尤其喜欢看抗战题材的电视剧。电视剧里的人拿个驳壳枪挥一下，鬼子就倒下一片，这怎么可能呢？小鬼子如果那么好打，我们武器那么好，我们战友怎么会牺牲那么多的？听领导讲驳壳枪其实十分昂贵，我们那个时候哪有那么多枪呢，有的枪都是从敌人手中缴获过来的。驳壳枪也不是每个人都能配的，哪怕是真的要随队冲锋，也会拿一支普通的步枪或者冲锋枪。驳壳枪的威力可比普通手枪大多了。

和日本兵比起来我们的武器就逊色多了。日本兵的子弹是能打多少有多少，而我们则必须节约子弹，好在我们的战士都很勇敢，干部以身作则，连长、营长都上第一线。和日本兵武装到牙齿的装备比起来，当年我们这边使用的只有俗称"湖北条子""老套筒"之类的土枪，常常打不出火来，经常哑火，而子弹更是要省着用。

一直到了1944年，条件就稍微好一些了。有了被服、棉衣、单衣、子弹这些生活和战斗用品，但是这些东西一般都是缴获敌人的。平时我们用的子弹袋子，里面都是用小黍子杆子，折一样长度，撑起来带出去的。每一仗都打得轰轰烈烈，但其中的艰难，也只有自己知道了。

遇上维持会，用手榴弹和部队及时取得了联系

1945年以前我都是在家乡泗洪这附近打仗的，1945年以后我就离开了泗洪，打到了临沂。1945年春节前后，这是我经历的所有战斗中最危险的一次了。在临沂南、燕路口西面有个圩子，我们是去侦查的。当时我的一个战友在做饭，我就去圩子南面放哨，突然看到不远处来了二三百维持会的人。我看到以后马上跑回来通知战友跑，我们刚刚跑到圩子里，他们也到跟前了。我们拼命从圩子跑出来，一口气跑了将近两

里路。跑到了坟跟前,我拿起手榴弹设法和部队取得联系。我们部队都有暗号,如果打两个手榴弹,部队就过来了。部队就驻扎在燕路口东面,离燕路口有三四里路。结果维持会的人就在圩沟上用机枪向我扫射。

最后,在部队的增援下我才顺利回到团部。后来才知道那批维持会的人是一群残兵败将,没有及时撤退的。他们驻扎在那个地方,打,他们也不敢来打,跑,又不敢跑,鬼子也不会再用他们的人了。

三人合作杀了一名国民党排长

1945年三四月份这样子,大概是国共合作的时候,国民党大范围进攻。在桃山下面的一个保长是个"两面派",既当共产党的保长,又当国民党的保长。其实还当了维持会的保长。国民党正在调兵遣将,我们去了3个人,山上国民党有一个排,排长还带着老婆。那天晚上我们想把排长给按倒,结果排长因为吸大烟没来。没来,我们就没回去,在那等。第二天早上,我们在街上碰上逢集,满街都是人。我们穿得破破烂烂的,拐着小粪箕(放粪便的筐),枪就放在里面,上面盖着草掩护。7点多钟时国民党的人来了,他是来买牙粉(刷牙用的)的,我们3个人就跟着他了,一边一个,后面还跟一个。等他牙粉买好以后,我们枪一掏抵着他,3个人一边架一个膀子,后面一个推着他。枪一打响,街上到处跑的都是人。我们也趁乱跑,往西跑了六七里路,到了一个庄子上,有一二十个民兵在接我们。这边接到我们,那边国民党从北面坐着火车进来了,我们镇定自若,没露出破绽。你走你们的,我走我们的,这也是我经历最危险的一次,也是很难忘的。

我后来又到了41独立团、陇海支队(国民党内战时期)、81团,现在泗洪党史上并没有41独立团的记载。

过运北路上抓了还乡团，吃了一次大黍饼

1945年8月15日，鬼子投降后三年内战又开始了。1946年10月份左右，就"过运"了，也叫"过运北"。那天晚上过运河也让我十分难忘。白天我们要往运北去，当时青阳被国民党占领，有很多人参加了还乡团，当天国民党派还乡团回家去。

还乡团是国民党组织的地主武装，在国民党支持下，还乡团进攻解放区到处反攻倒算，烧杀抢掠，无恶不作。还乡团的主要任务是为协助国民党驻军确保其所占据点的安全，妄图摧毁我方各种地方组织，扩大顽化区，建立顽政权，最终目的是夺取农民土地，恢复他们原来对农民的血腥统治。他们到处残害区村干部、积极分子和军工烈属。那些参加还乡团的人都被我们称作"还乡团"。

就在这时候，还乡团的人正好在路上被我们给逮到了。我们遇到的这个还乡团的人呢，是金镇西面一家地主。我和一个姓朱的战友，我记得他姓朱，我们两个人合起伙把这个还乡团送回到部队，当天晚上就留在了归仁四堡吃了一顿饭，我记得吃的是厚厚的大黍饼（玉米饼）。

大雾中渡过运北

吃过饭，我继续过运北，但另外两个战友就留了下来，其中有一个叫朱士广。据说，晚上的时候他们还去偷袭了国民党乡政府。

我从归仁四堡再出发，也没有什么好路，走的都是杂草地。到了洋河东北角，已经是夜里两三点钟了。那是条"双运河"，一边运河比较深，另外一边就和平地一样比较浅。当中有一道岭子，我游到了河当中岭子上的时候已经是第二天早星子（一大早）7点多钟了，是81团1连在对岸掩护我们的。那天正好上了一场大雾，就这样渡过去了。那时没有船，人都是游过去的，驴、马也跟着过去了。到了沭阳一个庄子上大概住了

半个月，部队几个团又进行了合并，我所在的侦察排就属于73团了。这阶段，81团整个就被撤销掉了。

紧接着，1946年宿北战役开始了。全面内战爆发后，国民党以重兵进攻华东解放区，以损失10万余人为代价，占领了苏中、淮南、淮北地区。后又兵分四路从江苏省东台、淮阴、宿迁向山东省峄县出动，企图先占领苏北，消灭分别集结于峄县以东和盐城、涟水地区的山东、华中两个野战军主力。山东野战军和华中野战军奋起反击，在宿迁以北地区联合作战，反击国民党军的进攻。

在沭阳西面有一个叫小海子（音）的地方，我们侦察排接到命令被派到了宿迁北去侦察敌情。到了以后发现国民党部队已经到了宿迁还建起了圩子（围墙），我们就开始围攻这个圩子。在这个圩子里面开始打，从夜里打到了第二天下午3点钟。我那时在指挥所里，我们团负责打北面，26团从西圩子打进去。

多方兵力的共同作战保证了宿北作战的胜利，宿北战役成为华东战区的一个转折点。华东战场从前沿逐步转向纵深，正面战场逐步收缩，兵力也随之集中，以后的歼灭战的规模也逐步扩大。我后来又参加了解放战争、抗美援朝。在1950年，升为连长。

不能忘记过去，不能忘记共产党的恩

当年参军的时候我才十几岁，现如今已经90多岁了。脸上早已经布满皱纹，大半截身子已经埋进了土里。战争中发生的一切都是我难以抹去的历史印痕。我永远也不能忘记，日寇对我们中国人的压迫、剥削。如今国富民强，天上有飞的，地上有跑的，海里有游的。过去战争年代吃的苦，受的罪，走过的路，你们再也不会走了，你们现在走的是社会主义大道。当年参加革命，为的是穷苦老百姓过上好日子，过上安居乐业的幸福生活，现在都实现了。不久前，泗洪老兵志愿者组织我们这群还健在的抗战老兵，一同到徐州的淮海战役纪念馆走了一趟，这真是又让我重温了那段历史。那是我的亲身经历呀，我没想到这么大年纪了还能走那么远。

今天的幸福生活和无数在战争中逝去的烈士们是分不开的，后人永远不能忘记过去，不能忘记共产党的恩，不能只享福而忘了为人民服务的宗旨。希望我们的后代，永远记住这些。

抗战老兵严翠爱
口述自传

与日军激战
我失去了整个下巴

采访地点 | 宿迁市泗洪县上塘镇响桥村

采访时间 | 2015 年 7 月 7 日

采访人　　| 严翠爱

撰稿人　　| 史伟

拍摄者　　| 杨群

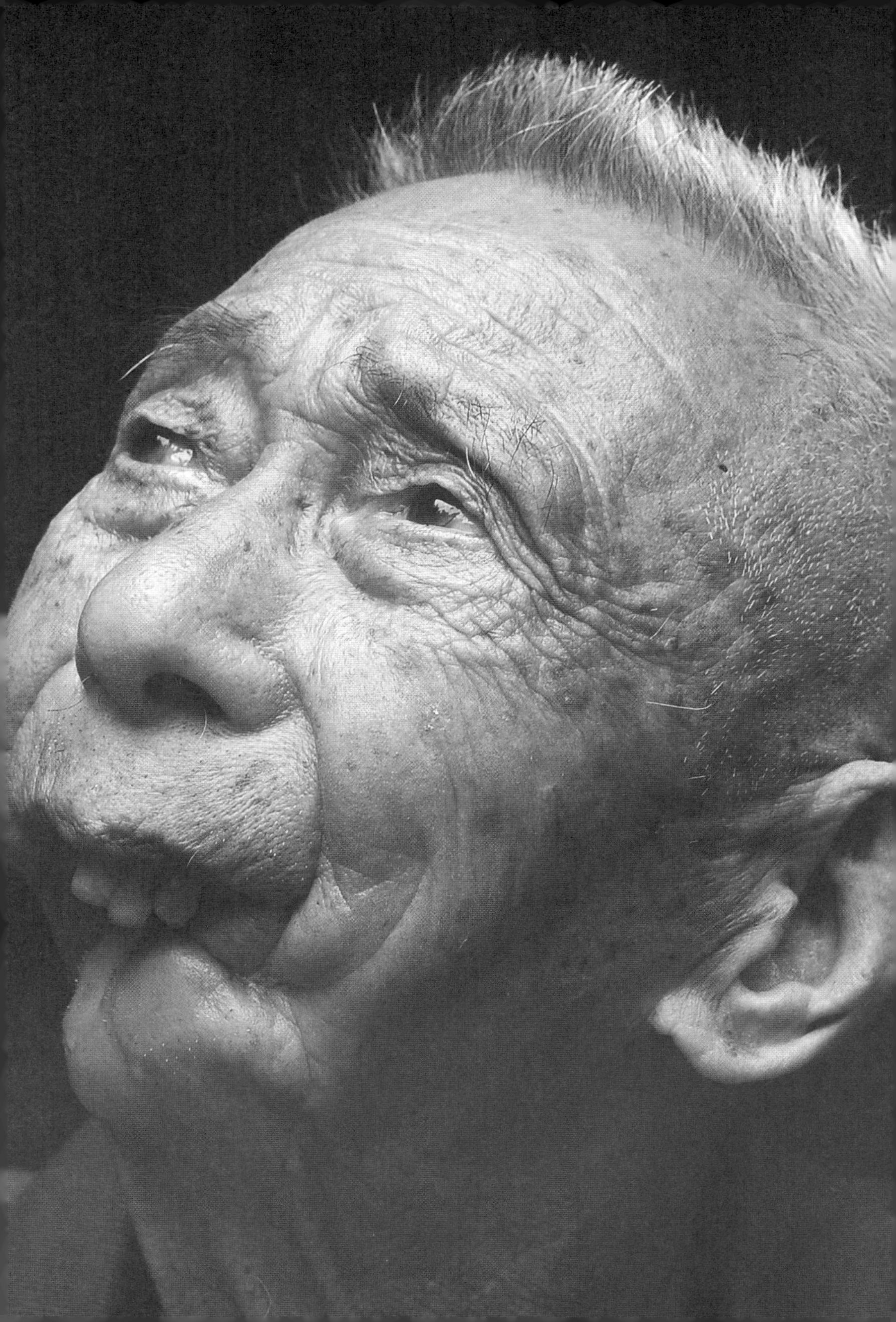

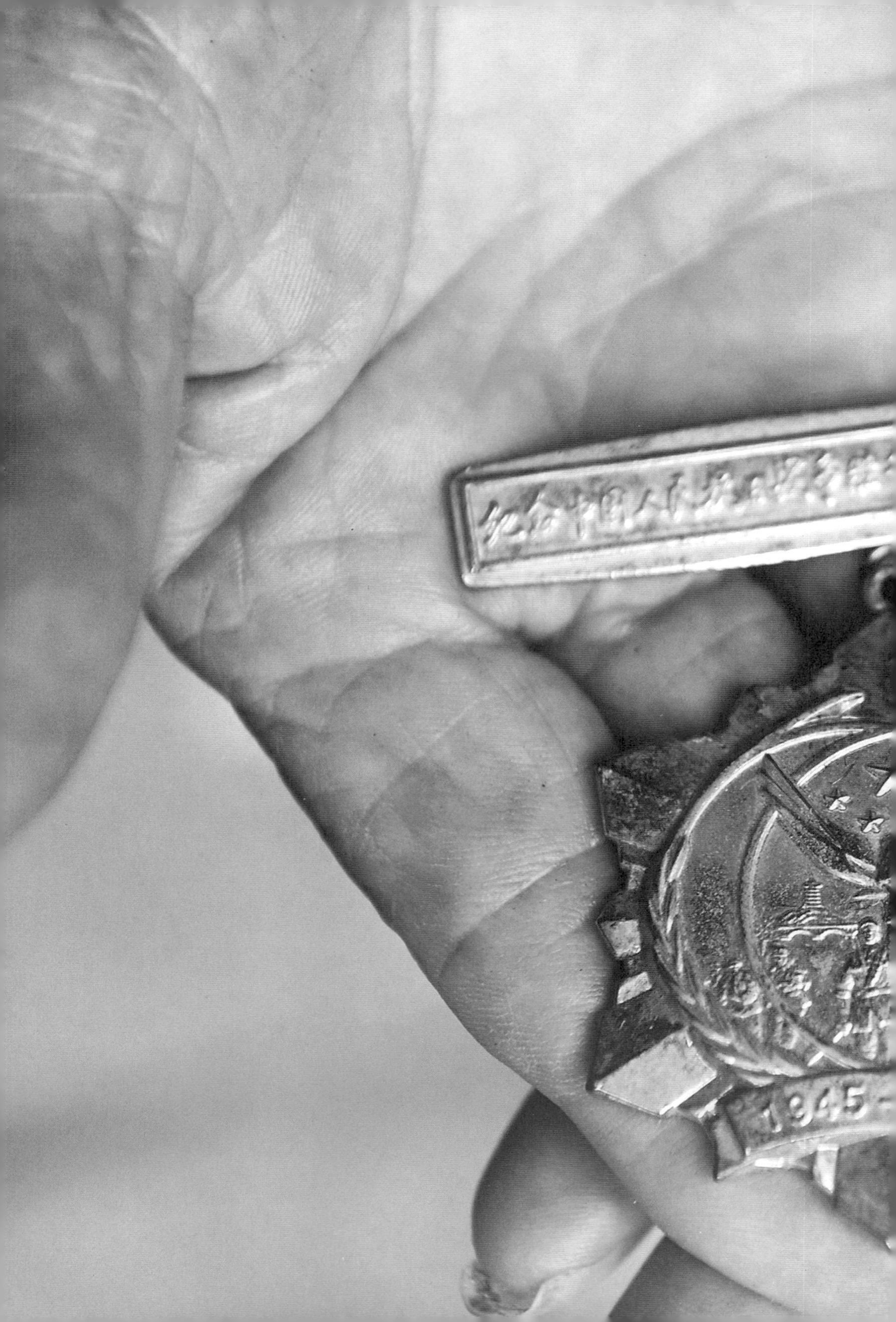
1945-

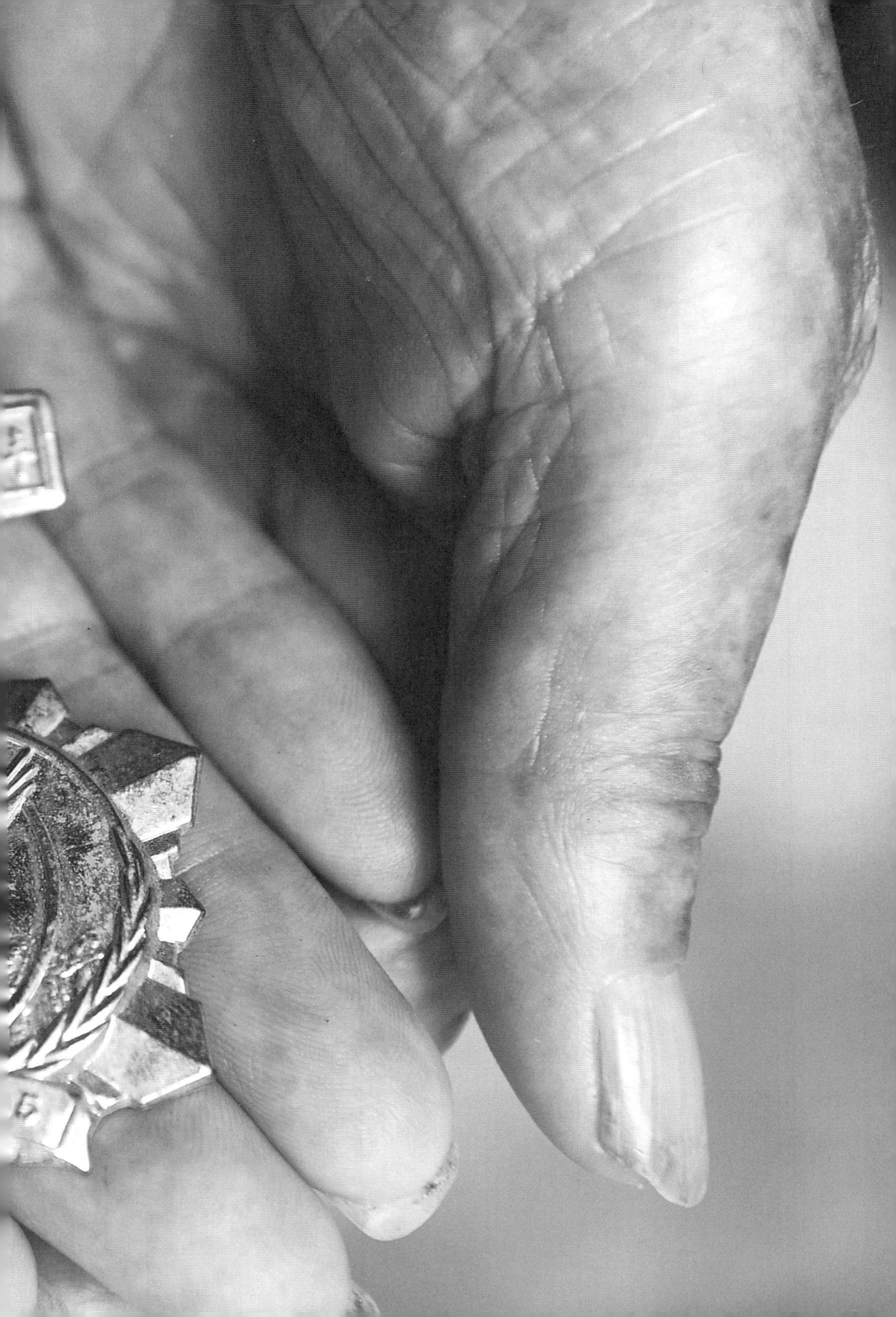

抗战老兵严翠爱口述自传

我叫严翠爱,我是抗战老兵

这大夏天的这么热,你们从宿迁跑过来要来采访我,采访我打鬼子的事情啊?那你们先等等啊,我先回里屋换身干净衣服来,拍照才好看。儿子,你去屋里给我把收在箱子里的纪念章都拿来,给他们看看呐。

我叫严翠爱,我1922年生人,我是泗洪县上塘镇响桥村人,我是一名抗战老兵。

我今年93岁了,我的耳朵不太好,你们和我说话要大点声音,不然听不到。"儿子你来,你来我耳朵边给翻翻他们说的什么问题。""哦,要听打日本鬼子的事情啊,那你们听听我给你们讲讲,这都好多年没和别人讲过我参加抗日战争的事情喽。"

现在想想日本鬼子来此地干的坏事,我还来气,还激动,我来给你们讲讲日本鬼子都干过什么坏事。

日本鬼子进入泗洪县,在泗洪建立了日伪军,强盗、土匪都加入了他们队伍,祸害乡民。因为有日伪军的扫荡,老百姓的日子越过越难。存了半年的几斗粮食叫日伪军抢了去,养的小鸡仔、猪羊也被抢走。自己家的小女孩子都保护不了,被日本鬼子抢去糟蹋啊,连妇女、老太婆都逃不过被糟蹋,这日本鬼子干的都是杀人放火、强奸妇女的缺德事啊。

被人家侵略,要做亡国奴的滋味不好受。日本鬼子经常到村里抢粮草拉壮丁,日本鬼子也是特别地狡猾,每次来村里扫荡抢东西的时候,都是让地方维持会的伪军走在前面,鬼子躲在后面走。日本鬼子想打就打、想杀就杀，村民被骂也不敢还手，还手就是个死。

我那时候年轻气盛，眼看着日本鬼子在自己的家乡肆虐，屠杀百姓焚烧房屋，我气不过，我就离家报名参军，去打日本鬼子。

战斗中我不怕死，不怕流血，等冲锋号一响，我扛着武器就去杀敌，我多次负伤。1942 年冬天在追击日军时下巴中弹负伤，整个下颚骨头被子弹打掉。

淮北 33 天反扫荡战斗

1942 年夏秋季，屋外树林里的蝉叫得欢，门前清清的小河成了同村、隔壁村小孩和大人游泳避暑的好地方，经常有的小孩跳进清澈的河水里戏耍。下傍晚，下湖（方言，指到庄稼地忙农活）忙了一天的村民，也都脱了衣服下河凉快一把。其实那时候不太平的，天天过着提心吊胆的日子，担心哪天小鬼子来了家门口，这日子就过到头了。

20 岁，我告别家人，告别家门前的小河，走过屋后的乡村小路，去参军抗敌卫国保家乡。入伍后，我被编入新四军第 4 师 11 旅 31 团，成为一名对日抗战军人。刚参军没几个月，我便随部队参加了人生中的第一场大战役——淮北 33 天反扫荡战斗。

1942 年 11 月 13 日至 12 月 16 日，驻徐州、睢宁、泗县、固镇、盱眙的日伪军，分五路对淮北抗日根据地进行扫荡，时间长达 33 天。

日本鬼子是全副武装开拔来到此地，就是奔着我们新四军第 4 师来的，想要消灭我们的主力部队。战斗前期，淮北抗日根据地中心区归仁、金锁镇、青阳镇、半城都被小日本鬼子攻占下了。我们也不能坐以待毙，为了能反攻，我们必须要从敌人的包围圈跑出来。那天寒地冻的，战斗打得残酷，武器实力悬殊大不易打啊，我们部队接到上级命令，必须坚守阵地，要破碎敌人的围剿。

我们第 4 师留下一部分主力部队和地方武装坚持战斗，与敌周旋，

并掩护剩余部队,直至转移至敌侧翼和后方,实行破击战。和日本鬼子打仗是讲究技巧的,敌强我弱就不能蛮干,我们的游击战术把日本鬼子弄得团团转。前方接到情报,日本鬼子过来了,我们就先佯装进攻,实则撤退。日本鬼子看到我们撤了,紧追猛打,我们再从日本鬼子后面反包围他们,用智慧跟他们斗。

日本鬼子被耍得团团转,到处扑空。之后呢,小日本鬼子也变精了,改变了战略,不再围着我们打,在泗洪建立一批据点,白天躲在据点里,时不时出来到老百姓家抢掠,或者几个据点串通好了,对我们新四军采取合击战术。

天天都打仗,在33天反扫荡中,我们第4师和地方武装,与日本鬼子进行了30多次战斗。我们第4师先在小蚌埠(音)那里打一次,歼灭了20多个日伪军。隔了一天,在屠园那里和敌人又打了一仗,歼灭了40多日伪军。就这样一场战斗,歼灭一小部分日伪军,30多场战斗打下来,日本鬼子被打怕了,步枪、轻机枪被我们缴获了300来条,小钢炮也有缴获。我们战胜日本鬼子的信心增强了,誓死要为牺牲的战友报仇啊,要把日本侵略者赶出泗洪,赶出中国。

朱家岗战斗是26团团长罗应怀带领打的大胜仗,和敌人周旋了20多天拿下了战斗。12月9日傍晚,26团开拔到了曹庙乡朱家岗。没想到部队后面是悄悄跟踪的千余人的日伪军,深夜时分,大队日伪军趁着黑夜包围了朱家岗,准备偷袭。

战斗是10日早上打响的,天蒙蒙亮,周边地里、坡上和树林里都潜伏着包围新四军的日本鬼子。26团的兵力差不多有500人,一直长途奔袭,人困马乏,弹药也紧缺,如何打这场硬仗是个难题。守住阵地、等待增援是当时敌情逼近下的办法。团长罗应怀带着26团的500多名战士,与敌人展开了激烈的阵地争夺战。

"噼里啪啦……"枪响声不断,每一场战斗都是拿命去和日伪军拼!子弹打完了,大刀举起来,朝鬼子头上砍去,大刀对刺刀进行肉搏战,不是你死就是我亡。

战场异常残酷，说到和日本鬼子打仗心里怕不怕？扛着刀枪去当兵，我就没有想过怕，看着乡亲们惨死在小鬼子的刺刀和机枪下，我一心想着多打日本鬼子，打胜仗。

敌军装备精良，我战友们背着土枪、大刀和几发子弹与日军战斗。部队和日军交锋时打得非常激烈。日本鬼子夺走了阵地，我们又夺回，双方打起了拉锯战。当时日军不时扔下炸弹，"轰"一声，就在身边爆炸。

连续多天的战斗，伤亡惨烈！那场战役，很多相识的同乡和战友都牺牲了，"太惨了，太惨了！"

我的下巴，73年前留在了战场上

在这场长达33天的战斗中，我负伤了。我的整个下巴被日本鬼子打掉了，现在人老了，具体哪天记不清了。只记得那天天很冷，我和战友们在壕沟里，当我们冲上壕沟准备和敌人搏杀时，突然脸上一阵剧痛，一摸感觉整个下巴没了，血和肉挂在原来应该是下巴的地方。整个人蒙了，耳边只听得见枪炮声、炸弹声、厮杀声……

下巴被子弹击穿打掉，血肉模糊！面部遭受重伤的我，在战友的掩护下撤离战场，转入后方医院进行救治。在经过大小几场手术后，我的命保住了，但被日军打掉的下巴却是永远留在了战场上。

负了伤，我就从火线上撤下来，后转到部队疗养院休养治病，一路随部队辗转。1945年8月22日，在山东听到日本鬼子投降的消息，"日本投降了！"连长开大会宣布，战士们都高兴海了（高兴坏了），唱军歌庆贺。山东那边老百姓也高兴，看到我们当兵的都握手，朝手里塞鸡蛋，都不用做亡国奴了。

直到1945年年底，我退伍回原籍务农。后来，我被部队定为三等甲级伤残革命军人。回到泗洪，经人介绍结了婚。人家姑娘也没有嫌弃我没有下巴的脸，和我结了婚生了孩子。那个被日本鬼子打掉丢在战场上的下巴，给我带来的不仅是肉体的疼痛，给家人带来痛苦，更是给我后来的生活带来很多麻烦。

  因为没有了下巴，我不能咀嚼了，根本不能正常吃饭，负伤后的70多年里，我只能喝稀饭、烂面条等流食。吃流质食物，也吸不了，只能把饭装进碗里、茶缸子里，头高仰起来脸朝上，然后往嘴巴里慢慢倒饭菜。这样子吃饭喝水，我也是不方便到外面去吃饭，怕吓着别人。我的家属人很好，仔细照料我的生活，我的儿子、儿媳妇都很孝顺。我家属去世后，我一直和儿子生活在一起，孝顺的儿媳事无巨细地伺候着我的生活，非常细致地照料我的身体，在我不方便时喂我吃饭喝水，我能活这么久，全都靠他们照顾。我能活到90多岁，还要感谢共产党关心，给我钱，让我不愁吃穿，感谢国家一直想着我们这些半截身子入土的老兵。

  你看我在手里的这些纪念奖章，我都好好保存着，几十年了，我到哪纪念章到哪，这都是我军旅生涯的记忆，也是我对战友们的怀念。如果日本鬼子再来侵略，我还会拿起枪去战斗，去杀敌报国。

抗战老兵彭顺银
口述自传

用生命在送炸药包

采访地点 | 宿迁市泗洪县界集镇　淮北抗日纪念馆

采访时间 | 2015 年 7 月、2017 年 9 月 30 日、2018 年 9 月

采访人　 | 彭顺银

撰稿人　 | 裴凌曼

拍摄者　 | 杨群

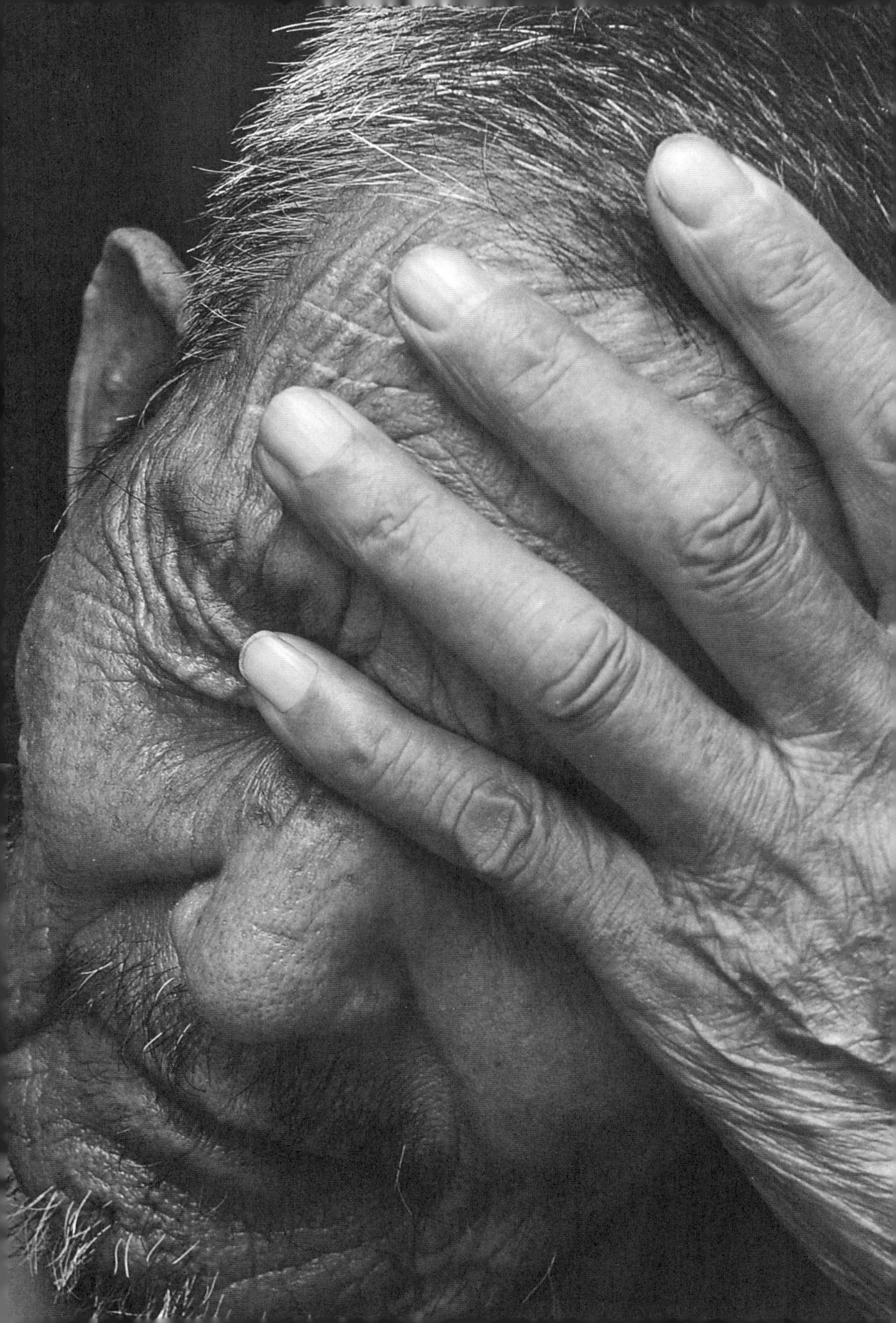

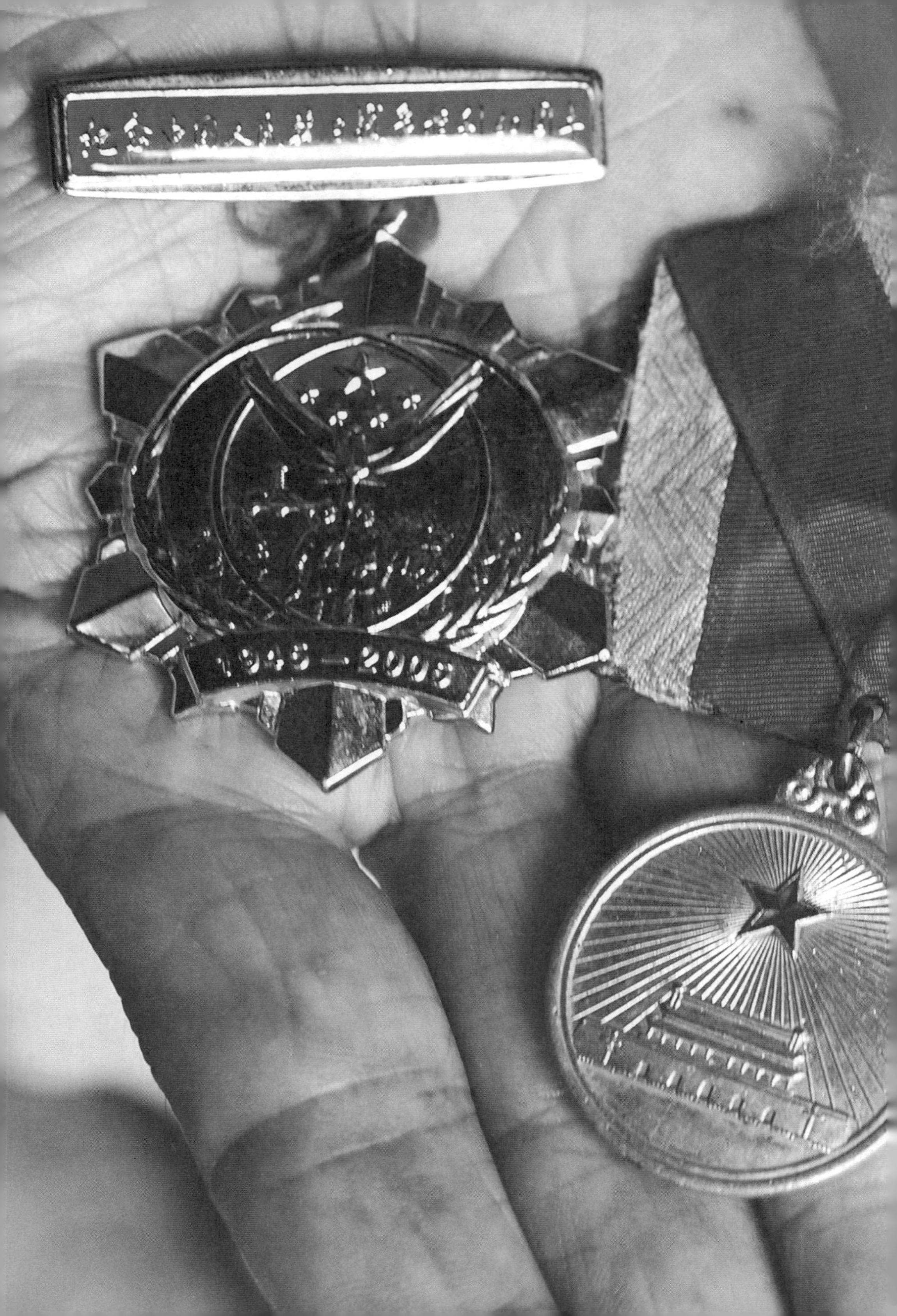
1945—2005

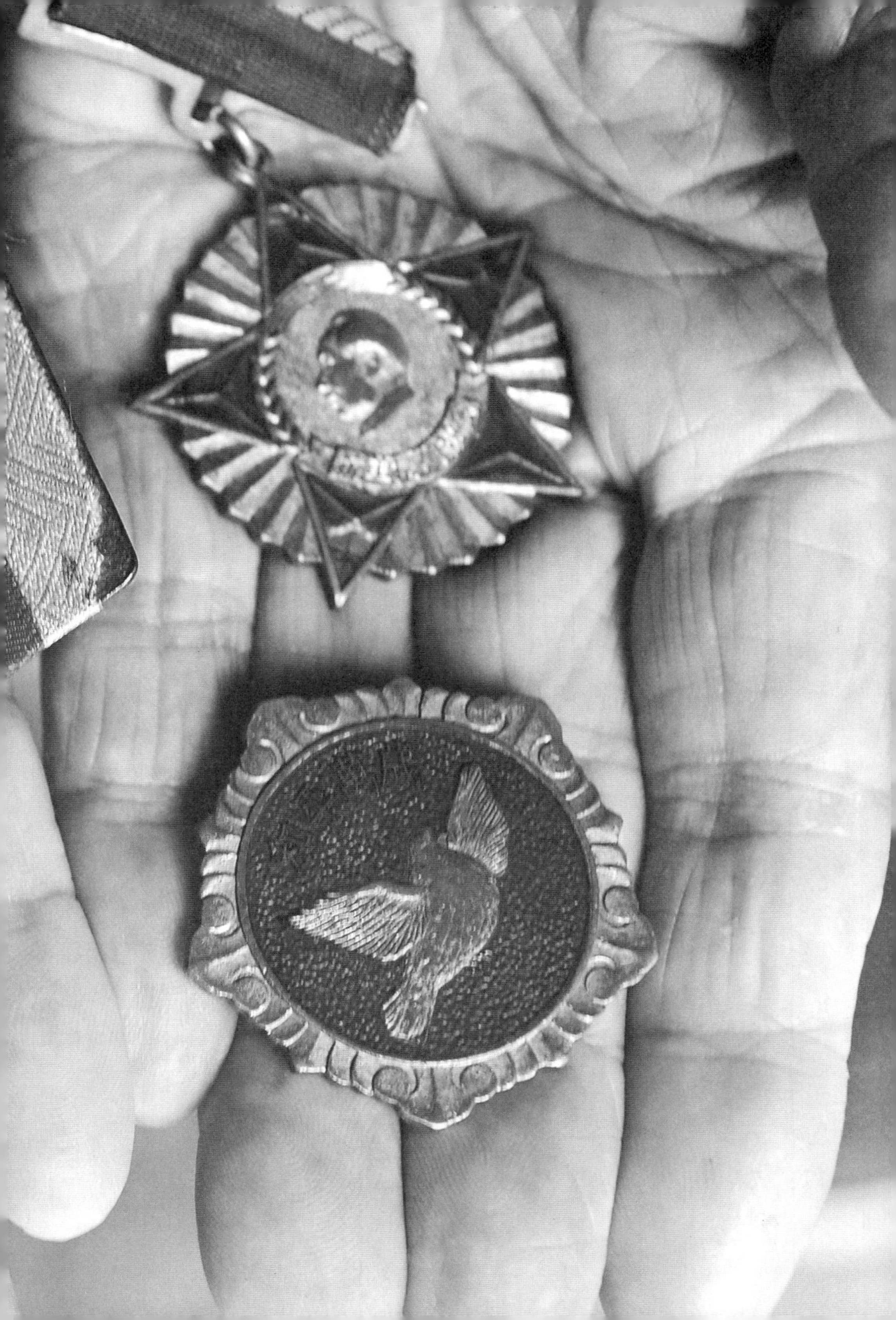

抗战老兵彭顺银口述自传

父亲要饭，我做雇工

我叫彭顺银，生于1925年，算来今年已经93岁了，我的老家在泗洪县界集镇山头村唐马六组。

我的家里很苦很穷，原本兄弟姊妹6个，但是等我记事的时候就只有姐弟3个了。我哥哥小名叫"金斗"，大名叫彭祥如，一个姐姐叫大花，另外一个小姐姐叫小花，但小姐姐后来也去世了。

1942年11月至12月这个时间段，日伪军对淮北抗日根据地进行了长达33天的大扫荡。那年我17岁，父亲要饭，我在山头地主孙一福家做雇工，照顾地主家儿子。地主家小儿子小名字叫大路子，大名叫孙家连。

日本鬼子扫荡的时候我背着小老板（大路子，我们都叫他小老板）跑到洪泽湖老曹营（音）附近的一菜地里躲起来，小老板哭，不肯走，我就把小老板护在我的肚皮底下，我怕日本鬼子丢炮弹机枪扫射到他。我打到没有事，如果打到小老板，老板就不让（饶恕）我了。后来，日本鬼子飞机飞走了，炸弹丢过了，我又给他背到山头。我到山头，看到老百姓房子烧了几百间。我看到村里一个地主孙家奇家的一头大花牛给炸死了。雇我的地主家的老板娘被炸得血头血脑的，身上都是血，我就把小老板放到老板娘身旁了，之后我就回家了。

瞒着一家老小我要去当兵

看到日本鬼子欺压百姓的情景，我就心想，不能再受日本鬼子欺负，不能再做牛马，不能再做奴隶。我要到前线去，我要去当共产党员，解救穷苦老百姓。当天，我就报名去参军了。我走的时候大队也不知道，爸爸妈妈不知道，兄弟姐妹都也不知道，我去参加人民子弟兵，一干就是15年半。

我先跑到区队，区队大队长是王德才。王德才是个好人，可是后来被国民党还乡团给杀了。"还乡团"就是解放战争时期国民党组织的地主武装，他们在国民党支持下，随国民党军队进攻解放区，到处反攻倒算，烧杀抢掠，无恶不作。那时候很多共产党的干部和普通群众被还乡团杀害。

从区队离开，我又跑到泗阳总队，在第七大队的文工团里，天天教

唱唱（泗洪方言，指唱歌），唱得我实在"急逗"（泗洪方言，指着急）了，我来当兵是要去打仗的，不是来学唱唱的啊，于是我一个星期没张口。饶子健、周华清都和我在一起，他们都给我开过会，找我谈话。饶子健老首长和我谈过两次话，他问我："你怎么不张口唱的？"我说："我不想在这里。"他问我："那你想上那里去？"我说我想上战场打仗解救穷苦老百姓，后来饶子健老首长看我如此坚定，就派我下部队了。

装成哑巴孩子打游击

还是在日本鬼子扫荡那年，我们天天和大褂队、日本维持会、还乡团、汉奸展开战斗。沿着临河、大兴庄、仓集、洋河、宿迁城这样的路线，小日本在熊码头弄了个据点。白天小日本带着维持会、大褂队架天线、埋电话桩，晚上我们就去了，我们就在洪泽湖、成子湖、下（音）一门、李口等地打游击。打游击也并不是那么简单的，敌来我撤，敌撤我进，敌人睡了我们扰。白天安的电话桩，晚上我们就要给砍掉。我讲的这些都是千真万确，一点错字都没有的，安好的电话线，我们也要扯掉，安上就扯掉。

我在界集、方岗圩、朱湖、马宅都打过仗，从下连队的第一天起就天天打仗。有一次，在金镇南大桥南端侦察敌情，日军从青阳出发去泗阳。我化装成拔草的孩子，在山芋地里拔草，不一会，日军的先头部队就来到我面前。上来一个敌人就揪住我的耳朵："小八路！你在干什么？"我一直装哑巴，不说话，敌人也没办法就将我交给了一个骑马的军官，骑马军官也问不出什么来，气急败坏地说："妈的，怎么找个小哑巴？"说着又踢了我一脚。等敌人走了一里多远的时候，我赶快从地里把枪扒出来，向黄圩营地跑去。之后把敌人的动向，向韩志修连长报告，韩志修立即命令二排长带全排出发到罗圩伏击。经过几个小时战斗，我军活捉了两个俘虏。

枪林弹雨中保家卫国

我的记忆不行了，头和胸部都受过伤。大概是在1944年底到1945年初的时候，我上升到主力部队81团。从1945年到1946年底，我先后参加了盐城战役、宿北大战等大战。我所在的班是爆破班，每天扛着几十斤的炸药包跟着部队跑。我当过爆破员、爆破组长、爆破班长、爆破队长，可以说是在枪林弹雨中保家卫国。

那时候行军一天都要一二百里，行军路线走的最多的就是湖边、草地、山崖。为了安全起见，部队白天隐蔽，夜晚或是雨雪天行军是经常的事。和这些比起来，战斗中多次执行爆破任务却是让我这一生都难以忘怀的。

炸药是一块一块的，用布包起来，越紧越好，8斤、10斤、20斤、30斤都有，要根据敌人碉堡的坚固程度来做炸药包，然后把导火索插进去。我每次都是在敌人的枪林弹雨中扛着炸药包前进，最激烈的时候，我不得不将炸药包藏在肚子底下前进，背在身上就容易被头上的飞机子弹打中爆炸。1946年参加宿北大战时，我一个人执行了4次爆破任务，每次都圆满完成。

踩着牺牲战友的身体走出战场

在沭阳守备战中，我受了重伤。在转移中，我坚持跟部队走，鞋子掉了就光着脚走，脚上都是泡，整只脚磨得血肉模糊。在仁和圩战斗中，因仁和圩外围有敌人的几个据点，要攻占仁和圩就必须首先拔掉外围据点。当时我负责攻占仁和圩外围的钱圩据点，进攻时，敌军死死守在据点内，用大炮向我军猛轰。敌人当时使用的是"梅花炮"，我用隐蔽前进的方式，一步步接近敌人。其实，在炮火中前进真不容易，每前进一步，周围就被敌人的炮弹包围，几次我都被炮弹掀起的泥土埋住。快冲到钱圩据点时，敌人的炮火打不着了，我和几个战友一跃而起，乘机果断冲进圩子里，和敌人展开巷战，这时天都黑了。经过艰苦战斗，我军取得了仁和圩战斗的彻底胜利，全部歼灭敌军69师第3旅。

虽然是取得了胜利，可是当时到圩子里面时，就剩我一个人了，一个人还怎么打。于是我就赶紧从圩子里出来。出来后，我看到已经牺牲的战友，我心疼呀，他的尸体就在那，我不忍心呀，想把他带回去，可是我必须踩着他的身体才能回去，没办法带。

没走多远，我听到两个人在谈话，我的班长在问一个战友："小彭呢？"他们都以为已经牺牲的战友是我。我听到了立即报告："我来了。"来不及多讲话，我们立即继续战斗，向钱圩南面进攻，追到一个水塘子旁边，水塘里一冒一冒的，这里面肯定有人，于是我向班长报告，班长也跑了过来。我对着水塘里面的人说："手举起来，上来。"这个人就举着手上来了，还缴获了一支枪。最终，四个人从战场上走下来，只有我是完整的了。

送炸药包是用生命在送

送炸药包，是生命攸关的事情，上战场前我们连长都会动员的。其实，送炸药哪有人送啊？没有人送呀！我彭顺银的命就不是命吗？你不送，没人送；可没人送，敌人就在那嚣张，消灭不了，没人送怎么办？我送！我自己把手举起来了，但是一个人不管送（方言，送不成）。部队连长说，小彭你送炸药包我们支持，可是吹号谁来吹呀？这时战友王连升同志说，我和小彭两个连送炸药包又吹号。王连升带着炸药包向土炮楼那跑去，可是往那土炮楼那一靠，手就被打掉了，只剩下一个膀子了，每次想起战友，我都伤心落泪。这场仗，打死了敌人二三百人，俘虏一二十人，有日本鬼子的人，也有大褂队的人，从那以后日本投降了。

我所在的部队继续向南，来到临沂进行"100天大练兵"，为打内战做好准备。我们提高警惕，天天训练，我记得那是6月份，雨下得特别大，泥水都到了马的肚皮底下了，人就更不用说了。

就在抗战胜利后的1946年6月下旬，蒋介石调集50万大军对苏皖解放区大举进攻，开战伊始，敌军兵锋甚猛，天空中战机隆隆，地面上坦克滚滚。华中野战军在粟裕的指挥下，七战七捷，歼敌5万，逐渐控制了战场态势。其中王必成率领6师在一个半月内接连五战，歼敌1.2万人。苏中战场胜利在望，相邻的淮南解放区形势却急剧恶化。在国民党三支主力的强攻下，解放军被迫撤出淮南根据地。

蒋介石派部队不断向我们进攻，没办法，这时候我们被迫撤离。淮阴是苏皖解放区的首府，战略地位重要，得失事关全局。因此，解放军山东、华中野战军主力要紧急驰援。涟水城西南距淮阴35公里，南距淮安30余公里，是苏北地区的重要门户，也是联系山东解放区与苏中地区的枢纽，具有重要的战略地位。7月底淮南解放区全部陷落，8月整个淮北区被敌人占领；9月又在极为被动的情况下，痛失苏皖解放区

首府两淮(淮阴、淮安)，国民党军兵临苏北涟水城，涟水战役正式打响。华中战局迅速恶化，苏中地区也因华野主力急速北移而迅速变为敌后地区。在运河以东的苏北地区，我军仅控制着涟水、阜宁、盐城、沭阳四座县城，敌人从南北两线对我军的半包围之势已经形成，使我军内线作战的战场变得十分狭窄。我跟着部队继续参加战斗，后来继续参加淮海战役、渡江战役、抗美援朝等。

1948年淮海战役时候，我哥哥去部队看我，劝说我回家。我既然来当兵了就不能随便回家。我和哥哥说，你回家吧，回家照顾妈妈。可那个时候家里哪有吃的呢？我哥哥的老婆是个瞎子，生了一个闺女一个儿子。没吃的我哥哥就用笆斗挑着孩子上街要口吃的。我父亲忠厚老实一辈子，他去世我都没见到最后一面。我的妈妈苦了一辈子。我从部队回家，只见到了我的姐姐。我的妈妈就再也没看到我了，因为她眼睛瞎了，我看到她时头发也白了，也听不见了。

渡江战役期间，我被抽调到地方。因为毛主席号召中国人民解放军既是战斗队又是工作队，组织上指定我下地方做工作队，我积极响应，到了浙江工作队。那时候我当排长，也是连队党支部副书记。排长以上当时都发那个"橡皮圈"（救生圈），防止渡江时候，木头船打坏漏水掉江里面，可以自救的。但是我把它送给了战士。领导看到了说我，如果你负伤掉水里怎么办？我说，我可以游泳。就这样我们从巢湖到了安庆。

我参军期间什么大仗、小仗、恶仗、血仗都经历了

蒋介石反攻大陆时候我住到了浙江海门。我所在部队连长叫李俊，我接到连长命令，让我把敌人反击下去。我说："保证反击下去。"可是机枪班却不在我这，在山头。连长立即安排3排机枪班给我，结果真的给敌人打下去了，但是也牺牲了很多人。我的头就是在那次"马山反

击战"中受伤的。毫不夸张地讲,机枪跟洒麦种一样,炮弹跟雨点一样。三班副班长姓蔡,被炮弹炸得都吓愣了,我提醒他趴下,才反应过来。

打仗是最不容易的,战争是无情的、残酷的。现在我每天会出来散步,跑公园里面转一转,很多认识我的人都喜欢听我讲打仗的故事。

那些年行军打仗的日子,真的是历历在目,可是因为时间长远,很多我已经记不住了。我的老伴负责照顾我的生活起居,儿女们都对我很好,他们在外做点生意,有时间还会带我去烈士纪念馆看看走走。我家里收藏了纪念章、军功章,这些可以说是我拿命换来的,我很珍惜,小心翼翼地保存着。

如今,每次回想起那段岁月,都仿佛又回到了那烽火连天的战斗中,看到了亲如兄弟的战友。每当和年轻人讲起那段历史时,我都忍不住涕泗横流。现在,我只希望年轻人不要忘记过去的苦难,珍惜来之不易的幸福生活。

老兵耿立华口述自传

（本篇稿件介绍的老兵耿立华，在身份上因当年是地下党，新中国成立后只是被认定为复员军人，但他是目前宿迁唯一幸存的曾被抓到日本做劳工的，且参加过战斗的老兵。他的故事是一段重要的史实，有非常重要的历史价值，因此选入本书稿。）

做过地下党、做过日本劳工此生不忘为国尽忠

采访地点 | 宿迁市沭阳县胡集镇胡南居委会陆庄组 384 号

采访时间 | 2018 年 9 月 13 日

采访人　| 耿立华

撰稿人　| 仲文路　史伟

拍摄者　| 杨群

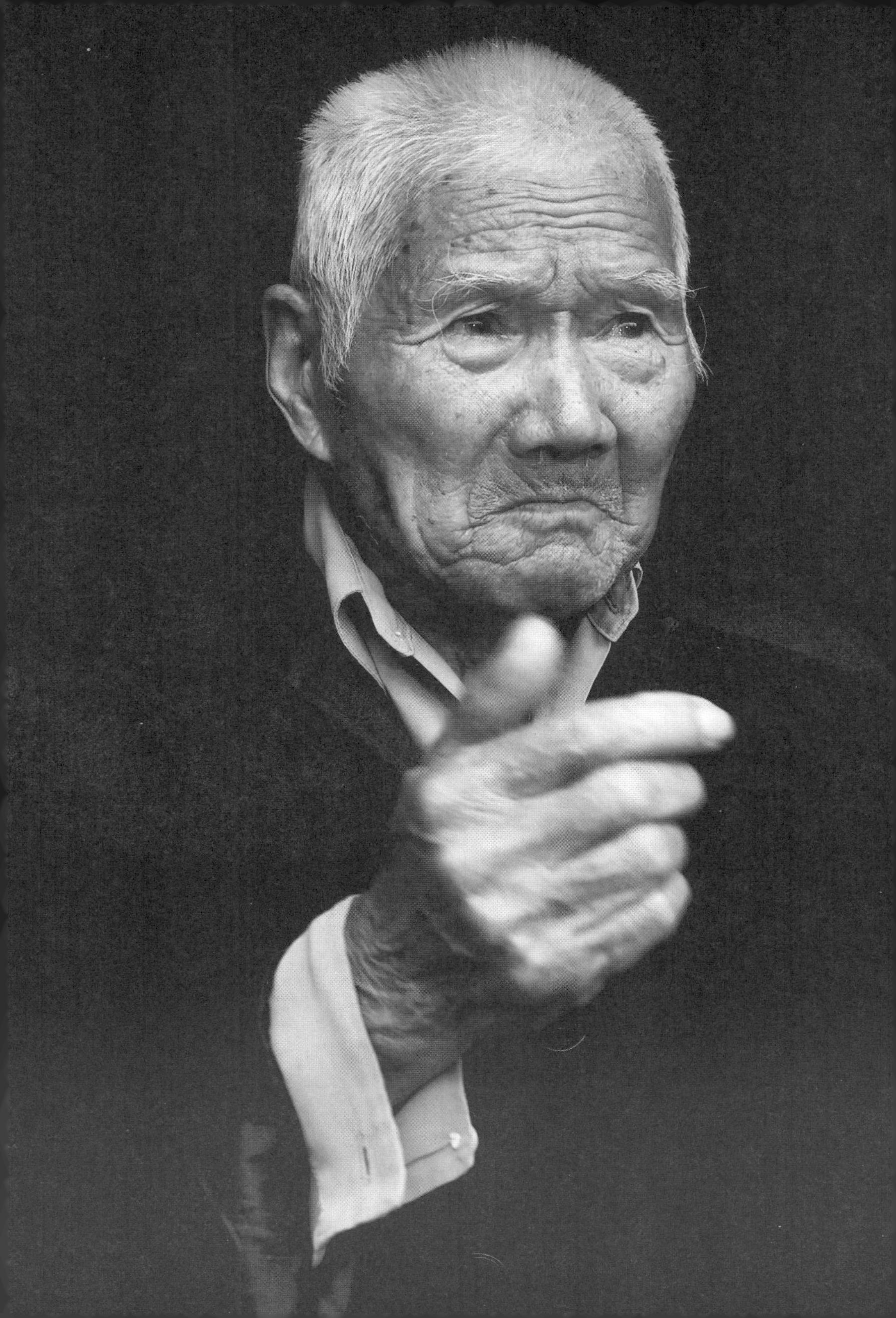

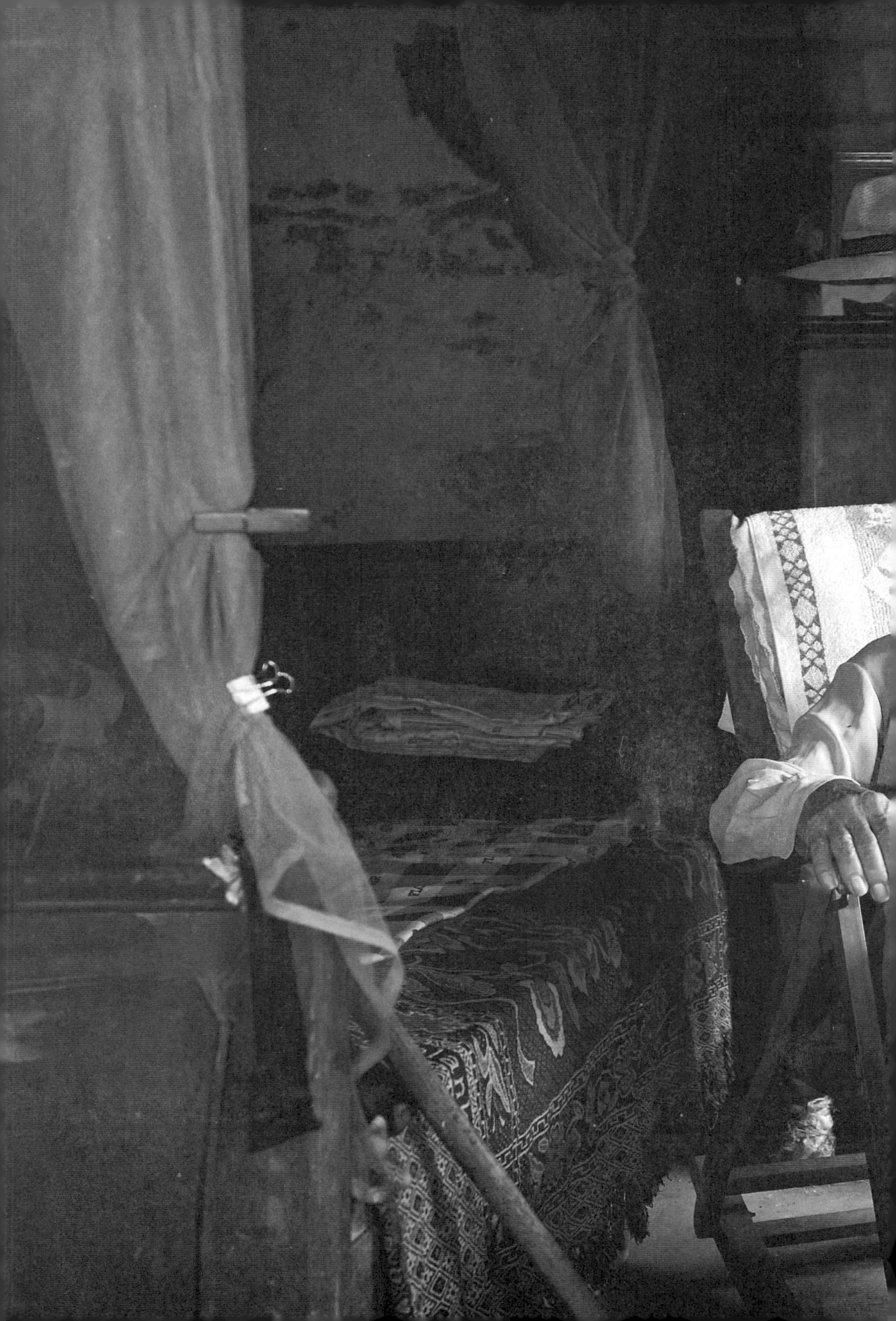

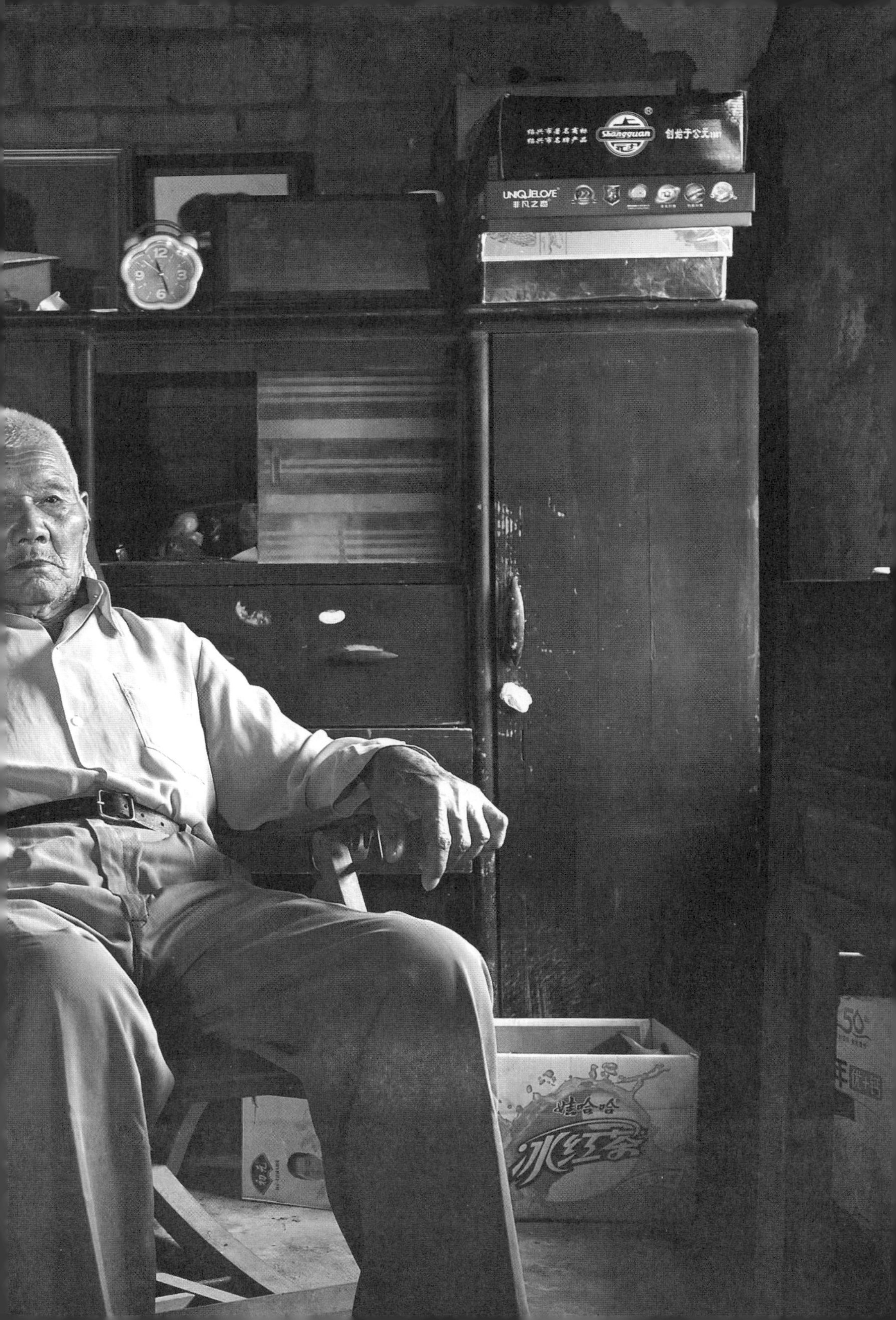
Shangguan
娃哈哈
冰红茶

老兵耿立华口述自传

15岁成了地下党，潜伏在群众里

我叫耿立华，今年已经96岁（虚岁）了。我14岁前在家种田，15岁学了一年木匠。那时候，我的父亲耿开始在家务农，大弟耿立富当民兵，二弟耿立武在家念书。家里有十八亩地，房子三间，依靠父亲和我弟弟耕种田地维持生活。

1938年8月，日本鬼子进攻苏北，把地方上大部分粮食都抢了，穷人家也没有吃的，当时地方上出现了土匪，抢吃抢穿，我在木匠家，被土匪控制了两个多月。11月，新四军来到了苏北，土匪有的投了新四军，有的散伙了，我这才回到家里种田。17岁时，我参加地方民兵，站岗放哨和盘查来往的路人，不站岗时就继续种田。

日本鬼子刚到沭阳城时，沭阳的老百姓都开始跑反，许多都跑我们这边（从城里跑到乡下）了，此地都是外地人跑来的。我家属那时候17岁，他父亲跟我父亲是把兄弟，小时候定的亲。鬼子进沭阳后，我的岳父想把她送来我家，但我家一开始不答应，觉得我年纪有些小了，后来又答应下来了。腊月二十六，我15岁，我们俩就结婚了。

结婚那天上午，我抬着花轿把她抬了回来。当时此地还没有日本鬼子，她穿着凤冠霞帔来到我家，我们拜了天地，喝了交杯酒。一直到晚上，我掀开串着珠子的盖头才看到她的样子。我们也不知道怎么说话，我掰了一块"开口糕"（云片糕）给她吃，她才开口说话。那时候，我很小，感觉就跟看热闹似的，她喊我"小弟"，我喊她"大姐"，后来被我奶奶给骂了，说是乱了纲常。后来我俩再也没有喊过对方。在外面，如果她有事找我，就拽拽我的衣服，我有事喊她就拽拽她的衣服，然后到一旁小声说话。

翻过年（过完年），正月十七，日本鬼子就进胡集了，到我们胡集的西北角安了据点。有一天，县大队从东边的张圩开了过来，游击队员在打听日伪军的情况，县长吕镇中来到我们老家门口跟我奶奶聊天说："此地有我亲戚。"我奶奶就问："你亲戚姓什么？"他回答："姓耿！但是不知道在胡集哪里，我从小就听说的，但没人来过。"我奶奶就说："你家姓什么叫什么呢？"他又回答："我家姓吕，是吕官庄的。"我奶奶告诉他："我们家就是你家的亲戚！"自此，我家多了一门亲戚，我悄悄地跟着吕县长闹革命了。

1939年2月，我在沭阳县胡集乡胡南村加入地方民兵，那年我16岁。当兵后，我没去上战场打仗，而是做了一名地下党。她一开始不知道，后来泗阳县一个乡有个姓管的乡长介绍了我家属入党，做革命工作，后来她才知道我是地下党。除了她知道以外，我们全家都不知道。地下党工作其实就是潜伏在老百姓中，了解哪里有地方民情，还有各人的行动，看看有哪些人是倾向日本鬼子的。她有时候说回娘家其实就是去军分区了，或者是去边区搞宣传去了。我奶奶一开始不知道，常问我："你媳妇呢？"我常常跟她打掩护，说她妈她爹生病什么的。

因为工作危险，我们曾经约定只要我不死，她就不改嫁。她19岁那年，我17岁。

我们地下党都是单线联系，直接跟上级领导联系，每个地下成员之间也都不认识，自己搞自己的工作。如果都认识，一旦有人落网，那么就会被人一锅端了。开会的时候，都是晚上开，一人蹲坐在一个角落里，不开灯，不允许两人以上的人坐在一起，更不允许交头接耳。等散会的时候，你奔东，我往西，大家各自散开。

我到现在都记得我们大区的领导，叫孙春任（音），是从南方调过来的外调干部。因为跟我母亲娘家一个姓，我就认他做了舅舅，他是哪里人，我倒是不知道。不过，我们关系特别好。因为我常去军分区走动，跟军分区六团的团长还有蔡政委也处得很好，蔡政委晚上都喊我到他那儿睡觉，其实睡觉的时候就是他教导我的时候：遇到事情应该怎么办？一定要沉着冷静！万一被抓住不能暴露实情，一律采取"我不晓得"的方式，不暴露的话还能救下许多人命，暴露的话除了自己死还要拖累许多人。我都暗暗地记下了他所说的。没想到的是，真有那么一天，我被鬼子抓住了！

我遭人举报，被日本鬼子抓住下了大狱

我17岁那年腊月的一天，发生了一件改变我命运的事情。那天天气挺好，我的一个亲戚来我家求我奶奶帮忙，原来她家亲戚被区大队抓住了，怀疑是亲日分子，要枪毙！就连区里领导的警卫员出面担保都没有保下来，这人的嫂子也就是我亲戚，就来求我了。我犹豫不定的时候，我奶奶说："孩子，去找你舅舅说说情吧，我感觉他不是坏人，都是知根知底的，救人一命胜造七级浮屠。"我听了我奶奶的话就去找我舅舅了，他问我能不能担保这个人没问题，如果要出问题就拿我是问！我说："这人如果出问题拿我是问！"这才将这个人担保下来。后来，这个小大哥（小伙）就被我舅舅留在自己跟前了，听说后来还当了团长。

本来我是做了一件好事，但是这件事情后来被一个特务知道了。他就抓住这点不放，他认为：就连警卫员出面都没能做到的事情，我却做到了，我肯定跟区大队有不可告人的关系。这个特务害怕我会办他事（抓捕他），就想法子把我的情况告诉了日本鬼子。

我记得那天，我从我救下的那个小大哥家出来，经过一个乱坑（乱葬岗），那是一条南北路，距离胡集还有里把路（一里左右的路）的时候遇到了一个老头，我知道这个老头不是什么好人，我心想，不好，他是不是看见我从那个人家出来了。我当时就琢磨着，回家看看，能待就待，不能待着赶紧跑。

一到家,我看见家属正在晒花生。我奶奶看见我回来就跟我说家里水缸里面水没有了,家属便给我两个木桶让我去挑一些回来。我一边应下,一边说:我去找扁担。一回头,日伪军就进了家门,我就被扑(被捕)人家手里了。家也被抄了,东西也被抢了,就连那几个同志留在我家里的枪也被搜走了。

被刑讯逼供,我咬牙坚持没暴露消息

我被日本鬼子带到了沭阳县城,一天三番五次地审我。我就咬死了说:"我还是个孩子,啥也不晓得。"可是那个揭发我的特务却盯住了我,认为我肯定有问题,对我说:"人小鬼面大(人小鬼大),都能保住一条人命。"所以,鬼子拼命审我。

虽然鬼子拼命拷打我,但我死咬着就是没说,一口咬定自己就是孩子,啥也不知道。后来,鬼子也发狠了,拿着刺刀放在我的脖底(脖子下面),顿时凉飕飕的感觉让我汗毛都站了起来,我当时心里只想着:海了(完了)!随后便晕过去了,直到第二天才醒过来。

天亮之后,我发现自己在禁闭室。我心想,鬼子应该是消除对我的怀疑了,这条命保住了。等吃过早饭,3个日本鬼子来到禁闭室,把我逮出来,这时我才发现我父亲也被逮来了,我知道他是受我牵连,我当时眼泪就掉下来了,但他轻轻摇摇头,示意我不要哭。

3个日本鬼子一个在前面,剩下的两个把我们爷俩夹在中间。我看着这个架势想着,完了!是要枪毙我和我父亲!后来,他们带着我们在沭阳大街转悠了一圈后,结果没枪毙我们,却把我们带到了县政府大牢里,给我们俩戴上了9斤重的大镣(镣铐),后来日本鬼子就没问我们爷俩。大概3个月以后,日本鬼子又来了,把我们的大镣用工具给錾开,开汽车堵在大牢的门口,把我们绑起来带到了汽车上,我心想:这次是真要带我们去枪毙了。

我可能是命大，这一次我又没有被枪毙，汽车带着我们来到了连云港。到了连云港，我们又被关进了禁闭室，这个禁闭室是一个水牢，里面有尺把深的水，上面有一块板，人就蹲在那里。睡也不能睡，走也不能走，只有吃饭的时候才放出来。我们在那边坐了3天牢，就被带出去洗澡换衣裳，然后就上了去日本的舰船，到了那才知道我们是来当劳工了。

其间，我们部队知道我被抓的消息后，本来想花钱买通鬼子把我救出来，可是钱是使了很多，但他们就是不肯放过我。到最后，日本鬼子放出一句话：要回家就给枪毙了，不回家就去日本做劳工。后来我就去日本"劳改"了，我是和我父亲一起去的，临走的时候家里还有啥人，我们一概不晓得了。

在日本做了3年劳工，当"奴隶"的滋味不好受

后来我才知道，日本鬼子在苏北地区抓了有700多名劳工，先是把人押到了徐州，并把同一个地方的人全部打散，所以我到连云港的时候，一起来的就剩下4个人了。再后来被押送到了日本国北海道当劳工。

我们在北海道做劳工，其实就是去挖矿的，挖水银。整天待在矿山上扒烂泥，然后放在水里淘，把水银淘出来，淘出来之后还不能放在地上，一旦碰到土地，这水银就不见了，要找纸，把水银放在纸上，接着烘干水汽，再倒进瓶子里。

劳工里不但有中国人，还有美国人，只要在战场上被俘虏去的，都来做劳工。我们矿区叫本分（音）矿区，有几百人。每十几个劳工就有一个日本人看守，白天小鬼子看着开矿做工，到了晚上就给我们关在大院子里，外面还有鬼子巡查，成天（天天）挨饿，我们那批180多名劳工，病死了21个，残废了9个。生病的话就给点药吃，死了就烧了。平时

我们吃不饱，没力气，干不来重活，就天天挨鬼子打。没有受过别的训练，只有干活。鬼子叫你说日语，不会说也是挨打。那时候才感受到，没有家，没有国，没有依靠，像个奴隶一样活着的感受。

在北海道矿山里，我干了3年劳工，一直干到日本投降。一开始我们是不知道中国胜利的消息，直到有一天，我们发现没有鬼子来看着我们干活了，我们也觉得奇怪，后来从一个女鬼子的收音机里听到：日本已经投降很多天了！

整个矿山都沸腾了，我们劳工队自由了！没过几天，国民政府派遣的翻译官到了，他们帮助我们成立了纠察队维持治安，但他们却没有要接我们回去的意思。

与此同时，美国大鼻子也来了，他们也成立了维持会，但他们的维持会经常会瞎胡来（胡作非为），老是打砸当地人。我们中国人还算是本分的，看见美国大鼻子欺负人，我们纠察队就会去维持秩序，两方就会发生矛盾。比如说，我们中国人到那里的饭店吃饭，日本人还是很客

气的，但是对美国人一点也不客气，不想给他们吃饭。有一回，我在街上看见美国人开着汽车，看见年轻的姑娘抱起来丢到车里就跑，我们中国人看到后跟上就追。

没想到的是，最后是美国人把我们送回国的。我还记得上舰船之前，美国第七舰队把我们召集起来，说要请我们看电影，结果上了北海道的渡船后，他们把我们送到了大阪，随后上了舰船便被送回了中国。

后来，我们才发现舰船上还藏着百十来个日本女人。虽然联合国规定不允许带她们回中国，但那些女人自己藏在船里面，我们许多人都不知道。后来，通过翻译官解释，我们才知道，她们也不愿意当亡国奴，这才来中国。

不愿意当国民党，回共产党部队后才安心

1945年12月，我们在河北省天津塘沽登陆。我们本来还带着许多中国人的骨灰，后来因为没办法带走，都撒入了海里，他们也算回归故里了。同去的沭阳老乡也死了两三个，他们的骨灰也没有带回来安葬。

在天津塘沽，国民党九十四军接管了我们，当时他们还对我们说好听话，"你们在此地都不要走动，我们会安排你们回家的，你们在日本都受苦了。"结果呢，他们把我们带到了北洋大学给关了起来。

第二天，我们聚集在院子里。他们喊到名字的可以出去，没喊到名字的不能动，结果我父亲被喊到了，他就出去了。后来我才知道35岁往上的全部走了，35岁以下的一个没给走，原本千把人一起回来，就剩下100多人没让走，其他都放走了。他们也没告诉我们要做什么，虽然管饭，但是院外有人看管，不让我们走。他们说，我们需要再服役3年，很多人想回家，也有人逃跑，但是被逮到后轻则打一顿，重则枪毙。那时候，我才22岁，从日本回来时面黄肌瘦的，哪里有力气逃跑啊，之后就在国民党九十四军一二一师师部三连二排五班当兵。

国民党的班长看我心情不好，经常劝我出去走走，可我不想去，我不敢。那个时候，国民党的口号是"宁错杀一万，不放过一个"，我曾经是共产党的事情怕被他们知道，所以我一直不敢乱动，在那儿待了有三四个月。

有一天是星期天，班长硬是带着我出去了。这一出去，我就看见了和我一起在日本劳工队的工友，他是东北人，他当时就认出了我，我也认出了他，但是我们不敢交谈。等又过了几天后，我主动跟班长说："我想出去转转，洗洗澡。"班长想都没想就答应了。

我一出去立即就去找那个工友，我抱着他就哭，他比我大很多，也不觉得哭丢人。他问我想不想当兵，我说不想当国民党的兵。他就问我，想不想去东北？我立即回答想去。我们约好了等我下次去找他时，他们带我走。后来，我真的跟他们跑出来了，并且到了东北，但一直过着流浪的生活，他们接纳了我，我也帮他们做些生活琐事。

后来，东北战争又打响了，热河支队到了我所在的那个村里。支队长是江西人，他和我住在一个炕上。得知我曾在日本做劳工，还从国民党部队逃跑后，就问我愿不愿意来支队？我立即答应了。

到了支队后，我的心终于放下来了，我又回到了自己的组织。接着就是辽沈战役、平津战役，我们也参与了进去。打仗的时候，我一封家书都没有寄过，部队里连个识字的人都没有，根本没办法写家书。家里人都认为我死了，我家属也改嫁了。

退伍，我只想回家

1948年11月，我25岁，在北京再次入伍，成为四野四十八军一四四师四三二团二营六连的一名战士。1951年，在四三二团二营六连，因军事训练中，勤学苦练、细心学习，经团政治部批准荣立二等功。

"我志愿加入中国共产党，承认党章、党纲，按时缴纳党费，服从党的一切决议，遵守党的纪律，加强学习马列主义和毛泽东思想，努力提高自己的觉悟，积极参加党领导下的一切建设工作，精通自己的业务，全心全意为人民服务，在任何环境下不屈不挠，不叛党、不投降敌人，忠诚为共产主义事业奋斗到底！……"1953年6月27日，在广东省湛江市新圩镇，我递交了我的入党申请书。由四三二团工兵连老党员史占玉、武振财两人介绍入党，支部书记是刘吉祥。

预备期半年后，1953年12月我转正了，在党内任小组长。当时，我在东北，天特别得冷，零下30多度，"不怕苦、不怕牺牲。"我用一个别针，把入党的小本子别在衣服内口袋里收藏。同一年，在四三二团，我用心钻研，勤奋苦练，团结互助，成绩显著，经团政治部批准荣立三等功一次。

"上级组织审查意见：根据该同志入伍时间及表现，职务同意晋一级，由副班级晋升为正班级。"1954年2月20日，我成为正班长。1954年8月，在任战士4年又7个月，任班长11个月后，我担任了

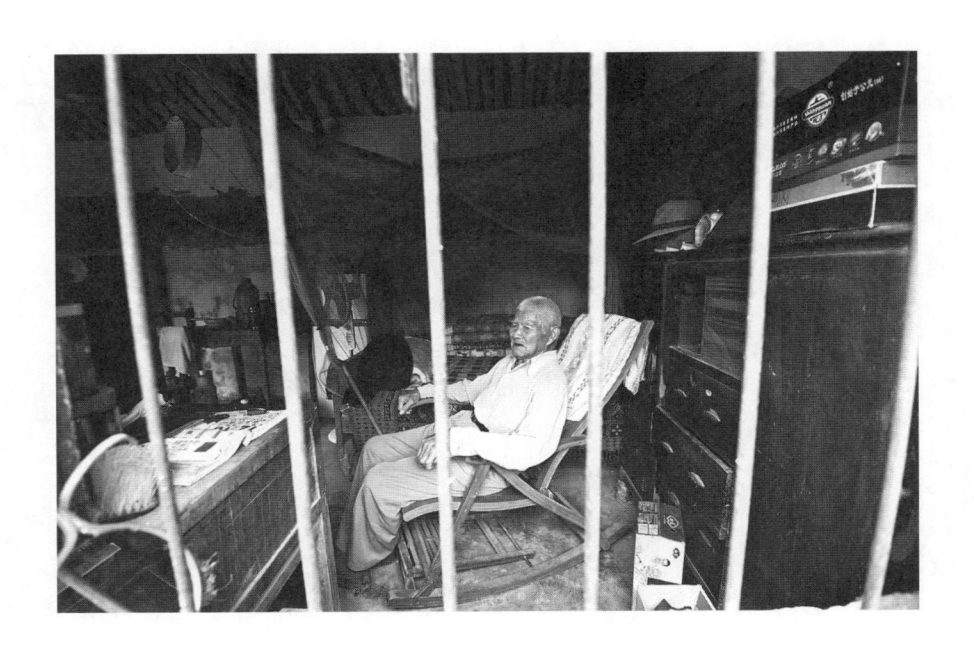

四三二团工兵连三排副排长。当时三连副排长尚哲生提拔为正排长，我因思想意识好，工作积极肯干，有管理教育能力，被提拔到三排三任排长。

1955年2月，我退伍了，终于回到了家乡，回到了宿迁回到了沭阳，回来之后才发现我家人以为我战死了，妻子也改嫁走了。后来，在我父母的主持下，我又娶了一个媳妇。脱下军装回家后，我依旧是个农民，能平平安安地做个农民，我很高兴。这60多年来，和家人过着安安稳稳的日子，我有两儿两女，儿孙们也都孝顺，我很享受当下的幸福生活。